FOLIO BIOGRAPHIES

collection dirigée par

GÉRARD DE CORTANZE

Louis XVI

par

Bernard Vincent

Gallimard

Crédits photographiques :

1, 3, 5, 6, 7, 11 : RMN-G. Blot. 2, 10 : RMN-D. Arnaudet/J. Schormans. 4 : RMN-D.R. 8 : G. Dagli Orti. 9 : RMN-D. Arnaudet/G. Blot. 12 à 18 : Bridgeman Giraudon.

Bernard Vincent est professeur émérite d'histoire et civilisation américaines à l'université d'Orléans et enseigne à l'université Ca' Foscari de Venise. Ancien président de l'Association française d'études américaines, il a consacré de nombreux ouvrages à l'histoire du XVIIIe siècle, plus particulièrement à celle des États-Unis : *Thomas Paine ou la religion de la liberté* (Aubier-Montaigne, 1987), *Amistad : les mutins de la liberté* (Archipel, 1998), *Le sentier des larmes : le grand exil des Indiens cherokees* (Flammarion, 2002), *Présent au monde : Paul Goodman* (Bordeaux, L'Exprimerie, 2003).

Avant-propos

S'il est vrai que l'histoire est toujours écrite par les vainqueurs, l'image des vaincus transmise à la postérité serait, elle, le produit d'une historiographie marquée — à jamais ? — par l'issue des grandes convulsions collectives.

Faire comme si l'histoire n'avait pas tranché une fois pour toutes et vouloir revenir sur les représentations altérées qu'elle nous lègue est une entreprise particulièrement inconfortable. Il est néanmoins du devoir de l'historien et du biographe de s'y essayer, pour autant qu'il ne cède pas à la tentation malsaine du révisionnisme.

Dans ce livre, mon but sera donc — en tentant, dans les limites du possible, de m'imaginer à la place et dans la situation du personnage — de rechercher la vérité de Louis XVI derrière le miroir déformant de l'histoire et de l'historiographie républicaines. On a tout reproché à ce monarque — tout et son contraire : d'avoir favorisé la Révolution et de l'avoir contrecarrée, d'avoir su composer avec les temps nouveaux et d'avoir mené des combats d'arrière-garde. Sans doute y a-t-il du vrai dans ces deux façons d'aborder le personnage, mais encore faut-il prendre en compte la complexité des choses — celle de l'individu, qui était grande, et celle de l'époque, qui ne l'était pas moins.

En réalité, on ne s'est pas contenté de couper la tête du ci-devant roi de France : on l'a tué une seconde fois en gommant une bonne partie de ce qu'il était comme roi et comme personne et en jetant au panier, en même temps que sa tête, tout un pan de ce qu'il fut et de ce qu'il fit. Écrivant cela, je songe, mais pas uniquement, à son extraordinaire engagement en faveur de la Révolution américaine.

Il a vingt ans lorsqu'il monte sur le trône, vingt et un quand débute la guerre d'Indépendance, vingt-sept au moment de la victoire de Yorktown, trente-cinq quand éclate la Révolution française, trente-neuf l'année de sa décapitation. L'image déformée de Louis XVI — généralement représenté comme un être vieilli avant l'âge, petit, obèse, introverti, sans envergure, inconstant et inconsistant, bonasse, inintelligent, indécis et veule — remplit historiquement, mais en sens inverse, le même rôle que l'image déformée de George Washington aux États-Unis : l'une est diabolisée, l'autre divinisée, les deux sont irréelles. L'écran de brume est si épais entre ces représentations et ce qu'elles ont pour fonction de masquer que tenter à nouveau d'y voir clair, sans pour autant déformer les choses dans l'autre sens, est non seulement une gageure mais une sorte de sacrilège. C'est en tout cas, s'agissant de Louis XVI, le défi que cet ouvrage se propose de relever.

Une fin réussie

Le 21 janvier 1793, à cinq heures du matin, Louis XVI, qu'on a séparé de sa famille depuis le 11 décembre et qui vit isolé dans un logement de la prison du Temple, se lève, réveillé par Jean-Baptiste Cléry, son valet de chambre.

L'appartement du roi est situé au deuxième étage de la grosse Tour du Temple. La reine est logée à l'étage supérieur, dans un appartement à peu près identique, mais toute communication est devenue impossible. Le logement du roi fait environ soixante-cinq mètres carrés et comporte quatre pièces de taille sensiblement égale : une antichambre où se relaient gardiens et vigiles et où a été apposée une Déclaration des droits de l'homme et du citoyen, la chambre à coucher du roi, une salle à manger, et une seconde chambre, réservée à Cléry.

Le roi s'est couché vers minuit et demi. Cléry, lui, a passé la nuit non dans sa propre chambre, mais dans la même pièce, assis sur une chaise. « J'ai bien dormi, lui dit le roi, j'en avais besoin[1*]. » Puis

* Les notes sont regroupées en fin de volume, p. 341.

il se rase et s'habille, non sans avoir retiré des poches sa lorgnette, sa boîte à tabac et sa bourse. Comme à l'accoutumée, il porte un habit marron pâle, doublé d'une fine toile écrue, avec des boutons de métal doré. Il demande à Cléry de lui couper les cheveux, mais on refuse de leur confier une paire de ciseaux. « Le bourreau est assez bon pour lui[2] », marmonne un factionnaire.

Vers six heures, l'abbé Edgeworth de Firmont entre, transforme la commode en autel et, avec des moyens de fortune, célèbre une messe de communion. Le roi, très recueilli, reste à genoux pendant toute la durée de l'office et reçoit le viatique. Le départ pour l'échafaud, prévu à huit heures, n'aura lieu qu'à neuf heures. Il fait froid. À l'extérieur, le thermomètre marque trois degrés au-dessus de zéro.

La veille, vers deux heures de l'après-midi, la Convention, qui venait de prononcer la condamnation à mort du « ci-devant » roi pour « conspiration contre la liberté de la nation[3] », avait envoyé au Temple une délégation conduite par Garat, ministre de la Justice. Celui-ci, flanqué d'Hébert, substitut du procureur de la Commune, et de Malesherbes, l'un des avocats de Louis XVI, notifia au condamné, en même temps que la nature du verdict, le fait que la sentence était immédiatement exécutoire et serait mise en œuvre dans les vingt-quatre heures. Avant même que Garat ne parle, le roi, voyant son avocat s'essuyer les yeux, avait eu cette remarque : « Je m'attendais à ce que vos larmes m'apprennent ; remettez-vous, mon cher Malesherbes[4]. »

Le roi resta de marbre à l'énoncé du verdict et sa placidité frappa tous les dignitaires présents, y compris Hébert. Quelques jours plus tôt, ce dernier avait pourtant réclamé la mort de Louis Capet, alias « Louis le traître », n'hésitant pas à décrire le ci-devant monarque sous les traits d'un ivrogne « ronflant la nuit comme un pourceau sur son fumier », Marie-Antoinette (« l'architigresse d'Autriche ») étant, elle, assimilée à une « guenon » et ses enfants à de « petits sapajous[5] ». Or il se trouve que ce même homme, fondateur du célèbre *Père Duchesne*, feuille de propagande aux opinions et au vocabulaire particulièrement musclés, et que nul ne saurait soupçonner de complaisance à l'égard du roi, a raconté en termes à la fois émus et élogieux la scène de la notification :

> Il écouta avec un sang-froid rare la lecture du jugement. Il eut tant d'onction, de dignité, de noblesse, de grandeur dans son maintien et ses paroles, que je ne pus y tenir. Des pleurs de rage vinrent mouiller mes paupières. Il avait dans ses regards et dans ses manières quelque chose de visiblement surnaturel à l'homme. Je me retirai, voulant retenir des larmes qui coulaient malgré moi et bien résolu de finir là mon ministère[6].

Louis XVI n'en formula pas moins plusieurs requêtes. Il demanda qu'on lui accorde trois jours de délai pour mieux se préparer à la mort, qu'on laisse venir auprès de lui un prêtre non assermenté (l'abbé de Firmont, déjà confesseur de sa sœur, Madame Élisabeth), qu'on cesse de le soumettre à une « surveillance perpétuelle », qu'on l'autorise pendant les trois jours en question à voir sa famille « librement et sans témoin » et que la nation prenne soin des personnes qui lui étaient attachées. La réponse de la Convention arriva vers dix-huit heures : c'était non pour le délai supplémentaire, oui pour le reste. À en croire l'abbé de Firmont, le roi conserva la même impassibilité qu'à l'annonce du verdict : « Il était au milieu d'eux, calme, gracieux, tranquille même[7]. »

La délégation se retira. Peu après, les officiers municipaux servirent au roi l'ultime dîner de sa vie. Comme on ne lui avait apporté ni couteau ni fourchette, Louis XVI ne put s'empêcher d'exprimer une certaine irritation : « Me croit-on assez lâche pour attenter à ma vie ? » Et d'ajouter, à la stupéfaction des personnes présentes : « Je mourrai sans crainte. Je voudrais que ma mort fît le bonheur des Français et pût écarter les malheurs que je prévois, le peuple livré à l'anarchie, devenu la victime de toutes les factions, les crimes se succédant, de longues dissensions déchirant la France[8]. »

Aux alentours de vingt heures, le roi, soucieux de commencer à se mettre en règle avec Dieu, réclama l'abbé de Firmont et s'enferma avec lui pour un premier entretien. Puis il éloigna son confesseur et reçut la famille royale. C'était la première fois depuis près d'un mois et demi qu'il revoyait les siens bien qu'ils fussent logés un étage seulement au-dessus de son propre appartement. Accompagnée de sa fille Madame Royale, qui venait de fêter ses quatorze ans, et de sa belle-sœur, Madame Élisabeth, Marie-Antoinette entra, tenant son fils Louis-Charles par la main. Le roi s'installa dans un fauteuil et l'enfant, qui n'aura huit ans que dans deux mois, vint se blottir entre ses genoux.

L'entrevue a lieu dans la salle à manger. La porte est close et donc on peut se parler ou pleurer librement, mais la cloison est en partie vitrée et non munie de rideaux. S'ils n'entendent rien, les municipaux ne se privent donc pas d'observer la scène — une scène à la fois digne et déchirante, entrecoupée de silences et de sanglots. La rencontre durera près de deux heures. À Louis-Charles, bientôt appelé à la succession sous le nom de Louis XVII, le roi prodigue un ultime conseil :

— Mon fils, promettez-moi de ne jamais songer à venger ma mort !

L'enfant jure, la main levée. Les autres sont en larmes et Marie-Antoinette au bord de défaillir. Elle fait promettre à son mari qu'il les recevra une dernière fois le lendemain matin avant le départ :

— Je vous assure que je vous verrai demain matin, à huit heures.

— Pourquoi pas à sept heures ? insiste la reine.

— Eh bien, oui, à sept heures, consent le roi[9].

Il ne tiendra pas sa promesse. Sans doute par tendresse pour sa femme et les siens, et afin d'éviter, grâce à ce pieux mensonge, une scène trop éprouvante pour tous — mais surtout parce que Louis XVI, qui déjà n'appartient plus tout à fait à ce monde, est désormais habité par une préoccupation qui l'emporte sur tout le reste : celle de son salut.

Vers onze heures, la famille se retire et le roi s'enferme à nouveau dans sa chambre avec son confesseur. Le conciliabule s'achèvera vers minuit. Une demi-heure plus tard, nous l'avons dit, Louis XVI se couche. Une très courte nuit, puis quelques heures d'attente le séparent encore de ce que le poète italien Giovanni Pascoli a magnifiquement appelé « le glacial été des morts ».

*

À neuf heures, donc, en ce 21 janvier 1793, tout semble prêt. Des rues alentour montent des bruits grandissants de cavalcade, de hennissements, de canons qu'on roule sur la chaussée. Des rumeurs de complot et de coup de main ont circulé. La veille, Le Pelletier de Saint-Fargeau, l'un des conventionnels ayant voté la mort, n'a-t-il pas été assassiné ? On redoute que le monarque ne soit enlevé par ses partisans entre la prison du Temple et la place de la Révolution (aujourd'hui place de la Concorde) où l'exécution doit avoir lieu. Le roi semble indifférent à toute cette agitation : « C'est probablement, observe-t-il, la Garde nationale qu'on commence à rassembler[10]. »

Puis il demande à Cléry de transmettre à sa femme, à ses enfants et à sa sœur les adieux qu'il n'a pas pu ou voulu leur exprimer lui-même. Il lui remet deux objets : son anneau de mariage pour Marie-Antoinette (« Dites-lui bien que je le quitte avec peine[11] ») et surtout son cachet aux armes de France destiné au dauphin, lequel, dans quelques heures, incarnera à son tour la continuité de la tradition monarchique. Il ne conserve au doigt que l'anneau du sacre.

Au milieu de tous ces préparatifs, Louis XVI trouva, dit-on, le temps de s'enquérir d'une expédition scientifique qu'il avait lui-même ordonnée et parrainée quelques années auparavant. Il s'agissait, pour toute une équipe de savants, d'explorer divers aspects, naturels et humains, de l'océan Pacifique. L'affaire avait connu un dénouement tragique, l'équipage ayant sans doute été massacré en 1788 par une peuplade « sauvage » à Vanikoro, petite île de l'archipel des Salomon. On avait alors lancé un navire à la recherche des survivants et le bruit courait que plusieurs d'entre eux, y compris le chef de l'expédition, auraient été aperçus. D'où la question posée à Cléry par le roi :

— A-t-on des nouvelles de La Pérouse ?

Question peu ordinaire, on l'avouera, compte tenu de la situation où se trouvait le questionneur, mais qui (si l'anecdote est exacte, ce qui n'est pas tout à fait avéré) en dirait long et sur l'humanisme et sur l'humanité de ce roi insolite.

Santerre, commandant de la Garde nationale, s'était présenté dès huit heures du matin accompagné d'une dizaine de gendarmes, mais le roi, qui n'en n'avait pas fini avec son confesseur, le pria fermement de patienter :

— Je suis en affaire, attendez-moi là, je suis à vous.

Louis XVI reçoit de l'abbé une dernière bénédiction (« Tout est consommé[12] », lui confie-t-il), remet son testament à l'un des officiers municipaux et annonce à Santerre qu'il est à sa disposition. Le roi est alors invité à monter dans une voiture de place, entouré de son confesseur et de deux gendarmes. Avant de s'y installer, il se tourne vers l'un des concierges qu'il avait sans doute houspillé indûment deux jours plus tôt et lui lance : « J'ai eu un peu de vivacité avec vous avant-hier, ne m'en veuillez pas[13] ! » Tout Louis XVI, ou presque, est dans cette remarque. Elle montre à quel point sa plus grande qualité d'homme fut peut-être, en tant que prince, sa faiblesse la plus tragique — celle de croire qu'il suffisait d'être un roi bon pour faire un bon roi.

Soudain, des tambours et trompettes annoncent en fanfare le départ officiel du monarque. D'extraordinaires précautions avaient été prises par les autorités et des canons placés en nombre à chaque carrefour stratégique. Le funèbre convoi était lui-même précédé et suivi par quelque deux cents gendarmes à cheval. On avait mobilisé plusieurs milliers d'hommes et disposé des gardes nationaux tout au long du parcours afin de contenir la foule massée de part et d'autre des voies empruntées.

Le peuple est là, nombreux et silencieux, avec parfois quelques cris : « Grâce, grâce ! » ou au contraire « Ça ira, ça ira ! ». Personne aux fenêtres ; la plupart des volets sont clos ; presque toutes les boutiques sont fermées. Paris retient son souffle.

Pendant les soixante-quinze minutes que va durer le transfert, le roi, très recueilli et insensible à tout — au brouillard glacé qui enveloppe la ville et s'engouffre dans la berline, comme à ces haies interminables de militaires et de curieux —, récite sans discontinuer les psaumes et la prière des agonisants. À dix heures et quart, le cortège s'arrête. On est place de la Révolution.

— Nous voilà arrivés, si je ne me trompe, dit le roi[14].

« Si je ne me trompe… » ! Louis XVI est-il à ce point détaché et tranquille qu'il peut se permettre une sorte de mot d'esprit ? Il y a de quoi se poser la question et s'interroger sur la pâte dont était fait cet homme si souvent décrié et noirci.

Le monarque s'extrait de sa voiture et met pied à terre. Il aperçoit la guillotine dressée face au jardin des Tuileries, entre le socle de la statue déboulonnée de Louis XV (emplacement actuel de l'obélisque) et l'entrée des Champs-Élysées. Pour parer à toute éventualité, vingt mille hommes ont été déployés autour de l'échafaud. À l'un des bourreaux qui s'avance vers lui Louis XVI désigne son confesseur et dit : « Je vous recommande le prêtre que voici. Ayez soin qu'après ma mort il ne lui soit fait aucune insulte[15]. »

Tous les témoins de la scène, hostiles ou non au roi déchu, ont noté le calme absolu qui émanait de sa personne. Ses cheveux ne sont pas en désordre. Son teint n'est pas altéré, ni ses traits tirés. Ainsi qu'il l'a confié à l'abbé de Firmont, il se sent depuis la veille envahi par « une sensation délicieuse et extraordinaire[16] » qu'il ne peut s'expliquer. Il est à quelques mètres des marches de l'échafaud. Il ôte lui-même sa redingote, son écharpe et, à la demande du bourreau principal, le célèbre Charles-Henri Sanson, ouvre le col de sa chemise pour mieux dégager la nuque. Puis on veut lui lier les mains. Il refuse :

— Que prétendez-vous faire ? s'écrie-t-il.

— Vous lier, répond l'homme.

— Me lier ! Non, je n'y consentirai jamais. Faites ce qui vous est commandé, mais vous ne me lierez pas, renoncez à ce projet.

Il finit par accepter, à la demande expresse de l'abbé de Firmont qui, pour le convaincre, évoque l'exemple du Christ. « Faites ce que vous voulez, lance alors le roi aux exécuteurs, je boirai le calice jusqu'à la lie[17]. » Il se laisse ensuite couper les cheveux. Tandis que des roulements de tambour accompagnent chacun de ses pas, il gravit lentement les hautes marches de l'échafaud. Contre toute attente, il s'avance aussitôt vers le bord gauche de l'estrade, fait signe aux tambours de s'interrompre et d'une voix forte s'adresse à la foule et, au-delà d'elle, à l'ensemble du pays :

— Je meurs innocent de tous les crimes qu'on m'impute. Je pardonne aux auteurs de ma mort. Je prie Dieu que le sang que vous allez répandre ne retombe jamais sur la France[18].

Il veut poursuivre, mais Santerre fait couvrir sa voix par de nouveaux battements de tambour. L'abbé de Firmont a tout juste le temps de lancer au supplicié : « Fils de Saint Louis, montez au Ciel[19]. » On s'empare du roi, on l'attache à la planche, le couperet tombe, la tête roule dans le panier. Le « rasoir national » a fait son œuvre. Il est dix heures vingt-deux.

Un assesseur du bourreau, nommé Gros (à moins qu'il ne s'agisse d'Henri Sanson, le propre fils du guillotineur), se saisit alors de la tête sanguinolente de Louis XVI et la tend vers la multitude rassemblée. Quelques cris : « Vive la Nation ! Vive la République ! Vive la Liberté ! », quelques salves d'artillerie, au loin quelques farandoles. Mais le sang du roi a giclé sur la foule et des scènes inimaginables se déroulent alors : on se bouscule pour acheter au guillotineur quelques cheveux rougis du monarque ; sur l'échafaud, les bourreaux plongent leurs doigts dans le sang répandu et se barbouillent mutuellement le visage ; en bas, dans la cohue, des officiers trempent la pointe de leur sabre dans les taches de sang tandis que des femmes y imbibent leurs mouchoirs. On voit même, note le biographe Éric Le Nabour, « un ci-devant grimper sur l'estrade, se frotter les bras avec le sang de Louis XVI, puis en asperger le public par trois fois en un sinistre et ultime rituel ». On n'a pas seulement tué le roi, on a mis à mort la monarchie. Au comble de la fureur mimétique, l'homme aux bras maculés, un révolutionnaire brestois, pousse alors ce cri :

— Républicains, le sang d'un roi porte bonheur[20] !

La dépouille du monarque sera peu après transportée dans la charrette de Sanson jusqu'au cimetière tout proche de la Madeleine, puis ensevelie dans une fosse plus profonde qu'à l'ordinaire (afin de mettre le cadavre à l'abri des profanations et des vols), puis aspergée de chaux vive.

Le bonheur de la France pouvait commencer.

Des débuts difficiles

Le futur Louis XVI naquit à Versailles le 23 août 1754. Petit-fils de Louis XV, lequel était alors âgé de quarante-quatre ans, le nouveau-né avait pour père le dauphin de France, Louis-Ferdinand, et pour mère la dauphine Marie-Josèphe de Saxe.

On pourrait penser que l'enfant avait peu de sang français. Jean-François Chiappe s'est du reste amusé à dresser la liste de ses origines : saxon par sa mère, polonais par sa grand-mère, savoyard par son arrière-grand-mère, doublement espagnol par sa trisaïeule et sa quadrisaïeule, florentin par la belle-mère de celle-ci. À ce compte, l'enfant ne serait français que par « un cent vingt-huitième » de son sang. Mais, ajoute l'historien, cette façon de voir est fausse, car presque toutes ces étrangères avaient elles-mêmes, grâce à de multiples mariages croisés, du sang français dans les veines. On peut donc dire qu'à l'exception de la mère du nouveau-né, « tous les ascendants et ascendantes [de ce dernier] remontent à sa propre maison[1] ».

Marie-Josèphe de Saxe n'en était ni à son premier ni à son dernier accouchement : entre 1750 et 1764, elle devait donner naissance à cinq garçons et trois filles, sans compter de nombreuses fausses couches. Grâce à elle, l'avenir de la maison de Bourbon serait assuré quoi qu'il arrive.

Le dauphin et sa femme vivaient autant qu'ils le pouvaient à l'écart de la cour. Ils n'aimaient pas l'intrigante qui y régnait, la Pompadour, et ne supportaient ni ses mœurs ni son influence. Louis XV, qui avait donné à son fils une éducation des plus austères, n'entendait pas offrir chaque jour à son regard et à son jugement la frivolité de sa propre existence (en 1770, l'une de ses filles, Louise, entrera au Carmel en expiation des péchés de son père !). Aussi ne s'opposa-t-il pas à la retraite du dauphin et de son épouse. Cet isolement avait pour avantage de faciliter leur vie de couple, mais il rendait les naissances problématiques, car la venue au monde d'un enfant royal se devait d'être publiquement constatée par de multiples témoins. Or, le dauphin étant un époux des plus empressés, il était difficile à la dauphine de faire des calculs précis et de savoir à quel moment se produirait l'événement attendu.

Aussi, lorsque vers trois heures du matin, en cette nuit du 22 au 23 août 1754, celle-ci fut prise de douleurs, le roi se trouvait avec sa suite à Choisy où il avait pris ses quartiers d'été. Il y possédait un château racheté à la princesse de Conti. Situé en bord de Seine et à deux pas de la forêt de Sénart, cette demeure avait pour avantage d'offrir un peu de fraîcheur — et en ces derniers jours d'août la chaleur estivale était devenue étouffante.

L'accoucheur de la famille royale, le célèbre Jard, accourt en pleine nuit au chevet de la dauphine et, tandis qu'il s'affaire, le dauphin, vêtu d'une simple robe de chambre, ameute les porteurs de chaise, les gardes du corps, la sentinelle, en disant à chacun : « Entrez, mon ami, entrez vite, pour voir accoucher ma femme. » Bientôt arrivent le chancelier, le garde des Sceaux, le contrôleur général et le marquis de Puysieux : ils pourront attester que la naissance s'est déroulée en leur présence et a eu lieu à six heures vingt-quatre minutes du matin.

Pendant le travail, Binet, premier valet de chambre du dauphin, avait dépêché à Choisy un piqueur de la Petite Écurie. Celui-ci était porteur d'un mot annonçant à Louis XV la naissance imminente de l'enfant, mais, en voulant trop bien faire, il tomba de cheval avant d'arriver à destination. Le dauphin, une fois l'enfant né, expédia l'un de ses écuyers, M. de Montfaucon, afin qu'il rende compte au roi. L'écuyer trouva sur sa route le piqueur qui gisait en travers du chemin. Il prit son message et apporta en même temps au monarque la double nouvelle, celle du travail de la dauphine et celle de l'enfantement. Le roi revint à Versailles à bride abattue, non sans avoir donné dix louis de pension sur sa cassette au piqueur et mille livres à l'écuyer.

L'enfant est donc un garçon : le troisième, car à l'aîné, le duc de Bourgogne, né en 1751, il convient d'ajouter le duc d'Aquitaine, né le 8 septembre 1753, mais qui devait mourir d'une coqueluche un an plus tard, le 22 novembre 1754 — trois mois après la naissance du futur Louis XVI. Au cours de l'année 1755, la dauphine devait aussi perdre une fille, Marie-Zéphirine. Aux deuils succédaient les naissances, aux naissances les deuils : cycle cruel de la vie en ces temps de fragilité humaine où, à tous les étages de la société, on ne naissait souvent que pour mourir presque aussitôt.

À peine le roi est-il entré dans la chambre de la dauphine qu'il se saisit du nouveau-né, qui a déjà été ondoyé, décide de l'appeler Louis-Auguste (prénom qui ne deviendra officiel qu'après son baptême, en octobre 1761) et le nomme duc de Berry. L'enfant est aussitôt confié à la comtesse de Marsan, gouvernante des enfants de France. Il est ensuite, selon la règle, conduit vers son appartement par le duc de Villeroy, capitaine des gardes.

Louis-Auguste a donc un frère aîné, promis à la couronne de France, et dans l'ombre duquel il va passer les premières années de sa vie. Un an plus tard, le 17 novembre 1755, lui viendra un autre frère, le comte de Provence, futur Louis XVIII. La lectrice de Marie-Josèphe de Saxe dira du duc de Bourgogne qu'il « est beau comme le jour », de Louis-Auguste qu'il « ne lui cède en rien » et des trois princes réunis qu'ils sont tous « beaux et bien portants[2] ». Un quatrième frère viendra s'ajouter à la liste le 9 octobre 1757 : le comte d'Artois, futur Charles X.

On se hâta de prévenir les plus hautes autorités de l'État et de l'Église et de faire parvenir la nouvelle aux souverains amis d'Europe — sans oublier le pape. Vers treize heures, le roi et la reine assistèrent à un *Te Deum* dans la chapelle du château et, le soir, on tira, place d'Armes, face aux appartements du roi, un feu d'artifice que Louis XV luimême alluma de son balcon au moyen d'une « fusée courante[3] ». À Paris, les cloches se mirent à sonner, mais moins qu'elles ne l'avaient fait pour le duc de Bourgogne. Et le roi ne décréta pas trois jours de chômage et d'illuminations, comme il l'avait fait trois ans plus tôt. Les Parisiens étaient mécontents des hausses d'impôts et la guerre de Sept ans contre l'Angleterre et la Prusse venait de s'engager dans l'Ancien et le Nouveau Monde : les esprits étaient tendus et le peuple n'avait pas la tête aux réjouissances. De surcroît, Berry n'était pas l'héritier du trône. Chacun rentra chez soi et on cessa de penser à ce prince surnuméraire.

La mode était aux enfants obèses et l'on s'avisa bientôt que le petit Louis-Auguste était malingre à l'excès et d'un « tempérament faible et valétudinaire[4] ». Le nouveau-né avait mal supporté le sevrage et sa nourrice fournissait trop peu de lait. Il eût été facile de trouver une meilleure donneuse parmi les suppléantes qu'on avait sollicitées, mais la nourrice en titre était la maîtresse du ministre de la Maison du roi, le duc de La Vrillière, et lui seul était habilité à la renvoyer. L'insistance maternelle finit malgré tout par prévaloir et l'on engagea une nouvelle nourrice, Mme Mallard. Le nourrisson commença à retrouver le goût de la vie, mais sans répondre aux canons de l'époque.

En avril 1756, le roi, très soucieux de la santé de ses petits-enfants, fit venir à Versailles un médecin célèbre, le docteur Tronchin, de Genève, qui était de passage à Paris. Tronchin examina Louis-Auguste, le trouva un peu fragile et suggéra qu'on l'éloigne de l'air impur de Versailles empesté à la saison chaude par les eaux croupissantes et les fontaines envasées. Il recommanda qu'on lui fasse passer l'été au château de Bellevue, sur les hauteurs de Meudon. Ce qui fut fait : Louis-Auguste et son frère aîné y séjournent du 17 mai au 27 septembre 1756. La dauphine leur rend visite tous les jours depuis Versailles, bien qu'elle doive également veiller sur son dernier-né, le comte de Provence, venu compléter la famille à l'automne précédent. Le dauphin, lui aussi, vient voir ses enfants chaque fois qu'il le peut. C'est de la terrasse du château de Bellevue, alors qu'il embrassait Paris du regard, qu'il eut un jour cette remarque : « Je songe aux délices que doit éprouver un souverain en causant le bonheur de tant d'hommes[5] ! »

La comtesse de Marsan, gouvernante des enfants royaux, était une femme pour laquelle Louis XVI n'éprouva jamais d'affection réelle. Si le duc de Bourgogne, parce que héritier du trône, était naturellement le favori du roi, Mme de Marsan ne cachait pas, elle, sa préférence pour le petit dernier, le comte de Provence : aussi Louis-Auguste se retrouva-t-il, sur le plan affectif, dans une situation inconfortable. La gouvernante était en poste depuis janvier 1754. Veuve d'un prince lorrain, le comte de Marsan, et sœur du maréchal de Soubise, elle appartenait au « parti dévot », c'est-à-dire à cette coterie traditionaliste qui, en matière de religion comme de politique, entendait voir les idées anciennes triompher à la cour et s'opposait avec force à toutes les nouveautés, notamment celles que cherchaient à imposer les « philosophes » et que cultivaient certains ministres comme Choiseul. Même adulte, Berry ne portera pas Mme de Marsan dans son cœur et refusera toujours d'assister aux petites fêtes que celle-ci proposait à la famille royale. Sans doute voyait-il dans sa gouvernante une « mère » certes attentionnée, mais injuste ou à tout le moins inéquitable.

Le père de Louis XVI — le dauphin — avait été un enfant impétueux, voire violent. Mais ses précepteurs, hommes à la piété étroite et austère, lui avaient brisé le caractère au point d'en faire un dévot taciturne, ennemi des frivolités (autres que conjugales) et allergique aux réjouissances publiques, quels qu'en fussent la forme ou le prétexte. Cet ardent partisan de la Compagnie de Jésus était certes cultivé, ayant étudié le droit public, la diplomatie, l'agriculture et la littérature anglaise, mais c'était un être résigné, chez qui toute passion et toute autorité royales avaient été gommées et en qui ne subsistaient plus que des qualités individuelles, pour ne pas dire privées. Seul l'art de la conversation était pour lui un divertissement acceptable. Son père l'avait régulièrement tenu à l'écart des affaires politiques ou militaires — et il ne le conviera finalement aux conseils que peu de temps avant sa mort. Non seulement le dauphin était « entouré de cagots tristes et fâcheux » (le mot est du comte d'Argenson[6]), mais il voyait d'un très mauvais œil les idées à la mode : « J'ai étudié les doctrines nouvelles, écrira-t-il à son père en 1762 ; j'ai passé de leurs principes à leurs conséquences. Mises en pratique, quels périls n'enfanteraient-elles pas[7] ? » En dehors des activités familiales et de ses multiples dévotions et prières, rien en réalité ne semblait enflammer cet homme, hormis les plaisirs de la table. Il mangeait ou, plus exactement, dévorait sans retenue, prenant sans cesse des rondeurs et du poids au point qu'on finira par le décrire comme un « monstre de graisse[8] ».

Louis-Auguste, qui tenait sans doute de son père ce « profil bas » qui sied mal à un prince de sang — et qui, entre autres choses, l'incita à rayer « Auguste » de son nom lorsqu'il devint roi ! —, avait en sa mère un modèle autrement imitable. Fille de Frédéric-Auguste III, électeur de Saxe et roi de Pologne, et de Marie-Josèphe, archiduchesse d'Autriche, possédant un esprit d'une grande délicatesse, cultivée, pratiquant le latin et plusieurs langues modernes, cette jeune femme éloignée de son pays à l'âge de seize ans et depuis lors encline à la mélancolie avait toutes les qualités de sa dynastie et était dotée, sous des dehors un peu tristes, d'un caractère bien trempé, qui tranchait avec l'indolence du jeune prince qu'elle avait épousé en 1747. Sa grâce et son esprit lui avaient permis, à peine mariée, d'être écoutée et appréciée du roi — et de susciter l'admiration des gens de cour, sa vertu et ses principes lui interdisant, bien entendu, de se mêler à leurs plaisirs.

Même s'ils faisaient tout pour les fuir, ni le dauphin ni sa femme — ni même leurs enfants — ne pouvaient échapper à l'ensemble des obligations qui leur incombaient. Après le lever du roi, il était fréquent que tel ou tel courtisan souhaite rendre visite au dauphin et à ses fils, tous monarques potentiels. Les ambassadeurs reçus à Versailles et les souverains de passage avaient la même attitude. Les petits-enfants de Louis XV se devaient, chacun à son rang, d'assister aux enterrements royaux comme aux mariages importants. Et, s'agissant des visites, les gens d'Église n'étaient pas en reste. En mai 1756, trois cardinaux tout récemment nommés vinrent ainsi faire leur cour aux jeunes princes : « Bourgogne (âgé de cinq ans) les reçut, écouta leurs discours et les harangua, tandis que Berry (vingt-deux mois) et Provence (six mois), gravement assis sur des fauteuils, avec leur robe et leur petit bonnet, imitaient les gestes de leurs aînés[9]. »

Le 5 janvier 1757, Louis XV fut l'objet d'un attentat commis par un forcené solitaire, Damien. Légèrement blessé par le coup de canif, il dut s'absenter des conseils pendant quelque temps. Ceux-ci furent alors présidés par le dauphin, nommé pour l'occasion lieutenant général du royaume. Mais, à peine rétabli, le roi reprit sa place et Louis-Ferdinand la sienne — auprès de sa famille.

Tenu à l'écart des responsabilités politiques, le dauphin se consacra à l'avenir de la dynastie, c'est-à-dire à l'éducation de ses fils. Le seul pouvoir réel que Louis XV consentit à lui déléguer fut celui de choisir les maîtres et précepteurs de ses petits-enfants. Car, le temps passant, ceux-ci devaient, les uns après les autres, quitter les jupons de leurs gouvernantes et « passer aux hommes », comme on disait alors.

Il fallut d'abord choisir un « gouverneur » chargé de chapeauter l'ensemble des activités éducatives. Les volontaires ne manquaient pas, y compris parmi les philosophes. Les intellectuels à la mode, bien que critiques à l'égard du catholicisme et des traditions monarchiques, n'en étaient pas moins sensibles aux flatteries du pouvoir. Mais, tout distingués qu'ils étaient, ces esprits avaient en général l'inconvénient d'être hostiles au régime en place. Le souci premier du dauphin étant à l'évidence d'éviter toute contamination à sa progéniture et de mettre celle-ci à l'abri des doctrines nouvelles, il décida — et cela lui apparaissait comme la moindre des choses — qu'aux futurs monarques de la France serait prodiguée une éducation... pro-monarchique.

On songea d'abord au marquis de Mirabeau (père du célèbre comte), économiste, disciple de Quesnay et auteur de *L'Ami des hommes*, mais ses indiscrétions et ses exigences firent échouer le projet : au surplus, ce noble, probablement franc-maçon, penchait sans doute un peu trop du côté du peuple. On se rabattit donc sur le duc de La Vauguyon. Descendant des princes de Bourbon-Quincy et des ducs souverains de Bretagne, chevalier du Saint-Esprit, homme rond aux allures dévotes et aux mœurs irréprochables, déjà homme de confiance du dauphin, il eut la chance d'être « présent au bon moment, ce qui est le secret des grandes carrières[10] ». Il appellera ses élèves les

« quatre F » : *le Fin*, le duc de Bourgogne ; *le Faible*, le duc de Berry ; *le Faux*, le duc de Provence ; *le Franc*, le duc d'Artois.

On entoura La Vauguyon de plusieurs adjoints : un précepteur, M. de Coëtlosquet, ancien évêque de Limoges ; un sous-gouverneur, le marquis de Sinety, maréchal de camp ; un sous-précepteur, l'abbé de Radonvillers, membre de l'Académie française ; et un lecteur, l'abbé d'Argentré. La seule énumération de cette brochette d'éducateurs donne une idée de l'orientation qu'allait prendre l'instruction des Enfants de France. Dans les salons philosophiques comme dans les rues de Paris, on se gaussa de ces choix, tout en s'inquiétant de la formation qu'allaient recevoir les jeunes princes.

Le dauphin s'empressa de mettre les points sur les i et recommanda à Vauguyon de s'appuyer, en dehors des Saintes Écritures, sur le *Télémaque* de Fénelon : « Vous y trouverez tout ce qui convient à la direction d'un roi qui veut remplir parfaitement tous les devoirs de la royauté[11]. » Soixante ans plus tôt, Fénelon avait jeté les bases d'une monarchie rénovée, ennemie du despotisme, tempérant le pouvoir central par des assemblées et des conseils, plaçant la religion au-dessus des considérations humaines et la morale au-dessus du politique, mais renforçant néanmoins les privilèges de la noblesse. Ces rêveries avaient paru risquées à Louis XIV, qui relégua l'évêque-écrivain dans son diocèse de Cambrai, mais au milieu du XVIIIe siècle elles étaient toujours dans l'air du temps et s'accordaient particulièrement bien au tempérament mesuré du dauphin. Celui-ci ne pouvait qu'adhérer aux sages et prévoyantes analyses de Fénelon : « Quand les rois s'accoutument à ne connaître plus d'autres lois que leurs volontés absolues et qu'ils ne mettent plus de frein à leurs passions, ils peuvent tout : mais à force de tout pouvoir, ils sapent les fondements de leur puissance [...] ils n'ont plus de peuple ; il ne leur reste que des esclaves, dont le nombre diminue chaque jour[12]. »

Le 1er mai 1758, Bourgogne fut remis, comme il était de mise à l'âge de sept ans, aux soins de La Vauguyon. Son passage aux hommes engendra un double déchirement : aux larmes de Mme de Marsan s'ajouta l'émotion réelle du jeune prince, même si celui-ci parvint à maîtriser son chagrin ; mais le plus triste était Berry, car les deux frères se retrouvèrent soudainement séparés. Louis-Auguste resta donc en robe au lieu de revêtir des habits masculins, et continua d'apprendre l'écriture, la lecture et l'histoire sainte sous la coupe de sa gouvernante et sous la surveillance étroite de ses parents. Ceux-ci ne laissaient pas aux autres l'entière responsabilité de l'éducation de leurs enfants. Marie-Josèphe se chargeait de l'histoire des religions, le dauphin de l'enseignement des langues, sans oublier jamais les leçons de morale : apprenez, leur disait-il, « que tous les hommes sont égaux par droit de nature et aux yeux de Dieu qui les a créés[13] ». Étrangement, cela semblait annoncer les beaux principes de la Déclaration d'indépendance américaine (« tous les hommes sont créés égaux et dotés par leur Créateur de droits inaliénables ») ou encore la future

Déclaration française des droits de l'homme et du citoyen (« Les hommes naissent et demeurent libres et égaux en droits »), mais en réalité cela avait avant tout une signification éthique, à savoir qu'un prince, s'il doit être le modèle de toutes les vertus, n'appartient pas pour autant à une race supérieure et se doit d'être sensible aux maux de l'humanité.

Normalement, Berry aurait dû attendre trois ans avant de rejoindre son frère aîné auprès du gouverneur et de ses assistants. Mais un événement inattendu précipita les choses et fit que le puîné passa aux hommes dès 1760, alors qu'il avait à peine six ans.

Bourgogne était l'adoration de ses parents et de la cour. Apprenant facilement mais répugnant à l'effort, c'était un enfant enjoué, gâté, capricieux, sûr de lui, volontiers brutal avec les subalternes, déjà conscient du pouvoir qu'il incarnait et convaincu d'être supérieur à tous — à son père, voire au roi : « Pourquoi ne suis-je pas né Dieu[14] ? » questionna-t-il un jour. Mais, au printemps 1760, cet enfant choyé à qui l'on offre les plus beaux jouets d'Europe tombe du haut de son cheval en carton. Il se met à boiter et on découvre qu'il souffre d'une grosseur à la hanche. On l'opère, mais rien n'y fait. Le mal paraît s'aggraver avec chaque jour qui passe et les médecins ne savent comment dissimuler aux parents et au roi qu'une issue fatale est à prévoir. Le petit prince est condamné à garder la chambre et ses études sont interrompues. Il souffre, s'ennuie et commence à s'étioler. Sa meilleure consolation serait de retrouver auprès de lui le plus âgé de ses frères. L'appel est entendu, Berry passe aux hommes et La Vauguyon recrute pour lui un second sous-précepteur.

Dès lors, les deux frères se retrouvent souvent ensemble et Bourgogne, qui n'a guère perdu de sa superbe, trouve un moyen d'occuper son temps : il va s'employer à parfaire l'éducation de Berry, chez qui est né le goût précoce de la géographie et des arts mécaniques, mais qui se sent peu porté vers la littérature ou la réflexion abstraite — et à qui il convient de montrer *par l'exemple* ce qu'est et comment doit se comporter un prince bien dégrossi. On peut voir les choses autrement et considérer que le dauphin et la dauphine ont sciemment sacrifié les intérêts du cadet à ceux de l'aîné : il faut à tout prix distraire Bourgogne, et son rétablissement passe avant tout le reste, même si cela doit retarder les études du puîné.

Toujours est-il que Bourgogne prend son rôle de pédagogue au sérieux et n'hésite pas à sermonner son frère, qui jamais ne bronche. Il reprend tous ses écarts de langage (Berry n'a que six ans !), le bombarde de conseils et se pose en directeur de conscience. Ils jouent aux cartes, mais l'aîné triche et Berry se tait. Il endure, ne se rebiffe jamais — ou très rarement. Il est devenu, malgré la tendresse naturelle qui unit les deux enfants, le souffre-douleur d'un aîné qui ne manque aucune occasion de lui rappeler que c'est lui le futur roi et qu'à terme tous les autres, y compris ses frères, seront ses sujets. Certains s'ingénient à monter les deux jeunes princes l'un contre l'autre. Et quand on laisse entendre à Bourgogne qu'en raison de sa maladie Berry pourrait un jour monter sur le trône à sa place, il explose : « Non, jamais, quand je devrais rester au lit toute ma vie dans l'état où je suis[15]. » En dépit de ces avanies, l'aîné demeurera un modèle dans la conscience et le souvenir de Berry. En 1781, celui-ci, devenu Louis XVI, choisira spontanément de nommer son premier fils, Louis-Joseph, duc de Bourgogne.

Les mois passant, l'état du frère aîné ne fait qu'empirer. On diagnostique une double tuberculose — pulmonaire et osseuse. Nous sommes en novembre 1760 et chacun, y compris le dauphin et la dauphine, doit se rendre à l'évidence : il n'y a plus d'espoir, l'enfant est promis à une mort inéluctable. Tous ceux qui côtoient les parents du petit Bourgogne les trouvent « dans un accablement de douleur qu'on ne peut se représenter[16] ». L'échéance paraît si proche qu'on décide de baptiser le jeune prince et de lui faire faire sa première communion. La cérémonie du baptême a lieu le 29 novembre dans son cabinet. La communion se déroule le lendemain dans sa chambre. C'est l'aumônier du roi qui officie, assisté du duc de La Vauguyon et de M. de Coëtlosquet. *Le Mercure de France* note que « le duc de Bourgogne s'acquitta de cette grande action avec une piété, un respect et un recueillement qui ne sauraient être trop loués[17] ».

Le moment est venu d'informer l'enfant sur son état. C'est son confesseur, le père Desmarets, qui est chargé de cette tâche délicate. Il s'en acquitte et suggère même au prince de demander l'extrême-onction. L'enfant lui avoue qu'il savait déjà que sa vie arrivait à son terme : « J'en ai fait depuis longtemps le sacrifice à Dieu[18]. » Il fait preuve, pour son âge, d'une formidable dignité. Il sait qu'à Versailles la mort d'un membre de la famille royale est vécue comme un spectacle et que celui ou celle qui agonise n'est qu'un figurant avant de devenir une ombre. Mais Bourgogne joue le jeu avec un sens aigu de la représentation et son comportement suscite l'admiration générale, à la cour comme dans la presse.

L'extrême-onction lui est administrée le 16 mars 1761, en l'absence de Berry qui à son tour est malade, crache le sang et souffre d'une forte fièvre. On imagine une contagion : rien d'étonnant après six mois passés au chevet d'un poitrinaire. Le cadet est en outre profondément affecté par l'agonie interminable de son frère et sa mémoire en restera marquée à jamais. Pour l'heure, il a dû s'aliter dans la chambre voisine, mais toute l'attention se porte vers l'agonisant. Aussi inquiet de l'état de son frère que de son propre sort, Bourgogne demande à trois reprises des nouvelles de sa santé — sollicitude qui, aux yeux de beaucoup, magnifiera encore son image. Mais il ne reverra plus Berry et, à la suite d'une ultime et déchirante crise de toux, s'éteindra dans la nuit du 20 au 21 mars après avoir réclamé un crucifix. Il est alors deux heures et demie du matin. Le jeune défunt n'a pas encore dix ans. Sa mère a défailli en apprenant la nouvelle, son père s'est muré dans le chagrin. La monarchie est en deuil. On est samedi. Demain est jour de Pâques.

Un nouveau destin

Pour le dauphin et la dauphine, comme pour le roi, il est clair au fond d'eux-mêmes que la mort s'est trompée de proie, et il faut que leur foi soit bien réelle et forte pour qu'ils n'insultent pas le Ciel après une telle méprise. Rien, écrit Marie-Josèphe de Saxe le 1er mai 1761, « rien ne peut arracher de mon cœur la douleur qui y est gravée à jamais[1] ».

Mais tous vont s'efforcer de faire contre mauvaise fortune bon cœur. Le cadet est devenu l'aîné. C'est lui désormais, après son père, qui est l'héritier présomptif du trône et il va bien falloir s'accommoder de ses défauts, quitte à en faire des vertus. Les précepteurs vont s'y employer, sous le regard cette fois particulièrement attentif du père et de la mère.

Mais des erreurs sont aussitôt commises, dictées par le chagrin et la nostalgie. S'il bénéficie d'une attention accrue, Berry ne jouit pas d'un regain d'affection familiale. Son frère à peine enterré, on l'installe dans la chambre du prince disparu, au milieu de tout ce qui rappelle aux visiteurs la « supériorité » de feu le duc de Bourgogne. Dans une lettre écrite le 21 juillet, son père ne parle pas de la nouvelle chambre du duc de Berry, mais de l'« appartement qu'[il] occupe, et où j'ai été exprès tous ces jours-ci pour m'y accoutumer ». Et cela, ajoute-t-il, « a rouvert ma plaie avec une vivacité que je ne puis vous dire. Les lieux et les murailles mêmes me rappellent ce que nous avons perdu comme ferait une peinture ; il semble que l'on y voie les traits gravés et que l'on entende la voix ; l'illusion est bien puissante et bien cruelle[2] ».

Ce n'est point vers Berry que se tournent le dauphin et sa femme pour trouver une consolation, mais vers les deux plus jeunes, le comte de Provence et le comte d'Artois. Comme Bourgogne, ils sont bruns, ont les yeux noirs et le regard vif, la parole facile et aiment à se faire remarquer. Berry est l'anti-Bourgogne : grand pour son âge et paraissant plus âgé que ne l'était son aîné, il a les cheveux blonds, le regard pensif et réfléchi, des yeux bleus qui sont comme embués (beaucoup penseront, à tort, qu'il souffre de myopie précoce, mais il n'achètera de lunettes qu'après son avènement). Trop grave, trop sage pour plaire à une cour futile, il se distingue par une grande réserve dans laquelle certains croient déceler une absence de caractère. Le duc de Croÿ note en février 1762 : « Nous remarquâmes que des trois Enfants de France, il n'y avait que Monsieur de Provence qui montrât de l'esprit et un ton résolu. Monsieur de Berry, qui était l'aîné et le seul entre les mains des hommes, paraissait bien engoncé[3]. » Artois, lui, n'avait que trois ans, mais il était déjà plein de vie — et plein de lui-même.

La sagesse veut qu'on se méfie des apparences et qu'on ne mesure pas la valeur d'un enfant au bruit qu'il fait ou à l'arrogance qu'il affiche. Dans une lettre à Louis XIV sur l'éducation du Grand Dauphin (mort de la petite vérole le 14 avril 1711), le duc de Montausier, fin psychologue, expliquait que ce serait une erreur de croire « que les enfants éveillés, hardis et causeurs dussent être habiles [...] leur vivacité devient souvent fade et importune ; ils cessent d'être honnêtes gens quand le temps de l'être est venu ». Et d'ajouter, à la décharge des timides, « qu'il y aurait de l'injustice à juger mal de ces enfants qu'on voit honteux en compagnie, qui ne parlent point quoiqu'on les y excite, et qui, par ce procédé, font croire qu'ils manquent d'esprit ». Ils cachent souvent plus « de sens et de jugement » qu'on ne le croit, et il convient d'« espérer d'eux[4] ».

Une occasion se présenta qui permit au jeune duc de Berry de faire preuve et d'esprit et d'aplomb — et qui en surprit plus d'un.

En 1763, le célèbre historien et philosophe écossais David Hume est reçu à Versailles. À la cour, ni le roi ni le dauphin n'adressent la parole à cet ami des encyclopédistes, à ce prophète du scepticisme, adversaire des superstitions et des cultes, dont l'*Histoire d'Angleterre* et les idées sur la religion naturelle ont déjà contaminé beaucoup d'esprits en Europe. Mais, lorsque Hume est présenté aux Enfants de France, « le duc de Berry, l'aîné, un garçon de dix ans [il n'a que neuf ans et trois mois] s'avança et me dit combien j'avais d'amis et d'admirateurs dans ce pays, et qu'il se comptait parmi eux à cause du plaisir qu'il avait tiré de la lecture de beaucoup de passages de mes œuvres ». C'est ensuite Provence, âgé de huit ans, qui y va de son petit compliment, puis Artois, du haut de ses six ans.

Beaucoup se sont interrogés sur cette scène étonnante et ont en général conclu, comme Hume lui-même, qu'il s'agissait là d'un « panégyrique dicté[5] ». Cela semble assez peu probable. On voit mal le très conservateur et traditionaliste dauphin, qui n'avait pipé mot à la cour, organiser un tel accueil en l'honneur de l'ami de Rousseau et de Voltaire (qui appelait l'Écossais « frère Hume ») et des philosophes dont il se méfie comme de la peste — tout comme il se méfie de leur patron et protecteur, Choiseul, alors ministre de la Guerre. Qui donc a concocté et mis en scène ces petits discours ? La logique voudrait que ce soit Berry lui-même — lequel, toute sa vie durant, y compris à la prison du Temple, lira et relira cette *Histoire d'Angleterre* si précocement découverte.

Même s'il se montrait rarement spirituel, Berry ne manquait ni d'humour ni du sens de la repartie. Complimenté un jour par un député de province qui louait son esprit, il eut cette réplique mi-amusée, mi-acidulée : « Monsieur, je vous suis bien obligé, mais ce n'est pas moi qui ai de l'esprit, c'est mon frère de Provence[6]. » Un autre jour, Berry commet une faute de français, disant *il pleuva* au lieu de *il plut*. « Ah ! quel barbarisme, s'écrie alors Provence ; cela n'est pas beau, un prince doit savoir sa langue. — Et vous, mon frère, rétorque l'aîné, vous devriez retenir la vôtre[7]. »

Les parents de Louis-Auguste finirent bientôt par entrevoir que leur fils n'était pas la nullité qu'ils avaient imaginée. Le dauphin demanda à un prédicateur réputé, le père de Neuville, de venir observer et sonder ses trois enfants et de lui dire, avec toute sa « franchise apostolique », ce qu'il augurait pour l'avenir — « surtout de l'aîné ». Le verdict fut sans surprise : Berry avait moins de vivacité et moins de grâce que ses jeunes frères, mais, s'agissant du jugement ou des qualités de cœur, il n'avait rien à leur envier. Le dauphin, qui, disait-il, avait « toujours cru reconnaître en [Berry] un de ces naturels sans apprêts », se déclara ravi : « Je craignais que mon cœur ne me séduisît [ne me trompât] sur le compte de cet enfant[8]. »

Avant même le rapport du père de Neuville, La Vauguyon n'avait pas manqué de percevoir l'intelligence qui se cachait derrière la timidité de Louis-Auguste, ainsi qu'une opiniâtreté pouvant aller parfois jusqu'à l'emportement (ces traits contradictoires — la retenue et l'impétuosité, la timidité et la véhémence — se retrouveront étrangement mêlés chez le Louis XVI adulte). Le gouverneur avait même rédigé quelques notes allant dans le même sens que les conclusions de Neuville, notes qui se terminaient par un portrait plutôt positif de l'héritier présomptif : « Trempe d'esprit supérieure, discernement et justesse d'esprit — éclairé, point dévot de complexion — fier, fermé, subordonné, équitable, bon par raison et non par faiblesse, économe, solide, ne s'amusant point d'enfantillage, né pour aimer 20 millions d'hommes et non 5 ou 6 personnes[9]. » En 1763, même s'il continue de présenter feu le duc de Bourgogne comme un modèle de perfection vers quoi Berry doit essayer de tendre, le gouverneur fait savoir à ce dernier qu'il l'en croit tout à fait capable et que, s'il s'en tient à cette ligne, son destin royal est assuré : la mort du duc de Bourgogne, conclut-il, « vous a rendu la plus chère et la plus sérieuse espérance de l'État et de votre auguste famille ; il est temps de répondre à votre haute destinée. La France, l'Europe entière ont les yeux fixés sur vous [...] vos heureuses dispositions nous font espérer [...] que vous serez un jour aux yeux de Dieu et aux yeux des hommes un grand saint et un grand roi[10] ».

Il faut dire qu'en cette année 1763 la France vient de perdre la guerre de Sept Ans, abandonnant aux Anglais la quasi-totalité des possessions qu'elle détenait en Inde et en Amérique du Nord — et qu'elle ne dispose même plus d'une marine digne de ce nom. La popularité de Louis XV, jusque-là piètre gouvernant et piètre visionnaire, est au plus bas, tandis qu'à ses côtés la Pompadour se retrouve de plus en plus décriée et honnie (« la gloire, disait-elle, est une déesse cruelle, qui fait payer cher ses faveurs ») : on lui fait porter le chapeau, à elle plus encore qu'à son maître, car chacun sait l'influence réelle qu'elle exerce sur le gouvernement, faisant et défaisant généraux, ambassadeurs ou ministres. Face à tant d'échecs et de déliquescence, on comprend que la préparation d'un futur monarque, dont on espère qu'il saura tout à la fois être un « grand roi » et un « grand saint », c'est-à-dire un *souverain vertueux*, soit désormais au premier rang des préoccupations du dauphin et des éducateurs en charge de Berry.

Autant il est coulant avec les plus jeunes, autant le dauphin fait montre d'une sévérité grandissante à l'égard de l'aîné. Il supporte mal, derrière la placidité apparente de son fils, sa tendance à l'entêtement et son esprit d'indépendance, et entend bien lui redresser le caractère : la fermeté sera le meilleur moyen d'y parvenir. Pourtant Louis-Auguste est un élève appliqué, curieux de la géographie du globe, capable de dessiner un atlas complet : cette passion fera de lui, qui au total voyagea peu, une sorte de « navigateur immobile ». Il étudie sept heures par jour. Le soir, dans sa chambre, il lit beaucoup, et de tout, notamment certains grands auteurs du moment (dont Hume, nous l'avons vu, et Montesquieu), mais il est surtout attiré par les ouvrages techniques et scientifiques. La littérature l'attire moins, sauf les grands classiques. Parmi ceux-ci, *La Jérusalem délivrée* du Tasse et le *Robinson Crusoé* de Defoe. Il saura par cœur l'*Athalie* de Racine. Il apprend en outre la physique, l'écriture, la morale et le droit public, l'histoire, la danse, le dessin, l'escrime, sans oublier la religion. Et il est plutôt doué pour les langues : il commence à posséder le latin, se débrouille en allemand et se met à l'étude de l'italien. L'anglais lui est déjà très familier et il lit les gazettes de Londres. Plus tard, il traduira même l'*Histoire de l'Angleterre durant le règne de Charles Ier* de David Hume ainsi que les trois premiers volumes de l'*Histoire de la décadence et de la chute de l'Empire romain* d'Edward Gibbon. Il est bon également en mathématiques. On sait par son maître, Guillaume Le Blond, que sur trente leçons de calcul ou de géométrie, il obtenait de bons résultats dans vingt-quatre cas, des résultats moyens dans seulement six, mais ne se retrouvait jamais dans la zone des mauvaises notes.

Cela n'empêchait nullement son père de sévir au moindre relâchement. C'est ainsi qu'en octobre 1765, prétextant d'une « mauvaise leçon », il décida de punir Berry en lui interdisant d'aller, en compagnie de toute la famille royale, à la traditionnelle chasse de Saint-Hubert. L'enfant sortait peu, n'aimait guère ces battues officielles et il n'assistait chaque année qu'à celle-là. La mortification n'était pas dans la punition infligée, mais dans ses conséquences publiques : l'absence de l'héritier présomptif ne passerait pas inaperçue de la cour et des ambassadeurs étrangers invités à cette importante réjouissance annuelle. Un mythe naquit sans doute ce jour-là — l'image d'un prince paresseux et ignorant, rétif aux études et justement privé par son père de son unique passion, la chasse (ce goût ne lui viendra que plus tard).

La disproportion entre la faute et le châtiment était telle que la dauphine supplia son mari : en vain ; que le roi lui-même, adouci en quelque sorte par la mort récente de Mme de Pompadour (le 15 avril 1764) et soudain plus proche par le cœur de sa famille, tenta, mais sans plus de succès, d'en appeler aux sentiments de son fils : « Quand vous empêchez vos enfants de se trouver à mes chasses, c'est moi-même, autant qu'eux, que vous mettez en pénitence[11]. » Rien n'y fit.

Le dauphin était alors souffrant et alité, et ceci explique peut-être cela. Louis-Ferdinand, dont la maigreur devenait inquiétante, n'avait jamais joui d'une très bonne santé. En 1738, il souffre d'un abcès à la gorge ; en 1752, il contracte la petite vérole ; en 1764, il frôle la pneumonie. Cette fois-ci, le 11 août 1765, ayant fait une visite à l'abbaye de Royal-Lieu et s'étant fait surprendre par la pluie, il revient à Versailles affligé d'un fort rhume, est pris de fièvre et se met à cacher du sang. Ceux qui le virent alors, dont l'écrivain anglais Horace Walpole, notèrent son aspect fantomatique. Son état empirant au fil des semaines, le dauphin, convaincu qu'un changement d'air s'imposait, demanda et obtint que la cour se transporte à Fontainebleau comme elle le faisait chaque année à l'automne. Mais le château, aussi humide et mal chauffé que mal entretenu, était plus ouvert à tous les vents et plus malsain encore que ne l'était Versailles. Bientôt Louis-Ferdinand ne quitta plus son lit : sa femme, secondée par sa belle-sœur Madame Adélaïde, restait à son chevet de l'aube jusque tard dans la nuit. Il y eut une brève période de rémission, mais l'issue ne faisait plus de doute pour personne. Le dauphin lui-même avait conscience de son état et ne se faisait aucune illusion sur la suite des choses. Il était toutefois calme et serein. Profondément religieux, il regardait la mort sans grande appréhension. Il lui arrivait même de faire de l'humour à ce sujet. Au duc d'Orléans venu lui rendre visite et qui arborait une mine de circonstance, il lance : « Je vous régale d'une petite agonie[12]. »

On sent qu'il ne tient plus guère à la vie. Désenchanté par la politique de son père, déçu de ne pas avoir reçu de lui le commandement des troupes françaises pendant la désastreuse guerre de Sept Ans, scandalisé par la récente expulsion de l'ordre des jésuites (inspirée par Choiseul), écœuré par les frasques amoureuses du roi et ses ébats du Parc-au-Cerf, il est revenu de tout et ne croit plus en rien — sauf Dieu. Dans son for intérieur, peut-être est-il soulagé à l'idée de ne jamais devoir hériter d'un trône tombé aussi bas.

Mais il s'inquiète de ce qu'il adviendra de son fils aîné le jour où Louis XV ne sera plus là. Le 19 octobre, quelques jours après la Saint-Hubert, il fait venir près de lui cet enfant mal-aimé qui assiste, effondré, au début d'agonie de son père quatre ans après celle du duc de Bourgogne. Le dauphin lui tient alors des propos dans lesquels il est difficile de démêler le trait d'esprit, la tendresse ou une certaine cruauté, voire un certain cynisme :

— Eh bien ! mon fils, vous pensiez donc que je n'étais qu'enrhumé ?

Et d'ajouter :

— Sans doute, quand vous aurez appris mon

état, vous aurez dit : « Tant mieux, il ne m'empêchera plus d'aller à la chasse. »

L'agonie dura trente-cinq jours. Début décembre, le dauphin est à bout de force. Une seule chose semble encore l'obséder : la formation intellectuelle, morale et religieuse de Louis-Auguste et sa préparation aux fonctions royales qui ne manqueront pas de lui échoir un jour. Il requiert de Louis XV que la dauphine continue d'être la « maîtresse absolue de l'éducation de ses enfants[13] ». Puis, sentant venir ses derniers instants, il demande à son confesseur, l'abbé Collet, de se substituer à lui et de lire à La Vauguyon le texte de ses dernières volontés, lesquelles concernent tout entières le devenir de ses enfants : en plus de l'obéissance à leur mère — femme et éducatrice hautement « respectable » —, ce qu'il leur recommande « par-dessus toutes choses », c'est « la crainte de Dieu et l'amour de la religion[14] ».

Le dauphin s'éteignit le 20 décembre 1765 vers huit heures du matin. Il avait trente-six ans.

Quand tout fut fini, Louis XV accompagna chez la reine son nouvel héritier, un enfant accablé de chagrin et sans doute écrasé par la perspective de ses futures et inéluctables responsabilités. S'adressant aux huissiers, le roi lance alors à l'intention de son épouse, de la cour et du monde :

— Annoncez Monsieur le dauphin.

Puis, d'une voix brouillée, il murmure :

— Pauvre France ! Un roi de cinquante-six ans et un dauphin de onze[15] !

Un mariage diplomatique

La disparition de Louis-Ferdinand assombrit un peu plus le caractère du nouveau dauphin, lequel eut beaucoup de mal à se faire à son nouveau titre. Mais rien ne changea dans le mode d'éducation du futur roi, à ceci près qu'au modèle du duc de Bourgogne se substitua, ou plutôt vint se superposer, l'image exemplaire du père disparu.

Pour enseigner la morale et le droit public, La Vauguyon recrute un adjoint supplémentaire, le père Berthier, un jésuite rappelé d'exil pour l'occasion. Le 1er mars 1766, à Versailles, lors d'une cérémonie organisée à la mémoire du défunt en l'église paroissiale Notre-Dame, le gouverneur admoneste le jeune prince endeuillé et l'engage publiquement à prendre le disparu pour modèle :

— Promettez-lui à lui-même que vous vous formerez à son exemple ; venez méditer devant son image ; proposez-vous tous les jours une de ses vertus à imiter et faites que dans mes vieux jours je puisse m'écrier avec attendrissement : « Dieu [...] avait enlevé à la France le plus grand des princes [...] il l'a rendu à la nation en la personne de son fils[1]. »

Désormais, s'il est toujours exigeant envers son élève, le gouverneur se montre néanmoins plus libéral. En mars 1766, il fait imprimer, dans l'appartement même du dauphin, et en présence de ses deux frères, Provence et Artois, un devoir que Louis-Auguste a rédigé à sa demande. Il s'agit d'une série de dix-huit « maximes morales et politiques » librement inspirées du *Télémaque* de Fénelon. On y lit — l'auteur n'a pas encore douze ans — que « la condition des laboureurs doit être honorée comme une des plus utiles à l'État », que « les vues d'un monarque doivent s'étendre sur tout le corps des citoyens », qu'il doit les récompenser en s'attachant « au mérite et à la vertu » et que les meilleurs devront, grâce à leurs qualités propres, obtenir du prince qu'il « arrête sur eux ses regards, et les choisisse pour conduire au bonheur de l'État ». Le dauphin se fait aussi le champion du libre commerce, mais, à la différence de Fénelon, il souhaite que seul le profit *direct*, et non la totalité du profit, aille aux négociants, le commerce devant *indirectement* bénéficier à l'ensemble du pays. Il rappelle enfin (allusion à son grand-père ?) qu'un roi doit tout à la fois écarter de lui tous ceux qui « affichent publiquement » le vice et l'irréligion, sans pour autant « scruter les cœurs ni exercer sur les consciences un despotisme qui pourrait devenir odieux ». Autrement dit, ceux qui gravitent autour d'un monarque ont *en privé* le droit de s'adonner au vice et de rejeter la religion, mais ils ne doivent point en faire étalage et donner leurs dérèglements en spectacle — voire en exemple. Quant au prince lui-même, il a le devoir de se méfier du luxe qui « enseigne aux hommes un esprit de dissipation et de libertinage » et les détourne de leurs occupations « les plus essentielles ». Si elle se laisse corrompre par les passions humaines, la politique, conclut notre prince-philosophe, n'est plus « qu'un tissu de perfidies, d'infidélités et d'intrigues[2] ». Sévère réquisitoire !

La Vauguyon aurait pu à cette occasion redire à son élève ce qu'il lui avait glissé à l'oreille trois ans plus tôt : « Je parle à un homme que la raison éclaire et qui cherche à connaître les droits de l'humanité[3]. » Louis XV, à qui un exemplaire relié avait été offert, se sentit visé par plusieurs passages — notamment la phrase relative aux vices affichés, mais aussi l'idée selon quoi « à la cour des princes corrompus, les grâces et les passions coulent par le même canal ». Manifestement irrité et soucieux que ce texte ne soit pas propagé, il fit venir son petit-fils devenu imprimeur et lui déclara : « Monsieur le dauphin, votre ouvrage est fini, rompez la planche[4]. »

La dauphine ne voit pas non plus d'un très bon œil cette évolution libérale encouragée par le gouverneur. Alors que celui-ci cherche à appliquer, dans les travaux de son élève, la méthode du libre examen (et cette prise de distance intellectuelle convient fort bien au tempérament du jeune prince), elle décide de rompre avec cette manière de procéder et d'imposer à son fils le carcan d'une sorte de catéchisme pédagogique dont elle seule dictera le contenu : « Il ne s'agit pas seulement d'exercer votre mémoire et d'orner votre esprit ; il faut, ce qui est plus important, fixer votre manière de penser [...] Un prince né pour le trône ne doit pas être jeune longtemps [...] On ne saurait trop tôt l'accoutumer à réfléchir sur ses obligations[5]. » Elle veut que le futur roi qu'est son fils incarne la perfection morale, qu'il soit un monarque insensible aux attraits qui le cernent, « soumis à Dieu seul, et présentant à la terre le plus grand spectacle que la foi puisse donner[6] ». Et, comme il faut commencer quelque part, son fils reçoit le 21 décembre le sacrement de confirmation, sa première communion étant célébrée trois jours plus tard en l'église Notre-Dame.

Il faut dire que la mort de son mari a plongé la dauphine dans une tristesse dont elle ne se relèvera vraiment jamais et qui déteint sur tout ce qu'elle entreprend, notamment sur l'éducation du futur roi. Ce dernier, à l'inverse, s'émancipe. Il commence, à pas comptés, à sortir de lui-même et à rencontrer le monde. Il participe à des promenades et, le 23 août 1766, à l'occasion de son anniversaire, il suit une chasse en voiture découverte pour la première fois de sa vie. Deux jours plus tôt, pour la première fois également, il monte à cheval ; puis, jusqu'en octobre, prend des leçons d'équitation. Mais la dauphine met bientôt le holà à cet excès de divertissements : « Tout ce qui est nouveau, écrit sa sœur Christine, lui cause des révolutions affreuses[7]. »

Mais subitement, vers la fin de 1766, la mère de Louis-Auguste semble, à la surprise et au plaisir de tous, s'éloigner de son état dépressif et reprendre goût à la vie. Elle tolère à nouveau les sorties de ses enfants. Les promenades se multiplient ; elles ont lieu presque tous les jours, le plus souvent en calèche. Le jeune dauphin retrouve, lui, le goût d'une certaine liberté et renoue avec son esprit d'indépendance. Il n'aime pas les artifices de la cour. Il s'habille simplement, marche de manière un peu lourde afin, sans doute, de se distinguer des élégants qui se pavanent dans les salons et couloirs de Versailles. Et, comme le note la biographe de Marie-Antoinette, Simone Bertière, « il aime parler aux gens simples, tient d'une main ferme la charrue d'un laboureur, grimpe sur l'échelle des plâtriers et des peintres qui réparent le château, choisit comme délassement non le tournage du bois et de l'ivoire comme son grand-père, mais la serrurerie qui salit les mains, oblige à dompter le feu et contraint de se colleter avec la résistance du métal, tout en exigeant une extrême précision d'exécution[8] ». Il s'intéresse aussi à l'horlogerie, où la précision est plus encore la règle. Dans ce monde codifié, dans cet univers compassé, rigide, peuplé d'esprits et de règles archaïques, ce jeune prince apporte comme une touche de modernité.

Naturellement, tout le monde ne le voit pas sous ce jour favorable : à la cour et ailleurs, beaucoup acceptent mal qu'un héritier royal ne cherche pas à se mettre davantage en valeur par les apparences, le maintien ou les atours. Le marquis de Caraccioli, ambassadeur de Naples, ira jusqu'à dire de lui : « Il semble avoir été élevé dans un bois[9] » ! Et Stefan Zweig le décrira comme un « lamentable balourd [...] que sa nature destine à un poste d'employé de bureau ou de fonctionnaire des douanes[10] ».

Louis XV, lui, se remet mal de la mort de son fils et ne voit dans le nouveau dauphin qu'une pâle consolation. Le souvenir du disparu l'obsède et il écrit à Ferdinand de Parme : « Vous avez bien jugé de ma douleur [...] quand on appelle mon petit-fils, quelle différence pour moi, surtout quand je le vois entrer[11] ! »

Confronté au désarroi du monarque, Choiseul ne voit qu'une solution : hâter l'établissement du dauphin. Puisque la guerre de Sept Ans a rendu la France amère et l'a fragilisée, il serait judicieux, face à l'ogre britannique, d'opérer un renversement d'alliances. L'idée serait d'appuyer la monarchie française sur l'empire autrichien en mariant Berry à une archiduchesse. Le roi paraît convaincu, et les choses ne traînent pas. Le 24 mai 1766, l'ambassadeur d'Autriche à Paris est en mesure d'écrire à l'impératrice Marie-Thérèse qu'elle « peut de ce moment regarder comme décidé et assuré le mariage du dauphin et de l'archiduchesse Marie-Antoinette[12] ».

La dauphine, elle, ne l'entendait pas de cette oreille. Pour elle, s'il fallait marier Berry, qu'on l'unisse donc à un membre de sa propre famille — à Amélie de Saxe par exemple ! Fine mouche, elle ne s'opposa pas de front aux manœuvres de Choiseul et à la décision de son royal beau-père. Le jour où celui-ci lui annonça le choix sur lequel il s'était arrêté, elle lui suggéra de temporiser, car, une fois Marie-Antoinette définitivement installée à Versailles, de quel moyen disposerait-on pour obtenir de Vienne d'éventuels « retours de complaisance » ? Au lieu de se lier les mains aussi rapidement, mieux vaudrait donc, expliqua-t-elle, maintenir la cour de Vienne dans l'expectative — « entre la crainte et l'espérance[13] ». Le roi ne fut pas insensible à la subtilité du raisonnement et, pour l'heure, le mariage autrichien resta en suspens.

Mais la dauphine n'eut guère le temps de déployer sa stratégie franco-saxonne, car, au sein de la famille royale, la longue chaîne des deuils compta bientôt un anneau de plus — le sien. Début 1767, elle sombra à nouveau dans la langueur. Appelé à son chevet, le docteur Tronchin affirma qu'il ne s'agissait pas d'une affection poitrinaire, mais il convainquit peu de monde. Les médecins français, dont Sénac, étaient d'un avis contraire et prédisaient le pire. D'aucuns se mirent à imaginer que la succession de ces maladies, puis de ces décès, avait une seule et même origine : le poison. Pour trouver l'empoisonneur, il suffisait de se demander à qui profitaient tous ces crimes. Et un seul nom venait à l'esprit — en particulier à celui de La Vauguyon, qui ne manqua pas de propager la rumeur. Ce nom était celui de Choiseul, ennemi juré du précédent dauphin et qui, la dauphine éliminée, et une fois Louis XV à son tour disparu, pourrait, disait-on, gouverner tout seul le pays, Berry n'étant encore qu'un enfant ou un adolescent. La dauphine n'était pas loin de penser la même chose, au point qu'elle fit surveiller ses aliments et rédigea à l'intention de Berry un testament dans lequel elle adjurait son fils, dès lors qu'il accéderait au trône, de ne jamais prendre Choiseul comme ministre.

Cette chaude ambiance et les frimas de la saison hivernale ne contribuèrent pas au rétablissement de la dauphine. Elle s'affaiblit de semaine en semaine et se mit à cracher du sang. Tronchin dut admettre qu'elle avait probablement contracté la phtisie pendant les mois passés au chevet de son mari. Le 4 mars, l'abbé Soldini, aumônier du Grand Commun de Versailles, informe la dauphine que son état ne permet plus d'espérer une évolution positive. Quatre jours plus tard, elle reçoit les derniers sacrements en présence de Louis XV et de la famille royale. Pour la troisième fois, Berry suit jour après jour l'agonie d'un être cher. Sa mère est terriblement amaigrie et « pâle à faire saigner le cœur[14] ». Le 9 mars, elle fait venir ses trois fils et leur donne sa bénédiction, mais les larmes l'empêchent de poursuivre et c'est Soldini qui achève son petit discours — discours où elle incite les jeunes garçons à honorer le roi et la reine, à s'inspirer des « vertus de [leur] auguste père » et à « marcher devant Dieu dans la droiture de [leur] cœur ». Le lendemain, c'est au tour des deux filles — Clotilde (née en 1759) et Élisabeth, qui n'a que trois ans — d'entendre les ultimes recommandations de la mourante. Dans l'après-midi du 13 mars, lors d'une visite du roi, le visage de la dauphine se transforme brusquement et elle est prise de sueurs froides. Elle rendra le dernier soupir vers huit heures du soir.

Tout comme ses frères et sœurs, Berry, à nouveau endeuillé et accablé, se retrouve doublement orphelin. Le roi, qui a depuis peu une nouvelle favorite, la comtesse du Barry (elle ne fera son entrée officielle à la cour que le 22 avril 1769), assiste peu aux services solennels organisés à la mémoire de la dauphine disparue, si bien que c'est Berry qui porte sur ses épaules l'essentiel de la douleur familiale. Louis XV aime bien son petit-fils ; il l'emmène aux revues de troupes et autres cérémonies officielles, mais entre eux le courant ne passe plus comme autrefois et il n'y a plus beaucoup d'intimité dans leurs rapports, d'autant que le jeune prince ne tient pas en haute estime la nouvelle maîtresse de son grand-père et que celui-ci perçoit bien cette réticence. Celle-ci lui rappelle de surcroît, et cruellement, celle qu'éprouvait Louis-Ferdinand à l'égard de la Pompadour.

Berry, le mal-aimé, ne s'est jamais senti aussi seul. Il reprend la routine des études, ne serait-ce que pour oublier ses chagrins accumulés. La Vauguyon demande à Jacob-Nicolas Moreau, homme de lettres, persifleur des philosophes et pour l'heure employé au service des Affaires étrangères, de préparer à l'intention de Berry des « Entretiens sur la Justice et sur la Fermeté ». Dans les réflexions toutes pénétrées de foi religieuse — mais non de bigoterie ou d'esprit dévot — que le dauphin rédige dans les marges de ce document de travail, on perçoit le mûrissement de sa pensée et la haute idée qu'il commence à se faire de lui-même et du rôle qui l'attend en tant que futur monarque de droit divin : « Je ne puis être grand que par [Dieu], parce qu'en lui seul est la grandeur, la gloire, la majesté et la force, et que je suis destiné à être un jour sa vive image sur la terre[15]. » Ou encore cette remarque plutôt prophétique sur le tempérament ronchonneur de ses futurs sujets : « Les Français sont inquiets et murmurateurs, les rênes du gouvernement ne sont jamais conduites à leur gré ; ils crient, ils se plaignent, ils murmurent éternellement : on dirait que la plainte et le murmure entrent dans l'essence de leur caractère[16]. »

Le futur Louis XVI devait réunir en un unique manuscrit l'ensemble des idées que lui avaient inspirées ses conversations régulières avec son gouverneur ainsi que les divers mémoires rédigés à son intention, dont celui de Moreau. Ce document, intitulé *Réflexions sur mes Entretiens avec M. le duc de La Vauguyon*, nous renseigne avec précision sur l'évolution de la pensée du duc de Berry et sur certaines audaces dans sa façon de voir ou de juger le monde. On y lit en particulier qu'un monarque ne doit pas rendre la justice directement et que les juges doivent, eux, travailler de manière autonome, car « le trône est trop loin des petits, trop assiégé par les nobles ». Berry met certes la piété au premier rang des devoirs d'un roi, mais il blâme un clergé toujours prêt à abuser des richesses de l'Église, les évêques trop absents de leurs diocèses. Quant aux rois eux-mêmes, « ils sont responsables de toutes les injustices qu'ils n'ont pas pu empêcher ». Et si, par la faute du souverain, « la nation qui lui est soumise n'est pas aussi heureuse qu'elle aurait pu être, il est coupable[17] ».

S'il se fortifie intellectuellement, Berry tombe plusieurs fois malade entre 1766 et 1770, au point qu'on se demande s'il ne souffre pas de ce qui a emporté son frère aîné et ses deux parents. Certains jugèrent qu'il était perdu, mais sa forte constitution reprit le dessus et, bien qu'amaigri, il sortit physiquement requinqué de ces nouvelles épreuves. On le voit, en août 1769, suivre ses premières chasses à cheval, sport qui devient aussitôt une passion. Mais les alertes relatives à sa santé ont eu pour autre conséquence de rapprocher Louis XV de son petit-fils. Oubliées les tensions engendrées par le devoir sur *Télémaque* : en juin 1770, le roi fait part à Ferdinand de Parme des nouveaux sentiments qui l'animent : « Je l'aime de tout mon cœur parce qu'il me le rend[18]. »

Un peu de soleil brille donc à nouveau dans la famille royale. Les années ont passé, le dauphin a grandi et bientôt il sera majeur. Le moment est venu de songer à nouveau à son établissement. Sa mère disparue, plus rien ne s'oppose au projet autrichien du roi et de Choiseul, devenu une sorte de Premier ministre. Toutes les ficelles ont été tirées par ce dernier. Dès 1767, il a envoyé à Vienne un ambassadeur, le marquis de Durfort, avec pour mission de convaincre l'impératrice et son fils, le futur Joseph II, des avantages de l'union proposée entre les Bourbons et les Habsbourg. Les tractations ont duré plusieurs années, car Marie-Thérèse, qui souhaite se rapprocher de la France, craint néanmoins de froisser par cette alliance inédite le puissant Frédéric de Prusse, celui qu'elle appelle « le monstre ». Par ailleurs, les rapports sur son futur gendre que lui envoie son ambassadeur à Versailles, le comte Mercy-Argenteau, ont de quoi inquiéter l'impératrice : « La nature semble avoir refusé tout don à Monsieur le Dauphin, [...] par sa contenance et ses propos ce prince n'annonce qu'un sens très borné, beaucoup de disgrâce et nulle sensibilité[19]. » De quoi ébranler la mère la plus stoïque (sauf à penser que Marie-Antoinette « gouvernera » aisément un tel mari). À quoi s'ajoute que Louis XV a fait parvenir à Marie-Thérèse et à sa fille cinq tableaux ou images de son petit-fils, dont trois, choix mystérieux, représentent « le dauphin labourant » ! Mais finalement l'impératrice donne son accord au nom des intérêts supérieurs de son pays et malgré l'âge précoce des deux intéressés — quinze ans pour Berry, quatorze et demi pour Marie-Antoinette.

Celle-ci, d'abord séduite à l'idée de devenir à terme la reine de la plus puissante nation d'Europe, s'avise bientôt que dire adieu à Vienne et à sa gaieté légendaire — quitter Schönbrunn, son château d'enfance, et le palais de la Hofburg — va être un arrachement. C'est là qu'elle rencontra le tout jeune Mozart, venu donner un concert devant la cour. À cette occasion — l'anecdote est connue mais invérifiable — Amadeus glissa sur le parquet et c'est elle, à peine plus âgée que lui, qui l'aida à se relever. Il l'aurait alors remerciée avec ces mots : « Vous êtes bien gentille, et quand je serai grand, je vous épouserai[20]. » Sans doute aurait-elle mieux fait d'accepter cette proposition !

Mais aujourd'hui son destin l'appelait ailleurs et, au-delà de l'honneur qui lui était fait, c'est de l'effroi qu'elle ressentait. À la veille du départ pour la France, voilà qu'elle rechigne soudain à s'expatrier aussi jeune vers des horizons aussi lointains et il faut toute l'autorité de sa mère, qui n'en manquait pas, pour que la jeune princesse se ressaisisse et s'exécute. Du reste, elle est déjà mariée, car il a été convenu entre la France et l'Autriche de procéder à deux cérémonies nuptiales distinctes, l'une par procuration à Vienne (elle s'est déroulée le 19 avril dans l'église des Augustins, Durfort signant pour la France l'acte de célébration), l'autre plus tard à Versailles en présence des deux promis. Et, le 17, Marie-Antoinette a juré sur l'Évangile qu'elle renonçait à la succession du trône autrichien — et à ses droits aux possessions autrichiennes : à défaut de cet héritage, elle apporterait une dot de 200 000 florins, recevant en retour une rente annuelle (« douaire ») de 20 000 écus en cas de veuvage. Depuis plusieurs jours, la ville est en fête. Les réceptions se succèdent, on joue *La Mère confidente* de Marivaux, les gens de cour dansent dans les palais, le peuple dans les rues.

Nous sommes dans les derniers jours d'avril 1770. Après une séparation d'avec sa mère et ses proches baignée de larmes, Marie-Antoinette fait donc finalement route vers la France. Le départ a lieu le 21 et le voyage d'apparat, longue tournée triomphale, va durer plus de vingt jours. La jeune princesse est installée dans un luxueux et confortable carrosse fabriqué à Versailles. Il y a même un double en cas d'accident. Derrière la voiture de l'archiduchesse s'étire un long cortège d'une quarantaine d'autres véhicules — de transport ou d'intendance — également fournis par la France. Première nuit à Molck. Puis c'est Augsbourg, puis Guisbourg, puis la Forêt-Noire.

Marie-Antoinette ne sait pas qu'elle ne reverra plus sa mère. Pour l'heure, elle roule vers son futur époux, un adolescent de quinze ans et demi, grand de taille (à dix-neuf ans il mesurera cinq pieds six pouces, soit 1,78 mètre — et 1,92 mètre au terme de sa croissance !), musclé mais plus maigre que mince, totalement pur et vierge — et qui a du sexe féminin une image essentiellement négative. Même s'il y a des dames charmantes à la cour, Berry n'a véritablement côtoyé que trois catégories de femmes dans sa jeune existence : les autoritaires, comme sa mère ou Mme de Marsan ; les confites en religion, comme les filles de Louis XV (Victoire, Louise, Sophie et Adélaïde) qu'on appelle « Mesdames » ; et, pour finir, les « catins », comme Mme de Pompadour, détestée de ses parents, ou encore la nouvelle « garce » du roi, Mme du Barry, née Jeanne Bécu, dont Mesdames et bien d'autres disent déjà le plus grand mal. Comme le note Éric Le Nabour, « entre ces [...] extrêmes, rien. Pas un visage avenant, pas une figure de femme qui eût pu lui apporter un peu de douceur ou de compréhension. Un vide affectif que rien n'a comblé[21] ». Marie-Antoinette sera-t-elle l'ange salvateur ?

Si l'abbé de Vermond, précepteur français envoyé par Choiseul auprès de l'archiduchesse, disait de Berry, sans l'avoir jamais vu, qu'il avait « le cœur meilleur que la tête[22] », que dire du cœur et de la tête de la future épousée ? Que Marie-Antoinette fût belle et gracieuse ne fait aucun doute, même si elle avait plus de charme que de joliesse, avec son front trop bombé, son nez légèrement aquilin et ses dents bizarrement plantées (à cause de plusieurs extractions intempestives). Mais elle était inculte et, comparé à elle, le dauphin français apparaissait comme un véritable puits de connaissances. Vermond s'était vite senti dépassé par l'ampleur de sa tâche, effaré qu'il était par l'ignorance abyssale, le manque d'application et l'étourderie de Marie-Antoinette : « Un peu de paresse et beaucoup de légèreté, écrit-il en termes choisis à Mercy-Argenteau, m'ont rendu son instruction plus difficile. » Certes l'archiduchesse « parle aisément et assez passablement le français », mais on ne peut « appliquer son esprit qu'en l'amusant[23] ». La vérité est qu'elle n'avait jusque-là jamais ouvert un livre, à l'exception de quelques romans faciles, ne connaissait rien du monde et n'était encore qu'une jeune fille immature qui entendait camper dans son enfance aussi longtemps que possible. Elle ne brillait qu'aux cours de danse à la française administrés par le célèbre chorégraphe Jean-Georges Noverre, lui aussi envoyé exprès de

France. Ce que Choiseul savait, c'est qu'elle était vive, enjouée, qu'elle avait du caractère et ne manquait pas d'esprit, même si la réflexion sérieuse n'était pas son fort. Il était convaincu que cette jeune fille papillonnante et qui n'avait pas froid aux yeux aurait tôt fait de prendre le dessus sur son timide époux et que lui-même saurait faire d'elle un instrument indirect de son propre pouvoir. Peut-être pressentait-il déjà ce que plus tard Mirabeau dira de Louis XVI : « Le roi n'a qu'un homme, c'est sa femme[24] » !

Après avoir traversé l'Autriche et la Bavière, le cortège et ses trois cent quarante chevaux arrivèrent le 7 mai en vue de Strasbourg. Il avait été convenu que la « remise » de la mariée ne s'effectuerait ni d'un côté ni de l'autre du Rhin, mais sur un îlot inhabité, à égale distance des deux rives, où l'on avait édifié un somptueux pavillon. On procéda donc comme il avait été décidé : en ressortant du pavillon côté France, Marie-Antoinette cessa d'être archiduchesse et se retrouva dauphine. Entre-temps elle s'était changée et était désormais vêtue à la française — ses jupons étaient de Paris, ses bas de Lyon, ses souliers de Versailles. Autour d'elle s'agitait une suite bourbonienne composée d'inconnus qui venait de prendre le relais de la suite autrichienne ; et à ses côtés se tenait la comtesse de Noailles, sa nouvelle dame d'honneur, dans les bras de laquelle elle se réfugia un instant pour verser quelques larmes.

Marie-Antoinette, à qui on vient de lire l'acte officiel de mariage, est désormais française. On entend les cloches de la cathédrale de Strasbourg sonner à tout va. La dauphine remonte dans son carrosse et sous les acclamations de l'assistance prend le chemin de la capitale alsacienne. Sans doute, note Stefan Zweig, a-t-elle compris en cet instant que l'enfance à laquelle elle tenait si fort vient de s'achever et que « son destin de femme commence[25] ».

L'accueil de Strasbourg est plus que chaleureux. Toutes les autorités sont mobilisées, la ville est en fête, la foule en liesse, et depuis son carrosse la dauphine salue tous ces Alsaciens et Alsaciennes enthousiastes, dont beaucoup ont revêtu le costume traditionnel. Le lendemain, à la cathédrale, le vieux cardinal de Rohan ayant dû s'aliter, c'est son neveu et coadjuteur, le prince Louis de Rohan, qui accueille Marie-Antoinette. Au nom du cardinal, il prononce un bref discours qui en réalité s'adresse plus à la mère qu'à la fille :

— Vous allez être parmi nous, Madame, la vivante image de cette impératrice chérie, depuis longtemps l'admiration de l'Europe comme elle le sera de la postérité. C'est l'âme de Marie-Thérèse qui va s'unir à l'âme des Bourbons[26].

Quittant l'Alsace et ses réjouissances populaires, le cortège nuptial se dirige alors, à travers la Lorraine, vers sa première destination officielle, Compiègne. De leur côté, le roi et le dauphin sont sur le point de quitter Versailles, accompagnés de la cour au grand complet et en grande tenue d'apparat. Louis XV croit percevoir chez son petit-fils une certaine curiosité à l'approche du grand jour :

« L'époux compte les jours et le lieu où elle est et me paraît avoir impatience de la voir et que tout soit fait[27]. »

Au demeurant, la dauphine n'est plus très loin. Nancy, Bar-le-Duc, Saint-Dizier, Châlons-en-Champagne : partout l'accueil réservé à la dauphine est festif, bruyant, visiblement affectueux ; mais il faut se hâter car on ne fait pas attendre le roi de France. C'est à l'orée de la forêt de Compiègne, au pont de Berne, que la rencontre a été prévue. On est le 14 mai, il y a foule et il fait beau. Le peuple, accouru dès l'aube, est au rendez-vous et attend « l'Autrichienne » : le qualificatif ne comporte pas encore la charge haineuse qu'il aura plus tard.

Elle arrive ! Le roi et son petit-fils sont descendus de leur carrosse. Choiseul, honneur insigne, est allé, un peu en amont, à la rencontre de la dauphine qui l'a remercié d'avoir été l'artisan de son bonheur. Son carrosse s'étant avancé jusqu'à l'endroit prévu, elle met pied à terre, puis s'élance spontanément vers le roi, lui fait une révérence (cent fois répétée) et s'agenouille pour lui baiser la main. Sensible à sa blondeur, à ses beaux yeux bleus, à son teint transparent et à la grâce de toute sa personne, le roi, expert en beauté féminine, la relève, l'embrasse tendrement et lui présente alors le dauphin qui, se pliant au protocole, dépose à son tour un baiser discret sur la joue de la jeune femme. Le contraste est saisissant entre ce grand jeune homme étique et dégingandé et cette adolescente aussi petite que faussement menue, et dont la taille n'est pas encore bien prise. Visiblement, ils ne savent ni que se dire, ni que penser l'un de l'autre, pour autant qu'en cet instant solennel ils soient en état de penser quelque chose.

Un carrosse les emmène vers Compiègne, où tout le monde va passer la nuit dans des résidences séparées. Marie-Antoinette est assise entre le roi, qui fait toute la conversation, et son mari, qui ne dit mot. Elle aussi est silencieuse. Mais il est facile d'imaginer, comme de comprendre, l'embarras extrême que devaient ressentir ces deux « époux » qui un quart d'heure plus tôt ne s'étaient jamais vus. Le soir, au château de Compiègne, l'ancienne archiduchesse fut présentée à tout ce qui compte à la cour : à Mesdames d'abord, puis aux princes et princesses du sang, puis aux gens titrés, puis aux ambassadeurs et autres grands dignitaires. C'est une dauphine passablement fatiguée qui, peu après le dîner, fut autorisée à rejoindre sa chambre.

Le lendemain, avant de gagner Versailles, on fait une halte au Carmel de Saint-Denis où, comme nous l'avons vu, s'est récemment retirée Madame Louise, la plus jeune des filles de Louis XV. La dauphine y enchante tout le monde par sa façon d'être et de paraître, tout comme la veille elle a « enchanté » le roi. De sa mère elle avait reçu consigne de charmer celui-ci ; elle s'y emploie avec succès et ses débuts sont une réussite. Le soir, le cortège royal se retrouve au château de la Muette où on lui présente les deux frères de son mari, Provence et Artois. Le roi — le rite n'est pas nouveau — offre à la dauphine une magnifique parure de diamants et l'invite à passer à table. Parmi les nombreux convives, Marie-Antoinette repère une jeune femme blonde très élégante — la comtesse du Barry — à qui elle trouve du charme et qui répond à tous ses sourires. Elle demande à Mme de Noailles quel est à la cour le rôle de cette personne :

— Ses fonctions ! Amuser le roi !

— En ce cas, répond la dauphine, je me déclare sa rivale[28].

Difficile de dire, l'âme humaine étant ce qu'elle est, si cette réplique était une pure étourderie, une remarque plus ou moins innocente ou une provocation à peine déguisée. Toujours est-il que quelques semaines plus tard les deux femmes allaient se vouer une haine inexpiable.

Le mariage officiel — le seul qui compte — eut lieu le lendemain 16 mai à Versailles dans la chapelle du château. Marie-Antoinette, qui a pris possession de ses appartements (ceux-là mêmes où avait vécu Marie-Josèphe de Saxe), traverse en compagnie de son époux et du roi la galerie des Glaces où se pressent plus de cinq mille invités. C'est l'archevêque de Reims, Mgr de La Roche-Aymon, qui va bénir le couple. Le dauphin, qui arbore le cordon bleu de l'ordre du Saint-Esprit, passe l'anneau nuptial au doigt de sa femme. Il paraît ému et se tourne vers le roi pour obtenir de lui le signe rituel d'assentiment. La messe dite, on signe les registres de la paroisse. La dauphine qui émarge en dernier fait un faux mouvement et orne la page d'un superbe pâté. La duchesse de Northumberland, qui rencontre le futur Louis XVI pour la première fois, est, comme on dit en Belgique, déçue en bien par le personnage : « Je m'attendais à le trouver horrible, mais au contraire son aspect m'a beaucoup plu. Il est grand et svelte, avec un visage très intéressant et l'air d'avoir beaucoup d'esprit[29]. »

Le peuple, qui a fait le déplacement (Zweig parle de la moitié des Parisiens), est autorisé à se déverser dans les jardins de Versailles où les jeux d'eaux ont été actionnés et où, le soir venu, devait être tiré le feu d'artifice le plus grandiose auquel, de mémoire de Versaillais, on eût jamais assisté : un violent orage vint gâcher la fête et le feu d'artifice fut remis au lendemain. À l'intérieur, l'élite de la noblesse festoie dans la toute nouvelle et somptueuse salle de spectacle du château conçue sous Louis XIV et que Louis XV vient d'achever. Le dîner est accompagné en sourdine par vingt-quatre musiciens des gardes-françaises costumés à la turque. La dauphine semble avoir l'appétit coupé par la fatigue et son mari, note à nouveau la duchesse de Northumberland, « mangeait très peu, semblait tout à fait pensif et restait à regarder son assiette en jouant avec son couteau[30] ».

Peu après minuit, le roi et sa suite conduisent les deux jeunes mariés vers leur chambre nuptiale. L'archevêque bénit le lit. Dans une pièce attenante, le roi remet au dauphin sa chemise nuptiale, tandis que la dauphine, épuisée, reçoit la sienne de la duchesse de Chartres, la plus haut placée des femmes mariées de la cour. Les jeunes époux se mettent alors au lit sous les yeux de la noble assistance où certains regards s'émoustillent. Louis XV ne peut, quant à lui, s'empêcher de lancer quelques gaillardises — grivoiserie familiale et publique qui relevait d'une tradition bien établie. Mais bientôt l'heure du voyeurisme est passée : on tire les rideaux du lit, la petite foule se retire et les portes se referment sur les deux enfants. Même si l'un et l'autre savent où est leur devoir, la gêne et la fatigue l'emportent sur un désir qui sans doute n'existe pas encore (ils n'ont que trente ans à eux deux) et que rien ni personne n'a préparé. Derrière la tenture de brocart de leur couche nuptiale commence ce que Stefan Zweig a judicieusement appelé « une tragédie invisible[31] ». Le mariage ne sera pas consommé cette nuit-là. Il ne le sera que sept ans plus tard, et le problème va devenir, en même temps qu'un tourment personnel, une affaire d'État.

Le mariage continua d'être fêté pendant une quinzaine de jours : bals, divertissements publics, représentations théâtrales : *Athalie* à la Comédie-Française, puis *Tancrède* et *Sémiramis* de Voltaire, enfin un opéra de Lulli, *Persée*, dans la nouvelle salle de Versailles. Mais Louis-Auguste n'aime pas cette musique vieillotte composée en 1682 et il s'ennuie ferme, tandis que Marie-Antoinette bâille aussi discrètement que possible. Ils s'amuseront davantage le 19 mai lors du bal paré que la cour a organisé en leur honneur et qu'ils ouvrent de bonne grâce. Le duc de Croÿ notera que « les deux jeunes princes dansèrent de bon cœur sans se gêner[32] » : voilà enfin qui était à peu près de leur âge et de nature à les distraire !

La dernière des festivités eut lieu le 30 mai sur la place Louis XV (aujourd'hui place de la Concorde). La place et ses aménagements ne sont pas encore achevés. Une foule dense — Paris a alors sept cent mille habitants — s'est massée sur les lieux de cet immense chantier et aux alentours pour voir le feu d'artifice prévu dans la soirée. En l'honneur des jeunes époux royaux, on a érigé au centre une structure très haute — le « Temple de l'Hymen » — d'où doivent être tirées les trente mille fusées mises en place par le célèbre artificier Ruggieri. Le roi a décidé de rester à Versailles ; le dauphin, las de ces réjouissances à répétition, n'a pas voulu faire le voyage. Seule la dauphine, accompagnée de Mesdames, prend le chemin de Paris. Mais elles ne parviendront pas jusqu'à la place. Alors même qu'elles débouchent sur le Cours-la-Reine (aujourd'hui cours Albert Ier) et, levant les yeux, commencent à apercevoir le somptueux bouquet, on leur demande de rebrousser chemin. Un drame vient de se produire rue Royale durant le feu d'artifice : un mouvement de foule incontrôlable a dégénéré en panique soudaine, de nombreux passants ont été écrasés par des voitures ou piétinés par les chevaux. Des témoins ont parlé d'un début d'incendie. Toujours est-il — mais la dauphine apprendra la nouvelle seulement le lendemain — que la gigantesque bousculade a fait cent trente-deux morts et des centaines de blessés.

Les cadavres ont été inhumés à la hâte dans la fosse commune du cimetière de la Madeleine.

Atterré par la nouvelle, le dauphin écrira aussitôt au lieutenant général de police, Gabriel de Sartine : « J'ai appris les malheurs arrivés à mon occasion ; j'en suis pénétré. On m'apporte en ce moment ce que le Roi me donne tous les mois pour mes menus plaisirs. Je ne puis disposer que de cela. Je vous l'envoie : secourez les plus malheureux[33]. » La lettre était accompagnée d'une somme de six mille livres.

Elle aussi très abattue, Marie-Antoinette écrivit à sa mère : « M. le Dauphin est désespéré », ajoutant qu'elle-même ne dormait plus et se sentait « inconsolable[34] ».

Tout accablé qu'il était, le futur Louis XVI ne pouvait se douter que, vingt-trois ans plus tard, cette vaste place, aujourd'hui endeuillée, serait pour lui, comme pour Marie-Antoinette, un lieu terriblement funeste. Il n'imaginait pas non plus que le cimetière de la Madeleine accueillerait alors, à quelques mois de distance, leurs deux dépouilles décapitées.

Quelques jours après cette fête gâchée, une violente bourrasque s'abattit sur Paris, déracina des centaines d'arbres et emporta le Temple de l'Hymen. Il n'y eut pas cette fois de victimes, mais on se mit à parler de sinistres présages.

Roi à vingt ans

Le mariage mit fin à l'éducation proprement dite de Louis-Auguste : la vie, désormais, se chargerait de compléter ce que La Vauguyon et, à ses côtés, l'abbé Soldini, avaient pu lui inculquer sur la piété, la vie morale et les responsabilités d'un prince destiné au trône. Le gouverneur (qui mourra deux ans plus tard, en février 1772) devint surintendant de la maison du dauphin et celui-ci pria Soldini de devenir son confesseur. Pour solde de tout compte pédagogique, l'abbé adressa à son ancien élève une longue et ultime lettre pleine de recommandations et de conseils de toutes sortes. Il s'agissait, au moyen de ce « règlement de vie », de guider les pas du prince jusqu'au jour où Louis XV cesserait d'occuper le trône.

Dans ce vade-mecum, Soldini met en garde le futur roi contre les « mauvais livres » — qu'il peut désormais acheter à sa guise. Les mauvais livres, précise-t-il, sont aussi bien ceux qui s'en prennent à la religion que les ouvrages du parti dévot : rejetez, dit-il, « tout écrit contre ou même pour l'Église » dès lors que le zèle qui le dicte n'est « point charitable ». Soldini lui conseille également d'inverser les molles habitudes de tant de princes et de faire passer le travail avant les plaisirs. Qu'on soit roi ou dauphin, il faut aussi être dispos et donc faire des nuits de huit heures (Louis XVI les ramènera à six après son avènement). Il faut enfin, allusion au père du dauphin, éviter de manger trop. Mais ce dernier conseil n'est guère utile car, contrairement à ce que tant de commentateurs ont prétendu, Louis-Auguste n'est et ne sera jamais glouton. On a beaucoup glosé sur les dizaines de plats qu'on lui proposait à chaque repas et que, dit-on, il « engloutissait » les uns après les autres ; en réalité, comme cela se fait dans les restaurants d'aujourd'hui, ce qu'on lui présentait n'était autre qu'une simple « carte », certes plantureuse, mais dans laquelle il ne faisait que picorer. Soldini se félicite d'ailleurs de le savoir « sobre » et ne le met en garde que contre les serviteurs complaisants « qui ne cesseront de [lui] offrir des aliments dangereux plus appétissants les uns que les autres ». C'est en réalité Louis XV qui, inquiet de la « maigreur » de son petit-fils, l'incitera en permanence à manger plus que de raison, ce qui vaudra au dauphin plusieurs indigestions sévères entre 1770 et 1774. Devenu roi, celui-ci ne connaîtra plus jamais ce type de malaise.

Soldini conseille en outre au futur souverain de se faire une règle absolue de la ponctualité. Dans son esprit, celle-ci n'est pas seulement la politesse des rois ; elle est une manifestation de l'amour du prochain : Louis XVI suivra la consigne à la lettre, et cela tout au long de sa vie, ne faisant jamais attendre et n'attendant jamais. Un roi, ajoute Soldini, doit aussi être bon, affable, franc et ouvert envers ses sujets ; mais, si la dissimulation est condamnable, tout dire n'est pas pour autant de bonne politique et une certaine « réserve » s'impose à qui règne ou gouverne : « Ne vous laissez jamais pénétrer », conclut-il. Louis XVI suivra d'autant plus aisément le conseil que cette attitude répondait à sa nature profonde. Beaucoup le décriront comme un être « impénétrable[1] ».

Les leçons de la vie prirent rapidement le pas sur celles des précepteurs. Le dauphin venait de prendre épouse et la question de la non-consommation de son mariage occupa aussitôt le centre de son existence, tout comme elle se mit à alimenter les conversations — celles de la famille royale, celles de la cour française et des cours étrangères, et bientôt celles des gazettes et des gens ordinaires. Au fil du temps, mille choses inexactes ou saugrenues ont été écrites à ce propos, sans parler des persiflages dont le couple princier fut et continue parfois d'être l'objet — et sans parler du silence gêné de certains biographes face aux secrets d'alcôve du couple princier comme aux prétendues défaillances du dauphin. Les meilleures analyses de cette affaire se trouvent chez Stefan Zweig, mais surtout chez Simone Bertière, laquelle a su rectifier plusieurs erreurs de Zweig et a largement inspiré les pages qui suivent.

Les contemporains du jeune Louis XVI étaient beaucoup moins pudibonds qu'on n'a pu le devenir par la suite. La « chose » était alors ouvertement évoquée dans les conversations de même que dans les correspondances personnelles ou diplomatiques. Et comment aurait-il pu en aller autrement dès lors que l'enjeu était l'avenir de la lignée — une affaire d'État, donc — et que tout cela se déroulait dans un cadre, celui de la cour, où les distinctions entre vie publique et vie privée, voire vie intime, n'étaient guère de mise ?

Tout à son évocation positive de Marie-Antoinette, Stefan Zweig fait porter au jeune mari l'entière responsabilité de l'échec conjugal. Sa thèse est simple : chaque nuit, durant sept longues années, Louis-Auguste — qui souffre, prétend Zweig, d'une légère malformation des organes mais refuse de se faire opérer — va en vain s'escrimer sur le corps passif et humilié de son épouse. La cour jase, le monde s'esclaffe, les histoires grasses circulent. Mais chez les deux protagonistes le mal est fait, et les dégâts, tant politiques que psychologiques, sont considérables. Il manque à ce « refoulé », dit Zweig en parlant du dauphin, « la force d'agir dans la vie publique parce qu'elle lui fait défaut dans la vie privée ». Ou encore, et en termes tout aussi freudiens : « Incapable de virilité dans la vie privée », il lui deviendra impossible « de se comporter en roi[2] ».

Insatisfaite et lasse, pour ne pas dire dégoûtée, des assauts répétés et inopérants de son époux (ce « lamentable bonnet de nuit », dit encore de lui Stefan Zweig[3]), Marie-Antoinette devient nerveuse, capricieuse, agitée, dominatrice aussi à l'égard d'un mari empoté qui se sent coupable et lui cède sur tout (« Il m'aime beaucoup et fait tout ce que je veux », écrit-elle au bout d'un an de mariage[4]). Elle cherche alors des compensations et s'étourdit dans les bals, les fêtes, les mondanités, le tourbillon privé ou officiel des plaisirs de cour — quête effrénée et ruineuse qui finira par scandaliser tout un peuple, même si elle charme certains observateurs. C'est ainsi qu'Horace Walpole, subjugué par tant de grâce virevoltante, dira d'elle : « Il paraît qu'elle ne danse pas en mesure, mais, alors, c'est la mesure qui a tort[5]. » Reste, conclut Zweig, que cette frivolité sans bornes, liée à une « excitation sexuelle inassouvie[6] », disparaîtra comme par enchantement le jour où, Louis XVI ayant accepté de confier son corps à la chirurgie (« ce triste César de l'amour [réussissant] à franchir heureusement le Rubicon[7] »), Marie-Antoinette deviendra enfin épouse et mère.

L'explication se tient et paraît si convaincante qu'elle a été reprise par la plupart de ceux qui se sont penchés sur la vie de ce couple étrange. Mais elle repose sur trois erreurs factuelles qui font qu'au total elle n'est point crédible. Premièrement, en effet, Louis XVI n'a jamais subi d'opération, et ce pour la raison simple qu'il n'en avait pas besoin ; deuxièmement, Marie-Antoinette n'eut pas à endurer pendant toutes ces années les assauts quotidiens et nocturnes de son mari car les deux époux faisaient lit à part, pour ne pas dire chambre à part ; et, troisièmement, la métamorphose finale de Marie-Antoinette ne se produisit pas aussi rapidement que le prétend Stefan Zweig : la consommation du mariage fut loin de mettre un terme immédiat aux habitudes de « dissipation » que la dauphine, puis la reine avait contractées.

Dès juillet 1770, c'est-à-dire deux mois à peine après les épousailles, Louis XV, profitant du fait que le dauphin a pris froid et a dû s'aliter, convoque l'un des chirurgiens les plus en vue de l'époque, La Martinière. Deux questions médicales se posent à lui : *Le jeune prince souffre-t-il d'un phimosis et est-il nécessaire de le circoncire ? Ses érections sont-elles entravées par un frein trop court ou trop résistant qu'un simple coup de lancette pourrait libérer ?* Sur ces deux points cruciaux, la réponse est négative : le dauphin, affirme l'homme de l'art, « n'a aucun défaut naturel qui s'oppose à la consommation du mariage ». Les rumeurs persistant et les inquiétudes de Louis XV demeurant inchangées, La Martinière redira la même chose deux ans plus tard à l'occasion d'un second examen, expliquant alors à Mercy-Argenteau, confident de Marie-Antoinette, que « nul obstacle physique ne s'opposait à la consommation[8] ».

À Vienne, l'impératrice Marie-Thérèse refuse de croire à ces différents constats. À plusieurs reprises, elle reviendra à la charge, expédiant à Versailles ses propres praticiens, qui ne lui apprendront rien de plus. Au fond d'elle-même, elle est convaincue, ou plutôt cherche à se convaincre, que sa fille — jeune, belle et attirante à souhait — n'est pour rien dans l'échec du jeune couple : « Je ne saurais me persuader que c'est de sa part que cela manque[9]. »

Elle préfère croire à une puberté retardée de la part du prince, et il est certain qu'au moment du mariage Louis-Auguste n'était pas plus nubile que Marie-Antoinette elle-même, laquelle venait tout juste d'avoir ses premières règles. Mais ensuite ? Et dans les longues années qui suivirent ? Compréhensible à l'âge de quinze ans, l'absence de désir du prince ne pouvait s'expliquer, le temps passant, que par une anomalie de nature physique.

Louis XVI devenu roi, la nécessité d'une intervention chirurgicale, désormais perçue par beaucoup comme impérieuse, fit un retour en force. Cédant, semble-t-il, aux exigences de Marie-Thérèse, le tout nouveau monarque se fait donc à nouveau examiner en décembre 1774, cette fois par Joseph de Lassonne, médecin de la cour. Même diagnostic qu'avec La Martinière : le roi est normalement constitué et seule sa timidité naturelle l'empêche d'aller au bout de ses assauts — si assauts il y a. Treize mois plus tard, en janvier 1776, Louis XVI, bombardé de questions en provenance de Vienne, fait appel à une sommité, le docteur Moreau, chirurgien à l'Hôtel-Dieu de Paris, qui, au grand désarroi de Marie-Antoinette et de sa mère, confirme que l'opération n'est « pas nécessaire ». Mais tous les espoirs sont permis, car, ajoute le médecin, le corps du roi « paraît prendre plus de consistance[10] ».

Consistance ou pas, les habitudes de vie du couple, dictées par une longue tradition et par les règles de la cour, ne facilitaient en rien l'intimité conjugale nécessaire aux apprentissages de l'amour.

Louis-Auguste et la dauphine vivaient dans des appartements proches mais séparés où chacun pouvait se réfugier à sa guise. S'agissant des relations conjugales, seul l'époux avait droit de visite et les ébats ne pouvaient se dérouler que dans le lit de l'épouse. Les choses seront pires après l'avènement, car Louis XVI change alors d'appartement et va s'installer à l'autre extrémité du bâtiment central. Il ne peut désormais rejoindre sa femme sans traverser plusieurs salles, dont l'Œil-de-Bœuf, au vu et au su de courtisans toujours prompts à faire le décompte des allées et venues du roi. Un couloir secret sera finalement construit entre les deux appartements, mais seul le roi peut l'emprunter le soir venu — à condition, bien sûr, qu'il en ait le désir.

Non seulement Louis-Auguste et Marie-Antoinette étaient trop jeunes pour se marier (la dauphine, qui avait quatorze ans et demi, en paraissait douze), mais ni l'un ni l'autre n'était physiologiquement et psychologiquement mûr pour « consommer » pareille union. On aurait pu, tout en les mariant, les tenir séparés pendant quelque temps (cela s'était déjà fait dans le passé), mais l'impératrice aurait vu dans cette solution dilatoire la possibilité pour la France d'annuler un mariage auquel elle tenait par-dessus tout. Au nom de la raison d'État, on fit donc comme si ces enfants étaient des adultes. Ils ne l'étaient point, et ni l'éducation puritaine qu'ils avaient reçue, ni les habitudes de pruderie qu'on leur avait inculquées ne les prédisposaient à s'abandonner aux impudeurs et aux audaces de l'intimité conjugale. À Vienne, sous l'œil vigilant de sa mère, Marie-Antoinette avait été élevée dans la méfiance absolue du corps, du sexe et de la nudité, et elle resta toute sa vie d'une pudeur extrême, y compris en présence des femmes préposées à sa toilette. Quant au dauphin, on se souvient des leçons prodiguées par ses précepteurs sur le relâchement des mœurs, sur le devoir de vertu des princes et la nécessité d'une vie chaste non polluée par la luxure ambiante, notamment celle de la cour — ou de Louis XV lui-même.

Rien d'étonnant après cela que la nuit de noces du couple princier ait été un fiasco, ou un non-événement, et ait entraîné des répulsions difficilement surmontables. Marie-Antoinette avait pourtant bien réagi, et ce dès la survenue du premier échec : « Puisque nous devons vivre ensemble dans une amitié intime, avait-elle confié à son jeune époux, il faut que nous parlions de tout avec confiance[11]. » Propos plein de sagesse, mais qui n'eut pas de suite. Peu enclin aux confidences sur l'oreiller, le dauphin n'est ni un romantique ni un violeur ; il s'abstient donc et se réfugie chaque jour davantage dans une activité physique qui le comble et l'éreinte : la chasse. Marie-Antoinette, probablement glacée de terreur à l'idée de la défloration, accepte de se voir délaissée, même si elle fait mine de s'en plaindre et parle volontiers à ses proches de la « nonchalance » de son mari. L'essentiel est que les soupçons se portent sur lui et sur lui seul.

Au reste, cette situation d'attente n'est pas faite pour lui déplaire. En effet, non seulement Marie-Antoinette n'est, face à cet époux non choisi, habitée par aucun désir de femme, mais elle n'a aucune envie pressante de procréer, malgré les exhortations répétées que l'impératrice lui fait parvenir à ce sujet. Elle sait que l'échéance est inéluctable et que chez les rois une première naissance en annonce beaucoup d'autres ; aussi entend-elle, pour l'heure, profiter de tous les plaisirs auxquels une princesse enceinte est normalement tenue de renoncer : l'équitation, la danse, l'Opéra, les folles soirées. « Il faut bien jouir un peu du temps de la jeunesse », explique-t-elle à Mercy, consciente qu'un jour viendra où il lui faudra en finir avec les « frivolités[12] ». Mais elle écrit cela en février 1777, près de sept ans après son mariage et trois ans après l'accession au trône de Louis-Auguste !

Le temps passe, il passe même de plus en plus, et la consommation, également redoutée et fuie par les deux époux, n'est toujours pas à l'ordre du jour. Le problème tourne à l'énigme et plonge l'opinion, celle de la cour comme celle du peuple, dans des abîmes de perplexité. Tout le monde sait — des femmes de chambre aux dames d'honneur, des gentilshommes aux officiers de service, des domestiques aux blanchisseuses — et tout le monde y va de son commentaire ou de son hypothèse. La rumeur court, la rumeur s'enfle, rien ne l'arrête : « Les cancans, dit Zweig, deviennent des chansons, des pamphlets, des vers pornographiques[13]. » Quant aux deux frères du dauphin, les comtes de Provence et d'Artois, ils se frottent, eux, secrètement les mains, car, dans le cas où leur aîné demeurerait sans descendance, qui sait si une chance inattendue d'accéder au trône ne leur serait pas à terme accordée par le destin ?

Le jeune couple, conscient du devoir qui s'impose à lui et des attentes de l'opinion, redouble d'efforts pour parvenir au résultat espéré. Dès 1772, le prince confiait à son grand-père qu'étant fortement constitué il était arrêté dans ses tentatives « par des sensations douloureuses[14] ». Dans son rapport à la cour d'Espagne, l'ambassadeur Aranda parlera d'« une petite douleur mal placée qui s'accentue quand il insiste[15] ». Aux propres douleurs du dauphin venaient, pour couronner le tout, s'ajouter celles de la dauphine, au point qu'on a pu évoquer l'existence entre eux d'un véritable obstacle anatomique, à savoir l'« étroitesse du chemin[16] » — étroitesse qui n'empêcha pas le jeune couple de poursuivre ses efforts, si déplaisants et pénibles qu'ils fussent.

Un premier et important « progrès » fut enregistré en juillet 1773 — une sorte de demi-victoire que Marie-Antoinette relate en ces termes à sa chère maman : « Je crois le mariage consommé quoique pas dans le cas d'être grosse[17]. » Le dauphin, lui, se rue chez le roi pour lui annoncer à son tour la bonne nouvelle. Mais de quelle nouvelle s'agit-il ? Car les mots utilisés par la princesse ont de quoi intriguer : « Je *crois* le mariage consommé... » Cela, en vérité, ne peut signifier qu'une chose : il y a bien eu défloration, mais le jeune époux n'a pas poussé son élan jusqu'au bout et, en tout état de cause, n'a pas réussi à féconder la princesse. Il faudra de nouvelles et multiples tentatives, il faudra prendre à nouveau sur soi, surmonter encore et encore le dégoût et les souffrances, sans parler de la honte et de la culpabilité partagées.

Le jour de gloire, le vrai, n'interviendra que quatre ans plus tard !... Quatre ans plus tard, c'est-à-dire le 18 août 1777. À cette date, Marie-Antoinette n'a encore, on a du mal à le croire, que vingt et un ans. Mais, cette fois, c'est une jeune femme triomphante qui, l'avant-dernier jour du mois en question, écrit à sa mère :

> Je suis dans le bonheur le plus essentiel pour toute ma vie. Il y a déjà plus de huit jours que mon mariage est consommé ; l'épreuve a été réitérée, et encore hier soir plus complètement que la première fois [...]. Je ne crois pas être grosse encore, mais au moins j'ai l'espérance de pouvoir l'être d'un moment à l'autre[18].

On imagine aisément les dégâts, pour ne pas dire les ravages, que ces sept années d'épreuves conjugales entraînèrent dans la vie et la psychologie du couple. Mariés trop jeunes et pour des raisons d'État entièrement étrangères aux attirances personnelles, ces deux époux princiers, voués d'entrée de jeu à l'échec, ont eu toutefois un mérite peu commun qu'on a insuffisamment reconnu et salué : celui d'avoir su, malgré le flot continu des railleries et humiliations, remplir, coûte que coûte, le difficile devoir imposé, au nom d'impératifs et d'intérêts supérieurs, à leurs corps inexpérimentés et à leurs âmes rétives.

La réussite finale ne donnera pas au couple ce qui lui manque depuis toujours : l'amour. S'il continue de rendre des visites nocturnes à sa femme, Louis XVI n'a, lorsqu'il s'y résout, qu'une idée en tête : non pas assouvir des appétits nouvellement apparus (il n'en ressent guère), mais avoir des enfants et assurer aussi largement que possible la suite de sa lignée. Dans la vie ordinaire, il a pris, au fil du temps et à titre de compensation, le pli de passer à Marie-Antoinette ses quatre volontés (plus tard, il lui permettra même, sinon un amant, du moins un chevalier servant !) et il ne se départira jamais de cette attitude, quitte à passer aux yeux de beaucoup pour un mari soumis ou faible. Pour Zweig, il est même devenu l'« esclave » de sa femme[19]. L'accusation, si elle est excessive, n'est pas dénuée de fondement, mais elle vaudra surtout pour la vie privée. Louis XVI s'en laissera beaucoup moins conter dès lors qu'il s'agira de politique, et notamment de politique extérieure.

Mais le mal est fait et son image, celle d'un prince impuissant mené, voire malmené par son étrangère de femme, restera profondément entamée, à la cour comme ailleurs, et constituera, pour la suite de sa vie, un très lourd handicap. Comme le note justement Simone Bertière, « une chasteté volontaire, respectueuse du sacrement conjugal, aurait pu être portée à son crédit après le libertinage de son grand-père. Mais le ridicule des années stériles collera à son image, tandis que celle de la reine ne se remettra pas de sa course imprudente aux plaisirs frelatés[20] ».

Marie-Antoinette, pour sa part, fera les enfants qu'on lui demande de faire, quatre au total (sans compter une fausse couche en novembre 1780) : en 1778, Marie-Thérèse Charlotte, future duchesse d'Angoulême, qu'on appellera « Madame Royale » ; en 1781, un premier dauphin, Louis-Joseph de France, mort le 4 juin 1789, un mois et dix jours avant la prise de la Bastille ; en 1785, Charles-Louis, le futur Louis XVII ; et, en 1786, une dernière fille, Sophie, qui mourra à l'âge de onze mois.

Ce quadruple devoir accompli, Marie-Antoinette cessera de recevoir son époux pour autre chose que de sages conversations ou des motifs purement familiaux ou protocolaires. Jusqu'à la Révolution, ils ne feront plus seulement lit ou chambre à part, mais leurs existences mêmes ne feront bientôt que se croiser, lui s'activant le jour (dans les conseils, à son atelier ou à la chasse), elle ne commençant à vivre que tard le soir, à l'heure où son mari sombre dans le sommeil. À terme, une certaine tendresse finira néanmoins par s'installer entre eux, une entente affectueuse lentement forgée par les épreuves passées et à venir et qui prendra toute sa force, après Varennes, lors du tragique et commun dénouement de leurs vies.

*

Les quatre années qui s'écoulèrent entre le mariage de Louis-Auguste et son accession au trône furent sans doute les plus agréables de sa vie. N'assumant encore aucune responsabilité politique et tenu par Louis XV à l'écart du gouvernement (tout comme l'avait été son père), il partagea son temps entre de rares cérémonies officielles, la chasse à courre ou au fusil, la fabrication artisanale de clés et de serrures et, à défaut de fréquenter ministres et généraux, la bienveillante compagnie de ses tantes. C'est dans le salon de Mesdames que le soir venu il retrouvait ses frères cadets, surtout lorsque ceux-ci furent à leur tour mariés — Provence à Marie-Joséphine de Savoie (le 14 mai 1771), Artois à sa sœur Marie-Thérèse (le 16 novembre 1773). Les trois jeunes couples ne s'accordaient pas sur tout, mais ils se retrouvaient au moins sur un point : le mépris de l'étiquette. Or, chez Mesdames, on faisait fi de la plupart des contraintes. À côté de divers jeux et divertissements, le théâtre, et notamment la comédie, fort prisée par le comte d'Artois, tenait une grande place dans ces soirées. On apprenait les meilleures pièces du répertoire français et chacun, hormis le dauphin, faisait volontiers l'acteur. Dans cet exercice, Marie-Antoinette ne manquait ni de finesse ni de grâce. À défaut de jouer, le dauphin était, lui, un spectateur réactif qui n'hésitait pas à manifester bruyamment ses sentiments face aux personnages représentés. C'est là, dans cette atmosphère confiante et détendue, que commença à décroître la timidité qui avait tant marqué son adolescence.

L'ascendant pris par Marie-Antoinette sur le dauphin était manifeste dans les choses ordinaires de la vie ; il l'était moins dès lors que l'affaire prenait de l'importance. De sa mère l'archiduchesse avait reçu la double consigne d'user de son charme pour capter la confiance de Louis XV, tâche dont elle s'acquitta assez aisément, et de tout faire pour dominer sinon le cœur, du moins l'esprit de son mari, et lui insuffler les injonctions politiques de Vienne. Dans ce second cas, les choses furent moins faciles qu'on ne l'a dit.

Marie-Antoinette essaya de jouer Choiseul, à qui elle devait tant, contre la du Barry, qui lui faisait de l'ombre auprès de Louis XV et qui, à ses yeux, comme aux yeux de beaucoup, régnait illégitimement sur Versailles. Elle s'en ouvrit à son mari, convaincue qu'il se rangerait, comme de coutume, à son point de vue. Mal lui en prit, car le dauphin l'interrompit aussitôt :

— Vous ne savez pas tout ce qu'a fait Choiseul pour parvenir au poste qu'il occupe, ni combien il a intrigué avec la Pompadour, en travaillant lui-même à accroître son crédit. Non, un honnête homme serait bien dupe de défendre Choiseul contre la du Barry[21].

Marie-Antoinette n'eut pas cette fois raison du dauphin, mais la du Barry eut bientôt raison de Choiseul, lequel (en partie sur son insistance) fut remercié par le roi le 24 décembre 1770. À ce cadeau de Noël s'en ajouta un autre : la nomination aux Affaires étrangères du candidat de la du Barry, le duc d'Aiguillon, homme du parti dévot, auquel appartenaient aussi les deux autres membres du nouveau « triumvirat » qui allait gouverner la

France, le chancelier Maupeou et l'abbé Terray. La nomination de ce triumvirat était bien autre chose que le fruit d'une simple querelle de femmes ; elle constitua cependant un triomphe sur toute la ligne pour la favorite de Louis XV, et un revers humiliant pour la dauphine qui, dès lors, sut prendre la mesure de sa « rivale » — en même temps que celle, plus subtile, de son mari. Mais la toute jeune Marie-Antoinette disposait d'un atout qui, vu l'âge du roi et son état de santé, allait bientôt faire cruellement défaut à la du Barry : le temps.

Tout au long de cette parenthèse de quatre ans, Louis-Auguste et Marie-Antoinette surent donner, en dépit de leurs problèmes intimes et de l'ascendant pris par la princesse, l'image d'un couple relativement uni qu'on voyait de temps à autre se promener ensemble dans les bois ou en train de visiter quelque misérable chaumière afin d'y prodiguer du réconfort et des charités. « Populaires sans l'avoir cherché, écrit l'historien Pierre Lafue, les deux époux frémissaient de joie en écoutant les acclamations monter vers eux, dès qu'ils paraissaient en public[22]. »

Le 8 juin 1773, le dauphin et la dauphine rendirent leur première visite officielle à Paris et aux Parisiens. L'accueil du corps municipal, celui des poissardes venues en délégation, la réception à Notre-Dame au milieu d'une grande foule, la montée à Sainte-Geneviève et la prière collective autour de la châsse de la sainte, puis la descente vers les Tuileries et la promenade dans les jardins qu'on avait librement ouverts au public, tout cela s'était déroulé dans une atmosphère de respect à la fois digne et chaleureuse, les spectateurs ne ménageant au couple princier ni leurs applaudissements ni leurs vivats. Aucun incident n'avait assombri la journée. Louis-Auguste s'était montré très à son aise, auprès des officiels comme des gens les plus humbles, et Marie-Antoinette avait, selon son habitude, enchanté tout le monde. Ils avaient ensemble et d'entrée de jeu conquis le cœur de Paris, ce qui, vu le climat politique qui régnait alors dans la capitale, représentait un exploit non négligeable.

La dauphine se hâta de raconter la prouesse à sa mère : « Qu'on est heureux dans notre état de gagner l'amitié de tout un peuple à si bon marché. Il n'y a pourtant rien de si précieux, je l'ai bien senti et je ne l'oublierai jamais. Un autre point qui a fait grand plaisir dans cette belle journée, c'est la conduite de M. le Dauphin. Il a répondu à merveille à toutes les harangues, a remarqué tout ce qu'on faisait pour lui, et surtout l'empressement et la joie du peuple, à qui il a montré beaucoup de bonté[23]. » L'ambassadeur Mercy ne se révéla pas moins enthousiaste dans le rapport qu'il fit parvenir à l'impératrice : « Cette entrée est d'une grande conséquence pour fixer l'opinion publique[24]. » La réussite de la journée parisienne reçut plusieurs confirmations dans les semaines qui suivirent : on vit le jeune couple à l'Opéra, puis à la Comédie-Française, puis à la Comédie-Italienne, et partout l'accueil réservé par les acteurs et le public fut le même : triomphal.

Ils étaient jeunes et le roi, malgré ses soixante-quatre ans, paraissait en bonne santé ; aussi le dauphin et la dauphine pensaient-ils avoir devant eux des années de tranquillité et d'insouciance. Les difficultés politiques qui assombrissaient alors le règne de Louis XV — le durcissement du pouvoir face aux parlements, l'État au bord de la banqueroute, l'impopularité grandissante du monarque et de sa favorite — semblaient d'autant moins troubler leur propre existence qu'ils n'y étaient en rien associés.

Le roi, sans illusions sur les temps difficiles qui attendaient la France, n'alla pas jusqu'à dire, comme on l'a prétendu, « après moi le déluge ». Il se contenta d'affirmer : « Tout cela durera bien autant que moi » — formule qui, pour être moins cynique, révélait cependant un pessimisme radical et n'augurait rien de bon pour celui qui allait régner à sa suite.

De fait, pour le couple princier, l'insouciante parenthèse des jours heureux ne tarda pas à se refermer. Au retour d'une cueillette de fleurs dans la forêt de Meudon, ils apprirent incidemment, au beau milieu du printemps 1774, que le destin ou la Providence ou l'ordre naturel des choses venait brutalement de changer la donne : celle de la France et du même coup celle de leur propre vie.

Le 27 avril, alors que le roi et la du Barry séjournaient à Trianon, Louis XV se sentit fiévreux et dut se contenter de suivre en calèche une chasse à laquelle il avait prévu de participer à cheval en compagnie de son petit-fils. Son état s'aggravant d'heure en heure, La Martinière ordonna qu'on le reconduise au château de Versailles et lui conseilla de s'aliter. On saigna le monarque, mais en vain. Deux jours plus tard, le 29 à onze heures, les médecins firent savoir que le roi, comme avant lui plusieurs de ses ancêtres, avait contracté la variole. Les médecins, conscients qu'en neuf jours la maladie pouvait soit se résorber, soit emporter le patient, ne se faisaient guère d'illusions sur son issue : l'état de fatigue et l'âge du roi laissaient peu de place à un espoir de guérison. Le dauphin et ses deux frères, qu'il fallait à tout prix protéger de la contagion, furent priés de se tenir à distance, la chambre du roi ne restant accessible qu'aux médecins, à Mesdames, aux filles du roi — et à la du Barry, dont le sort personnel était étroitement lié à celui de son royal amant.

Le 30, on s'aperçut, à la lumière d'un flambeau, que le visage du roi était désormais recouvert de boutons rouges et de pustules. Le 3 mai, à moitié conscient, Louis XV jeta un coup d'œil à ses mains et se rendit compte du mal qui le rongeait :

— C'est la petite vérole !

Personne n'osa lui répondre, mais vers la fin du jour il demanda à parler à la comtesse du Barry. Il lui annonça qu'il n'avait plus que quelques jours à vivre et, au terme de l'entretien, murmura les paroles tant redoutées par sa maîtresse : « Je me dois à Dieu et à mon peuple. Ainsi il faut que vous vous retiriez demain[25]. » Le lendemain, donc, la comtesse quitta Versailles pour ne plus y revenir jamais. Elle trouva refuge à Rueil, dans le château du duc d'Aiguillon, avant d'aller passer un an, sur ordre du nouveau roi, au couvent de Pont-aux-Dames, puis le reste de sa vie (elle n'avait pas encore trente-deux ans) dans sa propriété de Louveciennes, loin des allées du pouvoir où elle avait « régné » durant six longues années.

Le 7 mai, au milieu de la nuit, Louis XV fit venir son confesseur, l'abbé Maudoux, et s'entretint avec lui pendant une demi-heure. Le lendemain, il communia et, par la bouche de Mgr de La Roche-Aymon, archevêque de Reims, se repentit publiquement de ses péchés, demandant pardon à son peuple pour le cas où sa conduite l'aurait « scandalisé[26] ». La comtesse du Barry était partie à temps !

Désormais, le roi souffre atrocement et son corps, tel un charnier, dégage une odeur pestilentielle qui fait fuir jusqu'aux plus dévoués. On a ouvert les fenêtres, mais rien n'y fait. Sur l'un des appuis a été placée une chandelle qui signale aux curieux massés dans la cour que le roi vit encore. L'extrême-onction est administrée le 9 mai au soir. Le corps du roi n'est plus alors qu'une carapace de croûtes durcies qui recouvrent tout, y compris ses paupières, et donnent à son visage cuivré, presque noirci, l'aspect d'une « tête de maure[27] ».

Louis XV rendit l'âme le lendemain, 10 mai, vers seize heures, après une nuit de suffocations et de râles. On éteignit la chandelle et le duc de Bouillon, grand chambellan, descendit dans l'Œil-de-Bœuf pour lancer la formule traditionnelle : « Le Roi est mort. Vive le Roi[28] ! »

Louis-Auguste et Marie-Antoinette, qui s'étaient réfugiés à l'autre bout du château, apprirent la mort du roi de la bouche du maître de cérémonie. À l'annonce du décès, le dauphin « jeta un grand cri[29] », mais n'eut pas le loisir de fondre en larmes, car aussitôt se répandit à travers le palais « un bruit terrible et absolument semblable à celui du tonnerre[30] » : c'était la meute des courtisans qui, ayant déserté l'antichambre du souverain disparu, venait en toute hâte saluer le nouveau maître de la France. La comtesse de Noailles fut la première à lui décerner le titre de Majesté.

Abattu par le chagrin mais ému ou embarrassé par tant d'empressement, le nouveau roi ne put s'empêcher de lâcher dans un soupir : « Quel fardeau ! Et l'on ne m'a rien appris ! Il me semble que l'univers va tomber sur moi[31] ! »

De son côté, Marie-Antoinette, manifestement satisfaite que la du Barry ne soit plus là pour lui faire de l'ombre et lui disputer le premier rang, n'en était pas moins attristée par la mort du souverain et bouleversée à l'idée des changements immenses que cette disparition allait entraîner dans sa propre vie et dans celle du prince. Tout comme celui-ci, elle prenait minute après minute, par-delà l'intensité des circonstances, la pleine mesure de ce qui les attendait. C'est dans ce contexte qu'elle aurait eu ce mot : « Mon Dieu ! protégez-nous, nous régnons trop jeunes[32]. » Elle avait dix-neuf ans, lui n'en avait pas vingt, mais ils savaient l'un et l'autre que c'en était fini de leur jeunesse.

Louis XV avait été surnommé « le Bien-Aimé » en 1744 : alors âgé de trente-quatre ans, il avait « miraculeusement » survécu à une première maladie éruptive (maladie qui en 1711-1712 avait déjà tué sa mère, son père et un frère plus âgé que lui). Le « miracle » de sa guérison s'était aussitôt traduit par un élan spontané de sympathie populaire.

Trente ans plus tard, le même roi venait de s'éteindre dans l'indifférence générale, et c'est peu dire. Son impopularité était si grande qu'on n'osa pas lui faire des funérailles publiques. Le 12 mai, c'est donc de nuit, à travers le bois de Boulogne et sous les quolibets ou les injures des badauds, qu'on transporta son cercueil, entouré de quarante gardes du corps et de trente-six pages, jusqu'à la basilique de Saint-Denis.

Les semaines passant, le peuple versa sur le souverain disparu des pleurs à retardement. En juillet, il y eut foule sur le parvis de la même basilique, à l'occasion d'une grande cérémonie à la mémoire de celui que certains, de plus en plus nombreux, appelaient à nouveau « le Bien-Aimé ». À Notre-Dame de Paris, l'évêque de Langres, Mgr de La Luzerne, n'hésita pas, quant à lui, à en rajouter sur le sentiment général : « De tous les temps de la monarchie, lança-t-il, le règne de Louis XV a été celui où il a été le plus heureux d'être français[33]. » En à peine un mois, l'oubli et le pardon avaient, dans une assez large mesure, pris le relais des railleries et des insolences.

Mais l'opinion n'en était pas moins ravie d'avoir

un nouveau roi aux commandes, un roi certes inexpérimenté mais moralement irréprochable et dans lequel chacun pouvait placer quelque espérance.

Aussitôt après la mort de Louis XV, la cour s'était repliée pour un temps à Choisy, car à Versailles le château empuanti présentait trop de risques de contagion. C'est d'ailleurs à ce sujet que le nouveau roi prit l'une de ses premières décisions, une décision qui surprit tout le monde par son audace : celle de faire vacciner — ou « inoculer », comme on disait alors — l'ensemble de la famille royale contre la variole. Non seulement cette maladie terrible avait, outre Louis XV, emporté au fil du temps une partie de la lignée des Bourbons, mais elle s'acharnait à ravager la France. Tuant chaque année entre cinquante mille et quatre-vingt mille personnes, elle avait ainsi engrangé depuis le début du siècle plusieurs millions de victimes. Dès le XVIIe siècle, le savant Charles de La Condamine estimait que la petite vérole détruisait, mutilait ou défigurait « plus du quart du genre humain » ; un siècle plus tard, Diderot dira de cette même maladie qu'elle « ne le cède point à la peste par les ravages qu'elle cause[34] ».

Le nouveau roi se fit donc inoculer et obligea ses deux frères à en faire autant. L'intervention eut lieu le 18 juin : Louis XVI reçut cinq injections, ses frères seulement deux chacun. Marie-Antoinette fut épargnée, car elle avait déjà subi une attaque bénigne à Vienne et était donc protégée. Les piqûres administrées aux trois jeunes hommes avaient été préparées à partir d'un prélèvement effectué sur « la fille d'un couple de blanchisseurs[35] ». La cour se retrouva aussitôt en émoi. Beaucoup en effet ne croyaient guère aux vertus de l'inoculation et considéraient même le recours à cette pratique comme une aventure à haut risque. Et si les trois frères, au lieu d'être préservés de la variole, la contractaient à leur tour et disparaissaient d'un seul coup ? Seuls les membres de la famille d'Orléans pouvaient se réjouir d'une telle perspective, car rien ne s'opposerait plus alors à ce que le pouvoir royal leur tombe entre les mains.

Aucune de ces considérations ne parvint à ébranler la détermination du jeune roi, traumatisé qu'il était par les semaines qu'il venait de vivre et par l'agonie épouvantable de son grand-père.

On se mit jour après jour à guetter l'évolution de sa santé. Le 22, Louis XVI se plaint de douleurs aux aisselles ; deux jours plus tard, il est pris de fièvre et de nausées ; le 27, quelques boutons apparaissent ; le 30, on note une légère suppuration. Mais le 1er juillet la fièvre a disparu ; dès le lendemain, on annonce que le roi est définitivement hors de danger : l'intervention a réussi, y compris pour Provence et Artois dont les symptômes ont été à peine perceptibles. La famille royale peut respirer — et avec elle le pays tout entier : la France ne sera pas privée de rois. D'entrée de jeu, Louis XVI, qui jouit déjà d'une bonne image auprès de l'opinion, vient de marquer un point important.

Soucieux de la santé physique de la famille royale, le nouveau souverain l'était tout autant de la santé morale du pays et de la cour : dès le lendemain de son avènement, il avait tenu à clarifier les choses au sujet de Mme du Barry. Pour l'heure, elle avait, nous l'avons vu, trouvé refuge à Rueil auprès du duc d'Aiguillon. Louis XVI envoya des ordres précis au duc de La Vrillière, ministre de la Maison du roi : « Il est nécessaire, comme elle sait beaucoup de choses, qu'elle soit enfermée, plus tôt que plus tard. Envoyez-lui une lettre de cachet pour qu'elle aille dans un couvent de province et qu'elle ne voie personne. Je lui laisse le choix de l'endroit et de la pension pour qu'elle vive honnêtement[36]. »

Il fit également savoir, par l'entremise du même duc de La Vrillière, qu'il prendrait le nom de Louis XVI et non celui de Louis-Auguste Ier, et que pour l'heure il conserverait tous les ministres déjà en place et les recevrait à Versailles neuf jours plus tard, ainsi d'ailleurs que les intendants de province et les commandants des forces armées.

Puis il s'enferma dans son bureau et travailla d'arrache-pied pendant plus d'une semaine, correspondant avec les ministres, lisant de longs rapports, écrivant quantité de lettres à Marie-Thérèse, à ses oncles et cousins d'Espagne, de Naples ou de Parme, ne s'interrompant que pour prier ou prendre un repas en famille. Louis XVI entendait être seul et réfléchir aux affaires de la France, loin des influences extérieures qui déjà cherchaient à se manifester. Sa porte resta fermée à tous, y compris à ses frères et à Marie-Antoinette.

La tâche du nouveau souverain était immense et

il s'y savait mal préparé. Il ne connaissait rien aux affaires de l'État et ignorait à peu près tout des hommes en charge du pays. La France était le plus riche royaume d'Europe, mais ses finances donnaient des signes sérieux de faiblesse : la fin de la guerre de Sept Ans avait certes été suivie d'une période d'expansion, mais depuis 1770 l'économie s'était peu à peu enfoncée dans la récession, chaque individu, chaque catégorie, chaque institution réclamant plus d'engagement de l'État... et moins d'impôts. Louis XV et son ministre Maupeou avaient remis à leur place les « parlements » dont l'action — en matière judiciaire et d'enregistrement des lois — s'opposait depuis longtemps aux réformes de structures dont le pays avait besoin ; mais, Louis XV une fois parti, les parlementaires, souvent liés aux grandes familles de France, ne rêvaient que de recouvrer, en même temps que leur pouvoir collectif, l'ensemble des charges et privilèges historiques qui leur avaient été confisqués. Pire encore, l'Église de France elle-même était en crise : elle avait encore toutes les apparences de la santé et de l'opulence, régnait sur vingt-cinq millions de fidèles, possédait un dixième des terres du pays et était représentée au sommet par un monarque à la fois « très-chrétien » et de droit divin ; mais on pouvait voir, à divers signes, qu'elle commençait à chanceler sur ses bases. Une impiété grandissante, nourrie par les Lumières et entretenue par les « philosophes » à la mode, vidait de plus en plus les églises, et depuis le début du siècle le nombre de prêtres et de religieux (et religieuses) avait baissé un peu partout dans le pays, et ce dans des proportions alarmantes. Crise économique et financière, crise politique, crise spirituelle et morale : telles étaient les sombres perspectives auxquelles dut soudain faire face le roi le plus jeune et le plus inexpérimenté de la terre.

Il apparut très vite que Louis XVI aimait le travail, mais n'était pas homme à partager ou à déléguer son pouvoir, ni à s'ouvrir volontiers de ses projets. Ayant tout à apprendre, il serait un monarque laborieux — le contraire d'un dilettante ou d'un « roi fainéant ». Par tempérament et par calcul, il serait aussi un roi secret et se ferait une règle de dissimuler à tous ou presque ses intentions profondes : à sa femme, à ses frères, à ses tantes, à ses ministres. Son attachement au peuple et sa foi en Dieu seraient ses seuls guides, le travail son unique allié. C'est dans ces dispositions d'esprit qu'il entama son règne.

Et c'est en s'appuyant sur ces principes qu'il prit ses premières décisions politiques. On réclamait des économies : il commença — morale oblige — par donner l'exemple en réduisant le train de vie de sa propre maison et le faste de la cour. Se trouvèrent ainsi amputés : les frais de bouche et de garde-robe, le département (très coûteux) des menus plaisirs, certains équipages de chasse (ceux du daim et du sanglier), la « petite écurie » (le contingent de chevaux passant de six mille à mille huit cents), le nombre de mousquetaires et de gendarmes affectés à la garde du corps du roi, etc. On ne tarda pas à taxer Louis XVI de ladrerie, le comte d'Artois allant même — gentille (ou perfide) boutade — jusqu'à suggérer qu'on enlève un N au titre royal de son frère et qu'on parle désormais du « Roi de France... et avare[37] » ! Mais rien n'y fit. Non content de multiplier les mesures d'économie, Louis XVI décida d'en faire aussitôt profiter ses sujets les plus pauvres. Ordre fut donné au contrôleur général de faire distribuer deux cent mille livres aux Parisiens particulièrement démunis. La missive du roi se terminait par ces mots : « Si vous trouvez que c'est trop, vous les retiendrez sur ma pension [en juin 1790, la *pension* prendra le nom de *liste civile*][38]. »

Tout disposé qu'il était à se mettre au courant des grandes affaires du pays, Louis XVI avait parfaitement conscience qu'il ne pourrait à lui seul accomplir ses multiples tâches et qu'il avait besoin d'être entouré. Mais par qui ? Il n'était pas question qu'il désigne un Premier ministre chargé de gouverner en son nom. Il lui fallait un conseiller et rien de plus, un homme de confiance et d'expérience qui l'aide à décider sans se prendre pour le décideur.

Des noms circulaient. Marie-Antoinette alla jusqu'à suggérer le retour aux affaires du duc de Choiseul — à qui elle devait tant. L'homme restait populaire et beaucoup se souvenaient qu'il avait accordé plus de faveurs que personne. « C'est lui qui nous a mariés[39] », supplia-t-elle. Pas question d'un retour, répondit le roi, attendri par tant de reconnaissance ; une simple rentrée en grâce suffirait. Choiseul put donc revenir à la cour, à condition de s'y montrer discret. Dans une lettre à sa mère, Marie-Antoinette raconte à quel point elle avait dû charmer son mari pour obtenir son assentiment : « J'ai si bien fait que le pauvre homme m'a arrangé lui-même l'heure la plus commode où je pouvais le voir. »

On a beaucoup glosé sur ce « pauvre homme », de nombreux commentateurs, y compris Stefan Zweig, lisant dans ces deux mots tout le mépris dans lequel la reine tenait son mari. Il s'agit là sans doute d'un contresens, car l'expression (aujourd'hui on dirait plutôt « le pauvre ») n'est rien d'autre, sous la plume de la reine, que l'aveu plutôt amusé et tendre qu'elle a joué de toute sa féminité pour parvenir à ses fins. Elle ajoute d'ailleurs : « Je crois que j'ai assez usé du droit de femme dans ce moment. » L'impératrice elle-même — sa réponse irritée en témoigne — fut la première à se méprendre sur la signification des mots employés par sa fille : « Quel langage ! Le pauvre homme ! Où sont le respect et la reconnaissance pour toutes les complaisances ? Je vous laisse à vos propres réflexions et ne vous en dis pas plus, quoiqu'il y aurait bien encore à dire[40]... » Le « pauvre homme » assista d'ailleurs à l'entrevue entre son épouse et Choiseul et s'adressa à ce dernier en ces termes : « Vous avez perdu vos cheveux, vous devenez chauve, votre toupet est mal garni[41]. » Un affront pour le comte de la part d'un roi réputé bienveillant, et une leçon pour Marie-Antoinette. L'impératrice, tenue au courant du comportement de son gendre, confie sa déception dans une lettre à Mercy datée du

30 juin : « Quelques traits de sa conduite me font aussi douter s'il sera bien souple et facile à se laisser gouverner[42]. »

Sur les conseils de ses tantes, le jeune monarque jeta son dévolu sur un ancien ministre de la Marine à la fois sage, (faussement) humble — et âgé de soixante-treize ans — dont il n'aurait pas grand-chose à redouter, le vieil homme n'ayant à l'évidence ni ambitions ni ennemis. Il s'agissait du comte de Maurepas, lequel, disgracié par Louis XV en 1747 pour avoir attaqué la marquise de Pompadour, coulait depuis lors des jours plus ou moins heureux sur ses terres de Pontchartrain, à une vingtaine de kilomètres de Versailles. L'homme avait fréquenté les allées du pouvoir pendant plus de vingt ans et l'on savait que les personnages les plus en vue de l'époque continuaient de se rendre à Pontchartrain pour le consulter. En outre, il avait pour beau-frère La Vrillière, pour oncle d'Aiguillon, pour cousin Maupeou et était apparenté aux La Rochefoucauld — de quoi être applaudi par toutes les coteries et apparaître, en ce début de règne, comme l'homme de la situation et du consensus.

Dès le lendemain de la mort de son grand-père, Louis XVI, qui venait tout juste d'arriver à Choisy, avait adressé à Maurepas la lettre suivante :

> Monsieur, dans la juste douleur qui m'accable et que je partage avec tout le Royaume, j'ai pourtant des devoirs à remplir. Je suis Roi : ce seul mot renferme bien des obligations, mais je n'ai que vingt ans. Je ne pense pas avoir acquis toutes les connaissances nécessaires. De plus, je ne puis voir aucun ministre, ayant tous été enfermés avec le Roi dans sa maladie.

J'ai toujours entendu parler de votre probité et de la réputation que votre connaissance profonde des affaires vous a si justement acquise. C'est ce qui m'engage à vous prier de vouloir bien m'aider de vos conseils et de vos lumières. Je vous serai obligé, Monsieur, de venir le plus tôt que vous pourrez à Choisy, où je vous verrai avec le plus grand plaisir[43].

Deux jours plus tard, le 13 mai, Maurepas est auprès du roi et s'engage à son service, avec le titre de « ministre d'État ». Il sait que Louis XVI entend assumer lui-même les responsabilités qui sont les siennes. C'est pourquoi, tout en pensant au fond de lui qu'il n'aura guère de mal à dominer un monarque aussi peu expérimenté, il lui tient, en fin psychologue, des propos qui vont exactement dans le sens de ce qu'attend le roi. Il ne demandera pas à devenir Premier ministre, il sera un simple mentor, un confident utile, une éminence grise aussi effacée que serviable : « Si vous le trouvez bon, je ne ferai rien vis-à-vis du public. Je ne serai que pour vous seul. Vos ministres travailleront avec vous. Je ne leur parlerai jamais en votre nom, et je ne me chargerai point de vous parler pour eux [...]. En un mot, je serai votre homme à vous tout seul et rien au-delà. Si vous voulez devenir vous-même votre Premier ministre, vous le pouvez par le travail et je vous offre mon expérience pour y concourir, mais ne perdez pas de vue que, si vous ne voulez ou ne pouvez l'être, il vous en faudra nécessairement choisir un. » Le roi était aux anges : « Vous m'avez deviné. C'est précisément ce que je désirais de vous[44]. »

Restait à régler le problème des ministres en

place — l'affaire de quelques jours. Mais soudain tout est retardé, car à leur tour Mesdames ont, semble-t-il, contracté la petite vérole. Le 17 mai, la cour quitte précipitamment Choisy et s'installe au château de la Muette. C'est de ce château que neuf ans plus tard, le 21 novembre 1783, en présence d'un Louis XVI enthousiaste, s'élèvera la première montgolfière transportant des êtres humains — un aérostat confectionné « sur ordre du Roy[45] ».

Et c'est dans ce même château que, le 20 mai 1774, Louis XVI tint son premier conseil (la règle voulait qu'il y ait chaque semaine deux Conseils d'État consacrés aux grandes affaires du royaume comme la paix ou la guerre et un Conseil des dépêches consacré aux affaires intérieures). En l'occurrence, il ne s'y décida pas grand-chose. Il s'agissait simplement d'une première prise de contact avec les ministres. Le roi se contenta d'écouter leurs interventions, puis fit une mise au point dont le sens n'échappa à personne : « Comme je ne veux m'occuper que de la gloire du royaume et du bonheur de mes peuples, ce n'est qu'en vous conformant à ces principes que votre travail aura mon approbation[46] » ! Morale, honnêteté, dévouement, sujétion : chacun se retira, conscient que le nouveau roi ne se laisserait pas aisément manœuvrer et qu'il s'était visiblement fixé un cap, ou à tout le moins une méthode. Concernant la nomination attendue de nouveaux ministres et le remplacement éventuel de ceux qui étaient en poste, Maurepas conseilla au roi de se hâter lentement. Cette attitude de prudence avait un triple avantage : elle laissait aux ministres en fonction l'espoir d'être maintenus, elle ne décourageait pas l'espérance des autres et permettait au roi, en attendant que les choses se décantent, d'avoir les coudées franches.

Les choses, d'ailleurs, ne tardèrent pas à se décanter. Le 2 juin, las d'attendre un renvoi que tout semblait annoncer, le duc d'Aiguillon, en charge à la fois des Affaires étrangères et de la Guerre, prit les devants et présenta sa démission. La voie était ouverte à un remaniement. Louis XVI profita de l'occasion pour rompre avec une ancienne coutume monarchique qui voulait qu'un ministre démissionnaire fût exilé. D'Aiguillon reçut même, pour services rendus, un « don royal » de cinq cent mille francs.

Rappelons que le roi, en plus de Maurepas, était normalement entouré d'une équipe gouvernementale composée de six membres : le contrôleur général (en charge des Finances), le chancelier (en charge de la Justice) et quatre secrétaires d'État (à la Guerre, à la Marine, aux Affaires étrangères et à la Maison du roi). Quiconque participait aux conseils avait rang de « ministre », et un ministre, tel d'Aiguillon, pouvait à l'occasion être titulaire de deux portefeuilles. En 1777, Necker, parce que protestant et suisse, ne portera pas, lui, le titre de « contrôleur », mais celui de « directeur » général des Finances.

La désignation du nouveau gouvernement signifia, en même temps que la fin d'une époque, celle du « triumvirat » formé sous Louis XV par le duc d'Aiguillon, le chancelier Maupeou et l'abbé Terray. Mais il fallait d'abord remplacer le démissionnaire et nommer un nouveau secrétaire d'État aux Affaires étrangères. Dans les coulisses, deux camps s'affrontaient : d'un côté, les choiseulistes, favorables à l'alliance autrichienne, avec à leur tête Loménie de Brienne, et, de l'autre, le camp des dévots emmené par Mesdames et le comte de Provence, tous adversaires de l'ancien ministre à qui ils ne pardonnaient pas son attitude envers l'Église. Résistant aux diverses pressions comme aux préférences de son épouse, Louis XVI opta pour le comte de Vergennes. Ce diplomate obscur, qui avait représenté la France à Trèves, à Stockholm et en Turquie (où il avait épousé une Ottomane), avait la réputation d'un homme dévoué, compétent et travailleur. Nul ne pouvait deviner que cet ambassadeur discret allait devenir un véritable homme d'État — ou, comme l'a dit Albert Sorel, « le plus sage ministre que la France eût rencontré depuis longtemps, et le plus habile qui se trouvât aux affaires en Europe[47] ».

Maurepas, qui n'avait eu aucune part réelle dans la nomination de Vergennes, joua un rôle plus important dans celle du nouveau ministre de la Marine. Ce ministère était alors d'une grande importance, car son titulaire, chargé de la construction des vaisseaux de guerre, disposait d'un budget considérable. Or Boynes, le ministre sortant, avait fait preuve, dans un domaine où les connaissances du roi dépassaient aisément les siennes, d'une incompétence et d'une légèreté manifestes, certains fonds — quelque trois millions de livres — s'étant étrangement volatilisés. Maurepas suggéra le nom de Turgot. Ce magistrat-philosophe était également économiste et, si le roi consentit à sa nomination, ce n'est pas parce qu'il avait rédigé plusieurs articles pour l'*Encyclopédie*, mais parce qu'il était depuis 1761 intendant du Limousin et qu'il avait formidablement réussi à ce poste, assainissant l'administration de la province, mettant en place une fiscalité plus juste, encourageant le développement des entreprises, ouvrant des bureaux de charité, veillant à la santé publique. À vrai dire, rien, hormis ses qualités de gestionnaire, ne destinait le terrien Turgot au ministère de la Marine.

Restait encore à remplacer Terray aux Finances et Maupeou à la Justice. Le temps passant, Maurepas pressa le roi de décider au plus vite car « les délais accumulent les affaires et les gâtent même sans les terminer[48] ». En août, la cour s'était transportée à Compiègne, lieu agréable et giboyeux dont le roi raffolait, mais le nouveau gouvernement ne fut constitué que vers la fin du mois, le 24.

Après bien des hésitations entrecoupées de parties de chasse, les décisions sont enfin prises et les cartes politiques redistribuées. Turgot change d'attributions, quitte la Marine où il vient à peine de s'installer et devient contrôleur général. Ce réformateur hardi réputé pour sa droiture et son honnêteté sera l'homme fort de l'équipe. Louis XVI le reçoit et le contact est excellent entre les deux hommes. Ils sont visiblement habités par les mêmes principes — et il leur faudra deux ans pour s'apercevoir qu'ils ne mettent pas le même sens sous les mêmes mots. Prenant les mains de son ministre, le roi lui promet « d'entrer dans toutes [ses] vues et de [le] soutenir toujours dans les partis courageux [qu'il aura] à prendre[49] ». Sartine, ancien lieutenant général de la police (à qui Paris devait la construction de la Halle aux blés et l'éclairage par réverbères), remplace Turgot à la Marine ; le marquis de Miromesnil, parent de Maurepas et ancien président du parlement de Rouen, prend, lui, le portefeuille de la Justice ; enfin le comte du Muy, ancien lieutenant général, est nommé à la Guerre, le duc de La Vrillière restant à la tête de la Maison du roi. Muy mourra brusquement un an plus tard et sera remplacé par le comte de Saint-Germain, militaire d'expérience et chaud partisan de la modernisation des armées.

Face à une situation inédite pour lui, confronté aux sourdes luttes d'influence de la cour, ne se confiant à personne, mais discrètement conseillé par l'habile Maurepas, le jeune monarque a pris ses décisions en conscience et la désignation des nouveaux ministres est perçue par l'opinion comme un succès et surtout comme un tournant. La popularité de Louis XVI est alors au plus haut. Le soir même de l'annonce, on danse en foule dans les rues, les fêtards brocardant « la fichue mine du chancelier Maupeou[50] ». Parmi ceux qui dansent, beaucoup pensent qu'une époque nouvelle vient de s'ouvrir et que le bonheur du peuple va enfin figurer à l'ordre du jour des grands de ce monde.

À Versailles, où la cour est revenue s'installer le

1er septembre, Turgot voit le roi très souvent, pour ne pas dire tous les jours, et passe avec lui de longues heures à préparer les mesures de redressement que nécessite l'état du pays. En prenant ses fonctions, il s'est trouvé face à un déficit de vingt-deux millions de livres que son prédécesseur Terray avait jugé suffisamment abyssal pour suggérer une proclamation officielle de l'état de banqueroute. Avant même sa nomination, Turgot a pris le contre-pied de Terray et soumis au roi un plan qui tient dans cette formule lapidaire : pas de banqueroute, pas d'augmentation des impôts, pas d'emprunt. Il faut, explique-t-il, faire des économies dans tous les domaines et éviter à la France une faillite financière dont elle aurait toutes les peines du monde à se relever et qui pourrait de surcroît entraîner une crise de régime. « Si l'économie n'a précédé, aucune réforme n'est possible. » Et Turgot d'ajouter, dans les explications qu'il donne au jeune monarque, que celui-ci doit montrer l'exemple et réduire ses propres prodigalités (ce que d'ailleurs il avait déjà commencé à faire) : « Il faut, Sire, vous armer contre votre bonté[51]. »

Dans le même temps, Turgot, disciple de Quesnay, est « physiocrate », comme on disait alors, c'est-à-dire partisan du libéralisme économique et du déjà célèbre « laissez faire, laissez passer ! ». Aussi s'emploie-t-il à convaincre le roi de faire adopter par le conseil un texte décrétant la liberté du commerce intérieur des grains et la libre importation des céréales étrangères. La décision est prise le 13 septembre. Les membres du conseil applaudissent bruyamment le roi et son ministre, même si certains s'inquiètent au fond d'eux-mêmes de la mauvaise récolte qui a marqué l'été et d'une éventuelle flambée des prix du pain dès le printemps suivant.

C'est d'ailleurs ce qui se produira, entraînant, peu avant les cérémonies du sacre, une série d'émeutes vite réprimées — la « guerre des farines ». En mai-juin 1775, le bruit court en effet que la famine est au coin de la rue. Les prix s'envolent. À Paris comme à Versailles et dans quelques villes de province, les boulangeries sont pillées. Il faut se souvenir que le pain était alors la nourriture de base de la population et que le coût du pain représentait près de 50 % du budget des familles les plus pauvres.

Quelques mesures de police et deux pendaisons en place de Grève suffirent à ramener le calme. Louis XVI, redoutant un complot manigancé par les ennemis de Turgot, avait pris les choses en main et annoncé aux parlementaires plusieurs mesures d'exception visant à arrêter et à juger les meneurs au plus vite. « Je compte sur votre fidélité et votre soumission, leur avait-il lancé, dans un moment où j'ai résolu de prendre des mesures qui m'assurent que pendant mon règne je ne serai plus obligé d'y avoir recours[52]. » Les deux pauvres diables finalement exécutés pour l'exemple étaient un perruquier de vingt-huit ans et un compagnon gazier de seize ans. Informé de ces pendaisons, le roi écrivit sur-le-champ à Turgot : « Si vous pouvez épargner les gens qui n'ont été qu'entraînés, vous ferez fort bien[53]. » Une amnistie fut aussitôt promulguée qui concernait l'ensemble des séditieux, à l'exception des meneurs. Bien que rapidement maîtrisée, la révolte contre les pouvoirs publics n'en constitua pas moins un premier avertissement populaire : car c'est bien le peuple qui s'était dressé, comme dans toutes les émeutes frumentaires qui jalonnent l'histoire de la monarchie, et il n'avait pas eu besoin pour cela d'être poussé ou manipulé par qui que ce soit. Les adversaires politiques de Turgot ne manquèrent naturellement pas cette occasion pour dépeindre le contrôleur général sous les traits d'un apprenti sorcier incapable de mesurer les conséquences de ses actes.

*

En cet automne 1774, la classe politique a cependant l'esprit ailleurs, car l'affaire politique qui monopolise alors toute l'attention est celle des parlements.

À la fois par inexpérience et pour faire le contraire de Choiseul et de Maupeou, Louis XVI va commettre son premier véritable faux pas en revenant sur la grande réforme monarchique initiée par son grand-père — et en ouvrant de ce fait la voie à une révolution qu'à terme rien ni personne ne pourra prévenir ou enrayer. Refuser la réforme et créer, ce faisant, les conditions d'une situation révolutionnaire, tel est le cycle infernal que Louis XVI, bien malgré lui, va inaugurer dès le début de son règne — cycle infernal qui, après sa mort, marquera siècle après siècle, et presque génération après génération, toute la suite de l'histoire de France.

Les parlements, et principalement celui de Paris (dont la compétence s'étendait à 75 % du royaume), disposaient depuis le XIVe siècle de pouvoirs étendus en matière civile, judiciaire et politique. Leurs décisions avaient valeur de lois et chaque décret royal devait, pour être applicable, être « enregistré », c'est-à-dire avalisé, par les magistrats. Au fil du temps, le pouvoir des parlements n'avait, malgré des hauts et des bas, fait que croître et embellir jusqu'à devenir le rival proclamé du pouvoir dit « absolu » des monarques. En 1732, une brochure parlementaire n'avait pas hésité à dire l'indicible et à inverser ouvertement la hiérarchie des deux pouvoirs : « Le roi ne peut contracter avec ses peuples que dans le sein du parlement, lequel, aussi ancien que la Couronne et né avec l'État, est la représentation de la monarchie tout entière[54]. » On comprend que Louis XV, et avec lui Maupeou, aient voulu refonder la monarchie sur des assises plus favorables et aient entrepris ce qu'on a appelé la « révolution royale » de 1771, leur objectif, aventureux mais imparable, étant de retirer aux anciens parlements tous les pouvoirs, charges et privilèges qu'ils s'étaient peu à peu appropriés. Dès lors, la monarchie pourrait à nouveau respirer et, n'ayant plus à craindre la coalition des conservatismes, entamer les réformes nécessaires à la modernisation du pays.

L'histoire, comme les hommes, est faite de contradictions et, dans le fondamental conflit de pouvoir opposant l'autorité du roi à celle des « magistrats », deux éléments interpellent encore aujourd'hui l'historien. Le premier est le soutien populaire dont bénéficièrent alors, face au pouvoir royal, les parlements en question. Ce soutien est d'autant plus étrange et difficile à expliquer que lesdits parlements, dominés par la noblesse de robe, étaient tout sauf représentatifs. Et il ne fallait pas être grand clerc pour comprendre que, si les parlementaires « exilés » par Louis XV entendaient retrouver les pouvoirs dont on les avait privés, c'était plus pour assurer la perpétuation de leurs privilèges séculaires que pour répondre aux besoins immédiats du peuple. Il faut dire que pour défendre leur cause et s'attirer les faveurs de la bourgeoisie montante et des petites gens, les intéressés n'hésitaient pas à afficher les idées les plus avancées de l'époque — celle des droits naturels ou encore celle, empruntée à Rousseau, du « contrat social » qui fait du monarque un simple mandataire du pays et non le maître absolu du royaume. Aucune idée n'était trop subversive dès lors qu'elle permettait d'affaiblir l'autorité du roi et de renforcer celle des magistrats. Mais, en agissant ainsi, les parlementaires ouvraient la voie, sans s'en rendre compte, à une révolution autrement plus redoutable pour leurs privilèges que la « révolution royale » de Louis XV : la révolution républicaine de 1789 et des années qui suivirent.

L'autre mystère concerne l'attitude de Louis XVI.

Sur le fond, il était en conscience opposé au rappel des anciens parlements et il trouvait probablement sacrilège l'idée de revenir sur l'audace politique — lancée et concrétisée par son grand-père — qui avait permis de rétablir une autorité royale depuis trop longtemps compromise par le chantage nobiliaire. Plus jeune, dans ses entretiens avec La Vauguyon, Louis-Auguste n'avait-il pas affirmé que les parlements « ne sont point représentants de la nation », que leurs membres « sont officiers du Roi et non députés des peuples », qu'ils sont les « simples dépositaires d'une partie de son autorité » ? Et n'avait-il pas ajouté, pour faire bonne mesure : « Les parlements n'ont jamais été et ne peuvent jamais être l'organe de la Nation vis-à-vis du Roi, ni l'organe du souverain vis-à-vis de la Nation[55] » ? On ne pouvait être plus clair, ce qui n'empêcha pas le jeune roi de se ranger finalement aux vues de son mentor, Maurepas. On attendait de ce prince tout neuf qu'il fasse du nouveau ; en fait de nouveau, il fit marche arrière et ressuscita le système ancien.

Dès le renvoi de Maupeou, la cause avait été considérée comme entendue et nul n'avait été dupe — Maupeou encore moins que les autres, qui, non sans dignité, déclara à La Vrillière venu lui signifier son congé : « Monsieur, le roi ne peut avoir d'autre reproche à me faire que mon trop de zèle pour le maintien de son autorité. Je lui avais fait gagner un procès qui durait depuis trois cents ans. Il veut le reperdre, il est le maître[56]. »

Pourquoi donc ce revirement de Louis XVI ? Il semble, en l'occurrence, que le roi, plus sensible aux arguments du cœur qu'à ceux de la raison, ait cédé tout à la fois à son cher conseiller et à son cher peuple. Maurepas lui fit valoir que la première fonction d'un monarque était de défendre la monarchie, que les parlements étaient indissociables de la tradition monarchique française et qu'il était donc là, comme ses divers précepteurs le lui avaient enseigné, pour incarner cette tradition originelle et non pour la jeter par-dessus bord. En plein conseil, Maurepas avait ouvertement rappelé cette ancienne doctrine : « Sans parlement, pas de monarchie[57] ! » Avec son habileté coutumière, il expliqua également au jeune roi, visiblement dépassé par la complexité et l'ampleur du problème, que le peuple était pour le rappel et que la popularité du roi, présentement refroidie à en croire certaines affiches placardées sur les murs de la capitale, sortirait grandie d'une décision conforme aux vœux profonds des Français. Il évita de dire que cette décision serait aussi conforme aux souhaits de plusieurs des membres de sa propre famille directement affectés par l'éviction des anciens parlements.

Peut-être Louis XVI eut-il alors en tête les vers qu'on venait de composer en son honneur au sujet de ses rapports avec ses sujets : « Quelle gloire pour toi si, bientôt, tu peux dire : Je les rends tous heureux, et je n'ai que vingt ans[58] ! »

Toujours est-il que le 25 octobre il convoqua tous les magistrats exilés. Les anciens parlementaires, expliquait la missive royale, étaient invités à se réunir en sa présence le 12 novembre au Palais de Justice de Paris afin de recevoir ses ordres.

Le jour dit, tout le monde était là, avec au premier rang les Conti, les Condé, les Orléans (Louis XVI avait récemment reçu le duc d'Orléans et écouté, ému, son plaidoyer en faveur de l'antique institution).

Le roi, manifestement sûr de lui et parfaitement calme, parlant d'une voix ferme, s'adresse alors à l'auguste auditoire et commence par justifier l'action répressive de Louis XV :

— Messieurs, le roi mon très honoré seigneur et aïeul, forcé par votre résistance à ses ordres réitérés, a fait ce que le maintien de son autorité et l'obligation de rendre la justice à ses sujets exigeaient de sa sagesse. Je vous rappelle aujourd'hui à des fonctions que vous n'auriez jamais dû quitter. Sentez le prix de mes bontés et ne les oubliez jamais !

Puis c'est l'heure du pardon et de l'avertissement :

— Je veux ensevelir dans l'oubli tout ce qui s'est passé, et je verrais avec le plus grand mécontentement des divisions intestines troubler le bon ordre et la tranquillité de mon parlement. Ne vous occupez que du soin de remplir vos fonctions et de répondre à mes vues pour le bonheur de mes sujets qui sera toujours mon unique objet[59].

Les parlementaires rétablis dans leurs charges mais publiquement admonestés, la hiérarchie des pouvoirs clairement redéfinie, la classe politique rassurée sur son sort, le peuple ravi du dénouement et qui vient offrir des fleurs au roi — et pour qui, le soir même, on allume des feux d'artifice au Pont-Neuf et aux alentours du Palais de Justice : à s'en tenir aux apparences, Louis XVI s'est bien tiré d'affaire et a marqué un nouveau point dans sa jeune carrière royale. En réalité, ceux qui ont des raisons réelles de triompher sont les parlementaires et la noblesse de robe, et si un camp a remporté la partie, c'est bien celui de la féodalité médiévale. Maurepas a beau prendre les choses à la légère : « Il manquait la robe au décor. Ces messieurs sont rentrés, la comédie peut continuer. Tout est bien[60] ! », la vérité est que les opposants aux réformes ont bel et bien reconquis leur pouvoir perdu et ne se priveront pas d'en user. À cause de cette fausse victoire, Louis XVI venait de rendre plus problématique, voire impossible, l'obligation impérieuse dans laquelle il était, lui et ses ministres, de rénover et de réformer le pays. À défaut de réformes, la France irait à terme, et de manière inéluctable, vers de plus vastes bouleversements. Mme Campan, première femme de chambre de Marie-Antoinette et utile mémorialiste, nota plus tard à ce sujet que « le siècle ne s'achèverait pas sans que quelque grande secousse ne vînt ébranler la France et changer le cours de ses destinées[61] ».

*

C'est dans ce contexte que quelques mois plus tard eut lieu le sacre du nouveau roi. Cette cérémonie traditionnelle fut l'occasion d'échanges assez vifs entre Louis XVI et Turgot, car l'affaire s'annonçait très coûteuse et s'accordait mal avec la politique d'économie préconisée par le contrôleur général. Le sacre de Louis XV avait coûté six cent mille livres. Celui du nouveau roi venait d'être évalué à quelque sept cent soixante mille. Mais Louis XVI était beaucoup plus pénétré de religion que Turgot et, à ses yeux, non seulement le sacre faisait partie intégrante de la tradition monarchique qu'il avait pour devoir d'incarner et de perpétuer, mais ce rite était, surtout pour un monarque « très-chrétien » et de droit divin comme lui, le fondement spirituel de son autorité. Quelle que soit la dépense, Louis XVI ne reculerait pas, même si les idées à la mode, en partie partagées par son ministre, n'étaient pas favorables à la fusion du politique et du religieux. Ce fut là le premier accroc entre le roi et son ministre.

Le sacre eut donc lieu, le 11 juin 1775, en la cathédrale de Reims, en présence de toute la cour et des grands dignitaires du royaume. Au terme d'une très solennelle et grandiose cérémonie, l'archevêque de Reims, Mgr de La Roche-Aymon, plaça l'antique couronne de Charlemagne sur la tête du nouveau monarque et prononça des paroles qui, malgré leur caractère rituel, comblèrent Louis XVI de bonheur :

— Que Dieu vous couronne de la couronne de la gloire et de la justice, et vous arriverez à la couronne éternelle[62] !

Puis le roi, renouant avec la tradition ancienne du « miracle royal » — tradition que Louis XV avait cessé d'observer —, se rendit dans le parc de la ville où l'attendaient deux mille quatre cents scrofuleux qu'il toucha de ses propres mains malgré l'odeur infecte qui se dégageait de leurs « écrouelles », prononçant devant chacun la formule rituelle : « Le roi te touche, Dieu te guérisse[63]. »

Choiseul était à Reims et Marie-Antoinette lui accorda, avec la permission du roi, une audience de trois quarts d'heure, durant laquelle l'ancien ministre se livra à une critique en règle de l'action de Turgot et de son esprit de système, incitant la reine à subjuguer son mari « soit par des voies de douceur, soit par la crainte[64] ». La reine, tout comme son beau-frère, le comte d'Artois, continuait d'aspirer, voire de conspirer au retour de Choiseul. Artois demanda même à Louis XVI, qui refusa tout net, de rendre à Choiseul sa charge de colonel général des gardes suisses au sein de la Maison du roi. Le jeune monarque revit un instant l'ancien ministre peu avant son départ officiel de Reims et le traita avec une froideur peu commune. Choiseul eut alors ce jugement à la fois dépité et clairvoyant : « La reine ne gouvernera pas de sitôt son maussade époux[65]. »

À Maurepas qui n'avait pu être de la fête le nouveau roi exprima par courrier tout le soulagement qu'il éprouvait au terme d'un séjour rémois certes réussi mais éreintant : « Je suis, dit-il, libre de toutes mes fatigues[66]. » Dans la suite de sa lettre, Louis XVI évoque néanmoins l'immensité des tâches qu'il leur reste ensemble à accomplir : la parenthèse du sacre une fois refermée, il leur faudrait bien en effet, face aux parlements rétablis dans leurs droits — et sans doute *contre* eux —, travailler à unir autour du trône un pays qui n'était encore qu'un assemblage de provinces assez largement autonomes ou, pour reprendre la formule de Mirabeau, un « agrégat inconstitué de peuples désunis[67] ».

Marie-Antoinette, ravie elle aussi de la cérémonie comme de l'accueil réservé à sa personne et à celle du roi par la population de la ville, se confia en ces termes à sa mère : « Le sacre a été parfait [...]. Les cérémonies de l'Église [furent] interrompues au moment du couronnement par les acclamations les plus touchantes. Je n'ai pu y tenir, mes larmes ont coulé malgré moi, et on m'en a su gré [...]. C'est une chose étonnante et bien heureuse en même temps d'être si bien reçu deux mois après la révolte, et malgré la cherté du pain, qui malheureusement continue[68]. »

Les cérémonies passent, les problèmes demeurent. Louis XVI venait de vivre un sacre inoubliable, mais il était à cent lieues de se douter qu'un jour, pour parler comme René Girard, ce sacre révélerait sa vraie nature — celle d'un « rite sacrificiel ».

La réforme introuvable

Pour l'heure, il fallait résoudre quelques problèmes immédiats, notamment le remplacement de La Vrillière qui venait de démissionner. Après avoir écouté tous les avis, Louis XVI décida de nommer à la tête de la Maison du roi celui que recommandaient aussi bien Turgot que Maurepas, à savoir Malesherbes, ami des encyclopédistes, partisan de la liberté de penser et des idées de justice, homme dont le roi appréciait et l'esprit d'indépendance et l'esprit tout court — et qui, le 12 janvier 1775, venait d'être élu triomphalement à l'Académie française.

Malesherbes hésita beaucoup avant d'accepter, en particulier parce qu'il savait Marie-Antoinette mal disposée à son égard. Elle était acharnée à défendre ses amis et à perdre les autres, déployant beaucoup d'énergie pour décourager les candidats qui n'avaient pas sa faveur et rendant souvent la vie impossible à ceux qui se retrouvaient promus. « Il est destructif du bien commun et du bon ordre, expliquait Malesherbes, d'appeler au ministère quelqu'un qui ne lui plaît pas[1]. » Et de confier à l'oreille d'un ami que ce poste ministériel était à ses yeux « le département le plus ennuyeux et le plus plat, et d'ailleurs sujet à toutes sortes de querelles avec toutes les femmelettes de la cour[2] ». Reste qu'une fois de plus la détermination du roi se révéla plus forte que les manœuvres de sa royale épouse.

Mais au-delà des problèmes du moment se posait la grande question du devenir du royaume et des voies sur lesquelles il convenait de l'engager. Turgot avait un plan. Il entendait en finir avec les archaïsmes qui entravaient le libre fonctionnement — politique, économique et social — de la société. Il était intelligent, cultivé, droit, voire un peu raide, et possédait un indéniable génie administratif ; il avait l'oreille du roi et avait su le convaincre de la justesse de ses idées pour la France. Mais le savoir-faire, le sens pratique, l'art de jouer avec le temps et les circonstances n'étaient pas le fort de ce haut responsable : dès lors qu'un principe était tenu pour juste, il fallait aussitôt le mettre en œuvre. Sur la question des céréales et du pain — tranchée sans prendre en ligne de compte la mauvaise récolte précédente —, on a vu ce que pouvait donner ce type d'impatience. D'autres bévues allaient bientôt être commises et peu à peu altérer la confiance que le roi avait placée dans son ministre.

En l'espace d'une année, Turgot se lança tête baissée dans une profusion de réformes qui toutes visaient à compléter, en matière économique et sociale, la mise au pas politique des parlements. Il s'agissait d'éliminer ou de réduire à la portion congrue tout ce qui pouvait s'interposer entre le peuple, ramené à une poussière d'individus, et le souverain absolu. Finies donc les maîtrises, jurandes et autres entraves corporatistes au libre essor du commerce et de l'industrie ; finies également certaines coutumes, étranges et tyranniques, interdisant par exemple aux apprentis de se marier ou excluant les femmes des travaux de broderie. Et il fallait aussi en terminer avec le servage et les droits féodaux, ainsi qu'avec la « corvée » assurée jusque-là par les sujets les plus pauvres du royaume afin de pourvoir, sans bourse délier, à l'entretien des chaussées et des ponts. La corvée était, dans le plan du contrôleur général, remplacée par un impôt frappant *tous* les propriétaires fonciers : il s'agissait d'abolir (modestement) les privilèges et de soumettre à l'impôt les membres de la noblesse et du clergé dans les mêmes conditions que tous les autres citoyens : révolution fiscale !

Pour couronner le tout et éclairer les choix du monarque, Turgot projetait de créer des assemblées consultatives à tous les niveaux territoriaux du pays, assemblées ayant pouvoir de répartir l'impôt direct, de gérer les questions de police, d'assistance et de travaux publics. Mais, telles qu'elles étaient conçues, ces assemblées de type représentatif avaient surtout pour fonction d'émettre des « vœux » qui fassent mieux connaître au roi les aspirations réelles de la nation. Louis XVI avait approuvé ce programme qui, dans tous ses aspects, y compris celui de la représentation du peuple, allait dans le sens d'un renforcement de son pouvoir et de son autonomie d'action. Mais Turgot n'ignorait pas la difficulté de l'entreprise et il savait que de fortes oppositions ne manqueraient pas de se manifester, à commencer par celle de nombreux parlementaires. L'appui sincère et permanent du roi était à ses yeux capital et il le lui fit clairement savoir : « Ou vous me soutiendrez, ou je périrai[3]. » Tant que cela lui parut possible, Louis XVI apporta à la politique de son ministre un soutien sans faille, forçant à plusieurs reprises la résistance des parlements par la pratique du « lit de justice », c'est-à-dire en se rendant en personne devant les parlementaires et en dictant lui-même, et sans appel possible, le texte du décret.

Ce qui était prévisible ne manqua pas toutefois de se produire. Les protestations fusèrent de toutes parts, venant de ceux, nombreux et puissants, dont les audaces de Turgot menaçaient les privilèges, amputaient les sources de revenus ou bousculaient les habitudes. Au fil des mois se forgea une coalition regroupant pêle-mêle les dévots hostiles par principe à un ministre non pratiquant, les parlementaires récemment requinqués et les maîtres de l'argent — ou, pour reprendre la terminologie de Condorcet, la « prêtraille », les « parlements routiniers » et « la canaille des financiers[4] ».

Du côté du peuple, le roi et son ministre ne manquèrent pas d'appuis, du moins dans un premier temps. La suppression des maîtrises et des jurandes provoqua à Paris des manifestations enthousiastes de la part des ouvriers soudain élevés à la dignité de maîtres et autorisés à s'établir à leur compte. Dans les campagnes, l'accueil des décisions de Turgot, notamment l'édit portant abolition de la corvée et donc du travail non rémunéré, suscita un élan de foi monarchique plus spectaculaire encore. Les paysans n'en finissaient pas de remercier un roi si attentif à l'exploitation dont ils souffraient depuis tant de siècles. Des troubles engendrés par l'excès d'enthousiasme éclatèrent même dans plusieurs provinces (incendie du château de Mortemart en Bretagne) et des rumeurs de jacqueries commencèrent à se répandre — ou, plus exactement, à être répandues.

Car dans l'ombre, ou au grand jour, les ennemis de Turgot étaient tout sauf inactifs. Les parlementaires adressèrent des lettres de remontrance au roi, dans lesquelles ils lui rappelaient un principe fondamental à leurs yeux, à savoir que « la première règle de la justice [est] de conserver à chacun ce qui lui appartient » et qu'il serait donc sacrilège, dans les lois, d'abolir ce qui distingue entre elles les grandes composantes de la nation et de mettre la noblesse et le clergé sur le même pied que « le reste du peuple[5] ».

L'esprit de réforme ne soufflait pas davantage dans l'entourage du monarque — pas plus dans sa famille qu'à la cour. Louis XVI ne resta pas longtemps insensible à certaines critiques. Ses propres frères désapprouvaient les atteintes à la hiérarchie sociale qui sous-tendaient la plupart des projets de Turgot et ils ne se privaient pas de le dire. Les courtisans pestaient contre la politique d'économies et la réduction des faveurs, pensions et autres prébendes. Le roi s'avisa au fil des jours qu'il convenait d'apaiser les esprits, quitte à freiner le mouvement réformateur. Aux parlementaires inquiets il assura donc solennellement qu'il n'était pas dans son intention « de confondre les conditions[6] ». Turgot, qui savait lire entre les lignes, vit dans cette concession le premier signe d'un lâchage. Au reste, le bouillant contrôleur général indisposait de plus en plus de monde, y compris parmi ses collègues ministres. Sa politique en dérangeait plus d'un, tout comme ses manières cassantes et son refus de toute critique, fût-elle amicale. Le roi lui-même finit par trouver l'homme envahissant : « M. Turgot veut être moi, et je ne veux pas qu'il soit moi[7]. » Il ne manquait plus qu'un incident propice pour que la disgrâce de Turgot, prévisible aux yeux de beaucoup sauf aux siens propres, devînt inéluctable.

L'incident fut de nature à la fois diplomatique et politique. Depuis le 19 avril 1775 et les escarmouches de Lexington et Concord, les colonies anglaises d'Amérique étaient en rébellion ouverte contre la Grande-Bretagne et, pour des raisons sur lesquelles nous reviendrons, la France avait décidé d'aider les insurgés en sous-main. Or le comte de Guines, ambassadeur à Londres, grand ami de Choiseul et de Marie-Antoinette, fut rappelé, c'est-à-dire démis de ses fonctions, au motif qu'il pratiquait une diplomatie toute personnelle visant à pousser la France dans la guerre au lieu de se conformer aux instructions reçues. Tous les ministres étaient favorables au rappel de Guines, mais seuls Malesherbes et Turgot osèrent se prononcer ouvertement en ce sens et donc s'exposer à la colère de la reine. Mise devant le fait accompli, celle-ci se rendit auprès du roi et demanda avec insistance qu'on accorde une réparation à Guines et qu'on châtie le coupable du renvoi, à ses yeux Turgot. Elle souhaitait même qu'on expédie ce dernier à la Bastille. Malesherbes, écœuré, décida de reprendre sa liberté et, en avril 1776, quitta le gouvernement. Maurepas, dont la popularité était en baisse et que la place grandissante occupée par le contrôleur général irritait fortement, jugea opportun de se rapprocher de la reine et bascula contre Turgot. Le roi lui-même prit ses distances avec le réformisme aventureux de son ministre : « On ne doit pas faire des entreprises dangereuses si on n'en voit pas le bout[8]. » Il en vint même à ne plus le recevoir. Le 12 mai de cette même année, une double nouvelle se répandit : Turgot était remercié et le comte de Guines fait duc.

Turgot refusa avec beaucoup de dignité la pension substantielle que lui proposait le roi : « Je n'ai pas besoin d'être plus riche, lui expliquera-t-il (dans une lettre en date du 18 mai), et je ne dois pas donner l'exemple d'être à charge de l'État[9]. »

On a beaucoup dit, s'agissant de Guines, que Louis XVI avait cédé à sa femme et avait fait preuve de faiblesse. Il semble, à y regarder de plus près, que les demandes de la reine n'aient joué qu'un rôle marginal dans la décision du roi. Guines savait beaucoup de choses sur les dessous de la diplomatie et de la vie politique françaises et, n'étant guère enclin à la discrétion, il risquait, en parlant, de mettre et le roi et le gouvernement dans l'embarras. La meilleure façon de neutraliser le gêneur était d'acheter son silence et de lui octroyer une « élévation » inespérée, ce qui fut fait.

Mais c'est la démarche fracassante de Marie-Antoinette qui marqua les esprits ; et beaucoup, à la cour comme dans le peuple, commencèrent à se dire, à eux-mêmes et entre eux, que l'influence de la reine était considérable — et inversement proportionnelle à la « faiblesse » de son mari. De ce point de vue, l'affaire Guines porta gravement, quoique injustement, atteinte à l'image de Louis XVI, et le phénomène n'allait pas manquer de se répéter par la suite. À chaque prétendue « victoire » de sa femme, écrit pertinemment Simone Bertière, « le prestige du roi est entamé, son autorité décroît d'autant que le crédit de celle-ci augmente. Ce n'est là qu'apparence [mais] l'autorité, elle aussi, se nourrit d'apparence[10] ».

Il semble que Turgot, pourtant proche des faits, ait lui aussi, pour une bonne part, imputé son propre renvoi et la faveur imméritée dont bénéficia Guines à l'« ascendant » de la reine, autrement dit à la « pusillanimité » de son mari. Dans une lettre longue et amère datée du 30 avril 1776, dans laquelle il exprime son intention de démissionner, Turgot lance au roi cet avertissement prophétique inspiré de l'histoire anglaise : « N'oubliez jamais, Sire, que c'est la faiblesse qui a mis la tête de Charles Ier sur un billot[11]. »

L'avertissement ne sera pas entendu, Louis XVI ayant renvoyé la lettre du démissionnaire sans même l'ouvrir !

Louis avait une raison supplémentaire d'écarter Turgot, et cette raison était liée aux difficultés que rencontrait l'Angleterre en Amérique du Nord. Les premiers coups de feu entre colons armés et « tuniques rouges » avaient éclaté le 19 avril 1775 à Lexington et Concord dans le Massachusetts et le conflit s'était rapidement étendu à l'ensemble des treize colonies. Celles-ci n'allaient d'ailleurs pas tarder à proclamer leur indépendance (le 4 juillet 1776). Que devait faire la France ? Préoccupé par le mauvais état des finances du pays, Turgot penchait pour une attitude de prudente neutralité : s'engager dans une guerre longue et coûteuse interdirait, « pour longtemps, peut-être pour toujours[12] », la mise en œuvre des réformes financières dont la France avait besoin. Ce que, de leur côté, le roi et Maurepas envisageaient, c'était non pas de s'engager immédiatement dans un conflit armé avec la Grande-Bretagne, mais de profiter des difficultés de l'ennemie héréditaire pour réarmer la France et lui redonner, au prix de lourds investissements, une marine capable, le moment venu, de faire pièce aux forces navales britanniques et d'aider efficacement les insurgés américains. Deux stratégies différentes, voire diamétralement opposées, dont Turgot fit les frais.

Il faudra s'interroger — nous le ferons plus loin — sur les raisons complexes et multiples qui poussèrent Louis XVI à soutenir comme il le fit la révolte des colonies américaines.

Pour l'heure, l'urgence était de remplacer Turgot. Maurepas, soucieux de complaire au clan conservateur, obtint du roi qu'il appelle au contrôle général Bernard de Clugny, alors intendant de Guyenne. Celui-ci, dont la profession de foi était simple, pour ne pas dire simpliste : « Je puis culbuter d'un côté ce que M. Turgot a culbuté de l'autre[13] », se hâta de rétablir la corvée et les jurandes. Mais l'homme était falot et inconsistant, et Louis XVI ne tarda pas à reconnaître son erreur : « Je crois que nous nous sommes encore trompés[14]. »

L'heure de Necker était venue. Ce Genevois, fils d'un professeur de droit, avait dans sa jeunesse quitté la Suisse pour la France. Il était arrivé à Paris sans le sou et avait débuté sa carrière comme employé de banque, avant de fonder un établissement bancaire en 1765. Bien renseigné, il avait fait fortune en achetant des actions britanniques en 1763, à la veille de la signature du traité de Paris — traité qui mettait un terme, triomphal pour l'Angleterre, piteux pour la France, à la guerre dite de Sept ans. Auteur d'un *Éloge de Colbert* couronné par l'Académie en 1773, le personnage était apprécié dans tous les milieux : les riches aimaient son art de manier l'argent et d'en gagner à peu de frais ; les petits bourgeois retenaient l'image d'un bon payeur qui avait fait ses classes aux guichets des banques ; les paysans étaient sensibles à son goût de l'économie. La reine elle-même escomptait du nouvel homme fort, s'il était choisi, plus de complaisance et de largesses envers ses protégés que ce que Turgot avait daigné lui consentir.

Louis XVI, quant à lui, avait besoin d'un financier rassurant qui ne confondît pas réforme et chamboulement : « Ne me parlez plus, confia-t-il à Maurepas, de ces maçons qui veulent d'abord démolir la maison[15]. » Bien que Necker fût étranger et de surcroît protestant, le roi consentit à le nommer, non pas avec le titre de « contrôleur général » mais avec celui de « directeur du Trésor » — le poste de contrôleur étant (pour la forme) attribué à Louis Gabriel Taboureau des Réaux, personnage plus inconsistant encore que l'éphémère Clugny. Un an plus tard, Necker prendra, en même temps que la tête du ministère, le titre de « directeur général des finances ».

Nul ne savait alors que Necker serait trois fois ministre sous Louis XVI : de 1776 à 1781 ; de 1788 au 12 juillet 1789 ; et du 16 juillet 1789 à septembre 1790. À une époque où l'économie était encore l'art de l'épargne et non celui du gaspillage, le sage et adroit Necker fit beaucoup pour l'image de son roi. Témoin cet extraordinaire éloge prononcé en 1780 à la Chambre des communes par celui qui allait dix ans plus tard assassiner de sa plume la Révolution française, l'écrivain-député Edmund Burke, ennemi juré de Thomas Paine et autres défaiseurs de rois. On était alors au beau milieu de la guerre d'Indépendance américaine :

En supprimant un grand nombre de places, [le roi de France] a trouvé le moyen de poursuivre la guerre sans augmenter ses dépenses. Il s'est dépouillé lui-même de la magnificence et des ornements de la royauté, mais il s'est doté d'une flotte ; il a diminué le nombre des serviteurs de sa maison royale, mais a augmenté celui de ses marins ; il a donné à la France une marine comme elle n'en avait jamais eu dans le passé et qui immortalisera son règne ; et il a fait cela sans infliger un centime d'impôt de plus [...]. Voilà une gloire véritable ; voilà un règne qui devrait placer le renom de Louis XVI au-dessus du règne tant célébré d'Henri IV.

Et Burke d'ajouter, s'agissant de Necker, que le roi de France avait été bien inspiré d'accorder sa protection et son soutien à « un étranger sans appuis ni relations à la cour, et qui ne [devait] son élévation qu'à ses propres mérites et au discernement de son souverain[16] ».

Necker renonça aux grandes réformes qui avaient coûté si cher à son prédécesseur. Son objectif était simple : renflouer les caisses de l'État sans accabler les contribuables ni hérisser les possédants. Pour réussir cette quadrature du cercle, il fallait des talents de prestidigitateur que Necker sut déployer et qui, dans un premier temps, parvinrent à donner le change et à convaincre le roi lui-même de la pertinence des moyens employés. Le Trésor public étant épuisé, l'heure n'était pas aux réformes grandioses et radicales, mais bien à la récolte rapide d'argent frais. Les dépenses permanentes étant couvertes par l'impôt, les dépenses exceptionnelles, notamment celles qu'allait de plus en plus entraîner la guerre d'Amérique, ne pouvaient être financées que par des moyens exceptionnels et à rendement immédiat : l'emprunt et la loterie.

On émit donc des rentes viagères qui rapportèrent deux cent soixante millions de livres : les souscripteurs enthousiastes allèrent jusqu'à se battre entre eux dans le jardin du Trésor royal pour qu'on accepte leurs versements. Il faut dire que les intérêts versés étaient de 8 %, puis de 10 % ! Quant à la loterie, également plébiscitée, elle devait sur trois ans rapporter quelque trois cent quatre-vingt-cinq millions.

Mais une fois tout cet argent encaissé, encore fallait-il payer les rentes aux souscripteurs et verser leur dû aux heureux gagnants de la loterie. Et, pour ce faire, un seul moyen : emprunter, toujours emprunter, si bien que la dette de l'État atteignit et dépassa bientôt cinq cents millions. Grisé par le succès de ses multiples emprunts (dont plusieurs avaient été couverts deux ou trois fois), Necker n'écouta guère les avertissements que lui prodiguaient les observateurs réalistes — ceux, de plus en plus nombreux, qui n'entendaient pas que l'avenir du pays et des générations futures fût à ce point sacrifié aux nécessités du présent. Louis XVI, lui, continua quelque temps encore de croire au miracle, acceptant de bonne grâce de réduire davantage son train de vie personnel, en particulier ses frais de table et de voyage (évalués à plus de six millions en 1776). Necker, sensible au charme de la reine et la sachant redoutable, se montra moins regardant avec Marie-Antoinette et les gratifications dont elle entendait faire bénéficier ses protégés. Malgré cela, le roi, lui aussi désarmé face à sa dépensière épouse, exprima tout le contentement qu'il éprouvait devant l'amélioration apparente des choses : « La finance se rétablit, et avec cela s'écartent les troubles qui nous avaient tant chagrinés[17]. »

Mais le ministre-illusionniste finit lui-même par s'aviser que ses remèdes à court terme, y compris la réduction des places et des pensions, ne suffiraient pas à résoudre les problèmes de fond et que des réformes structurelles s'imposaient à lui, comme elles s'étaient imposées à ses prédécesseurs. À son tour contrarié par les lourdeurs bureaucratiques et la lenteur politicienne des institutions existantes, il proposa au roi, sous la forme d'un mémorandum qui devait rester secret mais dont des fuites (organisées par le comte de Provence lui-même) ne tardèrent pas à révéler la substance, de remplacer les parlements et intendants de provinces par des assemblées provinciales recrutées, sur proposition du roi, dans les trois grands ordres traditionnels — le clergé, la noblesse et le tiers état. La noblesse d'épée devait, chaque fois que possible, être préférée à la noblesse de robe. Dans l'esprit du ministre, il s'agissait d'associer à la levée des impôts et à leur répartition des hommes plus expérimentés et éclairés. Necker avait acquis la conviction que la France était de fait gouvernée par une centaine de familles dont la plupart appartenaient à la noblesse de robe — celle des magistrats, fondée sur la vénalité des charges. Aussi précisa-t-il dans son projet que les nobles appelés à siéger dans les nouvelles assemblées devraient avoir été possesseurs d'un fief pendant plus de cent ans (en 1781, Louis XVI ira dans le même sens en interdisant tout avancement aux officiers ne pouvant prouver quatre quartiers de noblesse). Quant aux intendants, ces gestionnaires qui gouvernaient la France « du fond des bureaux[18] », Necker les jugeait pour la plupart incompétents, mal informés et trop peu présents sur le terrain.

D'abord réticent à l'idée de se lancer dans une nouvelle « révolution royale », Louis XVI avait finalement consenti à ce que l'expérience soit tentée dans une ou deux provinces. Elle le fut à Bourges et à Montauban. À Bourges, l'assemblée, mise en place en 1778, était composée de seize membres nommés par le roi, chacun des nommés devant coopter deux membres supplémentaires. Mais l'idée de Necker était qu'à terme ces assemblées soient directement élues.

Ce projet novateur fut fatal à son initiateur et l'échec de Necker démontra une fois de plus l'impossibilité de la réforme en France — comme si tous ces fiascos tendaient vers un même et inéluctable dénouement, celui-là autrement radical et profond.

Toute expérimentale et anodine qu'elle était, la réforme entreprise par Necker, qui dans son esprit devait être généralisée en cas de succès, se heurta d'entrée de jeu à tous les conservatismes. Les intendants n'étaient guère disposés à disparaître ou à voir leur autorité battue en brèche ; les princes craignaient pour leurs prébendes et voyaient d'un mauvais œil l'accroissement prévisible des pouvoirs du roi ; les parlementaires, déjà hostiles à divers aspects de la politique financière du directeur général, se dressèrent comme un seul homme contre la création d'assemblées provinciales manifestement destinées à remplacer les parlements eux-mêmes.

Là-dessus, Necker commit une erreur politique dont il ne devait point se relever. En février 1781, il adressa à Louis XVI un récapitulatif de sa gestion intitulé *Compte rendu au Roi* et demanda que son texte, dont il attendait un grand retentissement, soit publié. Il le fut et se vendit à plus de cent mille exemplaires. Il faut dire que rien de tel n'avait jamais été révélé au grand public, à savoir l'usage que, dans les moindres détails, l'État faisait de l'argent issu des emprunts ou versé par les contribuables. Dressant le bilan de son action, Necker y assurait que les dépenses s'établissaient à deux cent soixante-quatre millions de livres et laissaient apparaître pour 1780 un excédent de dix millions : ce dernier chiffre était inexact dans la mesure où, entre autres, il ne prenait pas en compte les dépenses « extraordinaires » résultant de la guerre d'Amérique. Les experts en finance ne manquèrent pas de dénoncer ce bilan en trompe-l'œil et le déficit réel de quarante-six millions qu'il dissimulait.

Mais ce qui souleva le plus de critiques et d'invectives de la part des innombrables profiteurs du régime fut le dévoilement détaillé des avantages, amples et souvent inavouables, dont ils bénéficiaient. Cette volonté inédite de transparence financière, dont Necker entendait désormais faire une règle de saine gouvernance, cette révélation au grand jour des dépenses somptuaires de la cour au profit d'une vaste minorité de privilégiés fut la goutte de modernité qui fit déborder le vase.

Désavoué par les puissants, le directeur général des finances était très populaire dans le pays, d'autant qu'avec l'assentiment du roi il avait aussi aboli la « question préparatoire » (la torture infligée aux suspects) et la « mainmorte », c'est-à-dire l'impôt qu'au décès d'un serf ses héritiers devaient verser au seigneur du lieu. À ces mesures étaient venues s'ajouter d'autres réformes d'importance — d'inspiration royale — comme la création du Mont-de-Piété ou l'abolition du servage sur les terres du roi, abolition qui, exemple oblige, s'appliqua peu à peu à l'ensemble des domaines privés.

Necker demanda à être admis au Conseil d'État (l'équivalent, pour les affaires intérieures, de notre actuel Conseil des ministres) : il entendait d'une part voir ses mérites reconnus et d'autre part être en situation d'expliquer directement sa politique aux autres membres du gouvernement au lieu que cette tâche incombe au roi. Celui-ci s'était avisé avec le temps que le réformisme de Necker était trop « républicain » à son goût, en tout cas trop contraire aux aspirations des classes dirigeantes traditionnelles et finalement trop semblable à ce qu'avait voulu faire son prédécesseur : « Mais c'est du Turgot et même pis ! » avait-il un jour lancé[19]. Sur les conseils de Maurepas, mais aussi parce que Necker était protestant, Louis XVI rejeta la demande de son ministre et Necker n'eut d'autre choix que d'adresser sa démission au roi, ce qu'il fit le 19 mai 1781. Dans son format, la lettre était presque insultante : à en croire l'historien Soulavie, elle avait été rédigée sur un simple « bout de papier de trois pouces et demi de long sur deux et demi de large[20] ». Du jamais vu !

*

Étant roi et comptable à ce titre des traditions du royaume, Louis XVI préserva, si fastidieux fût-il, tout le cérémonial de la monarchie — avec, pour entamer et terminer chaque journée, les longues solennités du lever et du coucher. Mais il avait considérablement réduit les fastes de la cour, même si l'entourage de la reine continuait de coûter cher au Trésor : cent cinquante mille livres étaient, par exemple, attribuées à la duchesse de Lamballe, une simple dame d'honneur en recevant plus de quarante mille ! À quoi s'ajoutait, malgré les coupes sombres récemment opérées, l'entretien de la maison militaire — gardes du corps, gardes suisses, gardes-françaises : plus de 9 000 hommes au total. Au-delà des apparences, la splendeur des temps anciens semblait néanmoins avoir en partie disparu. Ainsi que l'a noté Pierre Lafue, « la Cour de Louis XVI avait beau absorber le seizième des revenus de l'État, soit plus de trente millions de livres, elle n'était plus [...] que le pâle reflet de celle de l'aïeul [Louis XIV] qui avait construit le palais[21] ».

Marie-Antoinette, elle, chassait l'ennui en s'étourdissant dans les fêtes, les bals, les spectacles. On se mit, par pamphlets interposés et sans preuves sérieuses à l'appui, à l'accuser de tous les péchés du monde : d'entretenir une relation amoureuse avec son propre beau-frère, le comte d'Artois, d'être lesbienne à ses heures — et à l'occasion zoophile. En dehors des sorties mondaines et des manifestations officielles obligatoires, elle passait le plus clair de son temps dans son refuge du Petit Trianon que le roi lui avait offert en 1774 lors de son sacre. Là, elle aimait, entre autres distractions, se livrer, en même temps qu'au volant ou au cerceau, à d'interminables parties de trictrac, de lansquenet, de bassette ou de pharaon, gagnant parfois, perdant le plus souvent et beaucoup. Sa passion des jeux de cartes et d'argent, partagée par les deux frères du roi — et qu'en avril 1777 l'empereur Joseph II était venu en personne reprocher à sa sœur —, constituait une autre source de dépense et de gaspillage dont l'image de la reine ne tarda pas à souffrir : en plus de « l'Étrangère », on allait bientôt l'appeler « Madame Déficit » ! En octobre 1779, à Marly, Louis XVI, pour complaire à sa femme, se laissa aller à jouer : il perdit près de soixante mille livres et retint la leçon[22]. Reste qu'aux yeux des Français, habitués depuis toujours ou presque à des souveraines austères, le défaut principal de Marie-Antoinette était sans doute moins son goût irréfléchi de la dépense ou du jeu que le fait de se comporter au quotidien comme une favorite plus que comme une reine.

Tandis que sa femme chassait l'ennui, Louis XVI, lui, chassait le cerf : on sait qu'en seize ans il en inscrivit 1 274 à son tableau, le total des pièces de toutes sortes abattues par ses soins s'élevant à 189 251 ! Il faut dire qu'il notait dans son journal personnel tous les détails et tous les bilans de ses chasses, inscrivant « rien » — par exemple à la date du 14 juillet 1789 ! — lorsque aucun gibier n'était venu remplir ses besaces.

Et tandis que Marie-Antoinette courait les bals masqués ou accumulait les dettes de jeu, le roi se réfugiait, lui, dans son atelier de serrurerie ou se promenait dans les combles du château, admirant la vue du parc et des plans d'eau. Il lui arrivait aussi, étrange trait de caractère, de se livrer à des farces de collégien, comme de chatouiller au passage un vieux valet de chambre à la peau particulièrement sensible ou de pousser un courtisan sous une lance d'arrosage pour le seul plaisir de voir le malheureux éclaboussé des chausses à la perruque.

Ou bien (distraction plus noble) il lisait : deux ou trois livres par semaine en moyenne, et ce en dépit des obligations officielles qui occupaient une bonne partie de son temps. Au cours des quatre mois qu'il passera à la prison du Temple avant d'être guillotiné, il ne dévorera pas moins de 257 volumes ! Contrairement à ce qu'on a pu dire à ce sujet, Louis XVI était un homme cultivé et sa culture touchait à de multiples domaines — la science et la technique, la géographie et l'univers maritime, mais aussi la littérature, l'histoire, le droit ou la philosophie. Il maîtrisait plusieurs langues étrangères et sa connaissance de l'anglais était telle qu'il parcourait chaque jour la presse britannique et osa même traduire en français le *Richard III* d'Horace Walpole.

Un certain embonpoint, hérité de son père et non lié, comme on l'a prétendu, à une voracité excessive, marqua peu à peu le personnage. Mais, avec ses six pieds trois pouces de haut, l'homme avait pour l'époque une taille hors du commun et, si son physique impressionnait, c'était moins à cause du surcroît de graisse qu'en raison de la taille du personnage et de la puissante musculature qui l'accompagnait : Louis XVI pouvait à bras tendu, il en fit plusieurs fois la démonstration, soulever une énorme pelle contenant un jeune page accroupi.

*

Allergique aux mondanités et aux frivolités de la cour, les fuyant même, Louis XVI s'était aussi lassé, nous l'avons vu, de la politique intérieure pour laquelle il n'avait pas été préparé et dont il avait le plus grand mal à suivre les méandres. La politique étrangère devint vite son terrain de prédilection, le seul où il se sentît maître des choses, le seul qui lui permît de donner sa pleine mesure, le seul (avec la chasse) où il pût faire pleinement usage de l'énergie puissante mais refoulée qui l'habitait.

Le mirage américain

Le 21 janvier 1993, malgré plusieurs interdictions de la Préfecture de Police, une foule importante se retrouve place de la Concorde, à l'endroit même où deux siècles plus tôt Louis XVI a été guillotiné. La presse est là, multicolore, du *Figaro* à *L'Humanité*. Dans son édition du lendemain, le journal communiste décrira la scène à sa façon :

> Deux cents ans après la décapitation de Louis XVI, la fleur de lys tenait le haut du pavé. Des milliers de personnes (Scouts de France en short de cuir, jeunes filles en socquettes blanches, légitimistes à moustaches, orléanistes glabres, nostalgiques de l'Ancien Régime, gens de droite de tout poil) s'étaient rassemblées avec sono tonitruante, discours affligés et *Requiem* de Cherubini. Parmi elles [...], Thierry Ardisson, paraît-il en larmes, Bruno Mégret du Front national, Gonzague Saint-Bris, Jean Raspail, Ambroise Roux, Jean-Pierre Darras qui a lu le testament de Louis XVI...

Mais l'assistance, poursuit *L'Humanité*, n'est pas composée que de nostalgiques de la monarchie ou d'admirateurs du roi guillotiné. Un groupe de républicains de choc, certes minoritaire, est, lui aussi, venu faire entendre sa voix :

En face, chez les « régicides », à l'appel de la revue *Digraphe* (section française des Vigilants de Saint-Just) animée par Jean Ristat, ils étaient une quarantaine autour de la traditionnelle tête de veau couronnée [...]. Le chant vengeur « Ô toi, céleste guillotine » (sur l'air de *La Marseillaise*) a été entonné *a cappella* par Marc Ogeret et lecture a été donnée de textes révolutionnaires (Viviane Théophilidès, Philippe Morier-Genoud, Anatole Atlas, Jean Ristat...). Pierre Bourgeade et Jean-Edern Hallier ont dit leurs raisons d'être là. L'historien Pierre Miquel est passé en curieux. Ce jour-là, les vrais républicains, en petit nombre, n'ont pas été moins ardents qu'à l'ordinaire.

Reste que le fait le plus étonnant de cette manifestation sera rapporté, photo à l'appui, par *Le Figaro* du 22 janvier : à savoir, l'arrivée inopinée place de la Concorde de l'ambassadeur américain en personne, Walter J. P. Curley, les mains chargées d'une gerbe à la mémoire du roi supplicié. Il s'agissait non pas d'une initiative individuelle, mais bien d'une démarche officielle, le ruban de la gerbe portant une inscription suffisamment grande pour être lue de loin et vue de tous : « L'ambassade des États-Unis d'Amérique ».

On sait que le 4 juillet de chaque année, à l'occasion de la fête nationale des États-Unis, l'ambassadeur américain en poste se rend traditionnellement au cimetière de Picpus afin de rendre hommage au marquis de Lafayette, héros français de la guerre d'Indépendance, cérémonie à laquelle assistent également diverses autorités françaises, civiles et militaires. Ce geste de reconnaissance se comprend aisément dès lors qu'on se souvient de la part éminente prise par le jeune marquis (général de l'armée américaine à vingt ans !) dans la victoire des colons insurgés et de l'amitié indéfectible que lui vouèrent et George Washington et l'ensemble du peuple américain.

Mais la démarche diplomatique du 21 janvier 1993 en l'honneur de Louis XVI mérite, elle, une explication plus poussée, car ses motivations apparaissent, à première vue, avec moins d'évidence. De cette démarche insolite, disons sans attendre qu'elle met en lumière un point d'histoire essentiel (mais peu présent dans la mémoire collective française), à savoir le rôle déterminant — et assurément paradoxal — que joua le roi de France dans le déroulement et le succès final de la Révolution américaine.

*

S'il s'en remettait volontiers aux avis de Maurepas pour les affaires intérieures du royaume, Louis XVI, comme ses prédécesseurs, considérait la politique étrangère comme la seule véritable activité « politique » et comme la seule relevant pour l'essentiel de l'autorité royale. Il en fit donc naturellement son « domaine réservé » et s'y sentit d'autant plus à l'aise qu'en la matière il possédait généralement plus de connaissances que ses propres conseillers. Par ailleurs, les affaires extérieures soulevaient moins d'agitation partisane que la gestion des réalités nationales et Vergennes, ministre aussi excellent que discret, eut la sagesse de rester à sa place, acceptant d'être éclairé par le roi au moins autant que lui-même l'éclairait.

Les deux hommes étaient au demeurant habités par la même passion du bien public et partageaient les mêmes idées quant à l'avenir du pays : après les déconvenues de la guerre de Sept Ans, ils souhaitaient redonner « tout son poids[1] » à la France, mais entendaient parallèlement moraliser la vie internationale grâce au respect du droit et des traités antérieurs, grâce au maintien des équilibres géopolitiques existants, notamment au sein de l'Europe, grâce enfin au refus, tant pour la France que pour les autres États, de toute conquête ou agrandissement territorial.

L'Autriche fut la première à faire les frais de cette vision des choses. Malgré les pressions de Marie-Antoinette et les demandes appuyées de son frère Joseph II venu convaincre le roi en 1777, jamais Louis XVI, qui se souvenait de la partition de la Pologne intervenue cinq ans plus tôt au profit de la Russie, de la Prusse… et de l'Autriche, n'accepta que l'empire autrichien puisse à nouveau s'agrandir au détriment des États environnants. Joseph II avait même proposé de céder une partie des Pays-Bas à la France, en échange de quoi l'Autriche aurait pu annexer la Bavière et entamer à son avantage le démembrement de la Turquie. Les traités de Westphalie de 1648 ayant fait de la France la garante de la stabilité territoriale dans le Saint-Empire, Louis XVI s'en tint à cet engagement solennel et rejeta, avec plus de fermeté que Vergennes, lui-même quelque peu tenté par le projet, le cadeau empoisonné, et lourd de conflits potentiels, que lui proposait son beau-frère. Le jeune empereur s'en retourna à Vienne plein de dépit et d'amertume, convaincu qu'en politique étrangère sa sœur n'avait sur son mari aucune influence réelle, comparée à celle que la Pompadour ou à un moindre degré la du Barry, pourtant simples favorites, avaient pu naguère exercer sur Louis XV.

Louis XVI se montra aussi directif et maître de ses décisions lorsque, à peine monté sur le trône, se présenta à lui la situation nouvelle créée par le déclenchement de la guerre d'Indépendance américaine. L'attitude qu'il adopta dans cette affaire et l'obstination dont il fit preuve constituent un mystère sur lequel il convient de s'interroger.

Comment se peut-il qu'un monarque absolu, qui plus est catholique et de droit divin, ait tout fait — achevant par là même de ruiner les finances de son pays — pour que les Américains en révolte, majoritairement protestants de surcroît, puissent (1) rompre le lien colonial les unissant à l'Empire britannique, (2) proclamer leur indépendance, (3) rejeter la monarchie, (4) devenir une république et même jeter les premières bases d'un régime démocratique ?

La plupart des historiens, sinon tous, ont expliqué ce mystère de la même façon et en se référant à des motivations alors largement partagées, y compris par le roi, à savoir le désir de se venger des échecs cuisants subis lors de la fameuse guerre de Sept ans, guerre au terme de laquelle (en 1763) la France avait perdu, non seulement la place éminente qu'elle occupait en Inde, mais l'essentiel de ses possessions d'Amérique du Nord. Ce désastre était intervenu à l'époque dans une certaine indifférence, Voltaire, par exemple, assimilant la perte du Canada à celle de quelques « arpents de neige ». Mais la fierté française, pour ne pas dire son orgueil, avait été blessée et beaucoup ne rêvaient que de revanche. La révolte des treize colonies anglaises d'Amérique apparut donc en 1775 et dans les années qui suivirent comme une occasion inespérée de faire subir un revers mémorable à ceux qui nous avaient tant humiliés.

Cette analyse est juste et ne saurait être sérieusement contestée. Mais elle est purement *négative* et ne suffit pas, selon moi, à expliquer la passion aveugle, je dirais même suicidaire, avec laquelle Louis XVI s'embarqua dans cette aventure. Car favoriser outre-Atlantique une puissante insoumission coloniale, avec en prime la mise en place d'une république fondée sur la volonté du peuple, n'était sans doute pas le meilleur moyen de consolider en France une monarchie de plus en plus contestée et promise à de graves convulsions.

Il y a, je crois, une autre explication, cette fois *positive*, à l'irrationalité des choix opérés par Louis XVI dans cette affaire. Il était alors âgé d'à peine vingt et un ans ; il avait, nous l'avons noté, beaucoup lu les philosophes et autres encyclopédistes et était habité par le goût de la modernité autant que par celui de la tradition. Malgré toutes les vieilleries qu'on lui avait inculquées avant son accession au trône, il était à l'âge où l'on se fascine aisément pour les idées neuves, voire utopiques — et Dieu sait s'il en circulait dans la France de l'époque, y compris dans les salons parisiens ou les couloirs feutrés de Versailles. Ce goût de la modernité, cette perméabilité aux idées nouvelles, colore, dans les premières années de son règne, la nomination à ses côtés de ministres — Turgot, Malesherbes, Necker, puis Loménie de Brienne — qui tous, bien qu'à des degrés divers, se rattachent au mouvement des Lumières. Plus tard, il se montrera moins ouvert aux nouveautés subversives et fera même incarcérer Beaumarchais en 1785 (cinq jours à la prison de Saint-Lazare, réservée aux mauvais sujets) à cause des audaces selon lui « détestables[2] » du *Mariage de Figaro* et de certaines insolences de l'auteur à son égard*.

On a dit de Louis XVI, pour expliquer l'échec de son règne, qu'il n'avait été ni assez despote ni assez éclairé. Son refus du despotisme aveugle et de l'emploi césarien de la violence était, nous le verrons, un fait d'évidence, mais on peut difficilement prétendre qu'il fut insuffisamment « éclairé ».

Pour se convaincre du contraire, il suffit de se souvenir que ce jeune roi tout-puissant fut assez soucieux des droits humains pour abolir coup sur coup les corvées, la torture et le servage (en 1779, année du décret royal, il restait encore un million

* Selon Mme Campan, Louis XVI eut même, en lisant la pièce, cette remarque dont il ne pouvait sans doute mesurer toute la portée : « Il faudrait détruire la Bastille pour que la représentation de cette pièce ne fût pas une inconséquence dangereuse » ! (J.-B. Ebeling, éd., *Louis XVI. Extraits des Mémoires du temps*, Plon, Paris, 1939, p. 79.) La pièce fut néanmoins jouée, au prix de quelques modifications mineures, et fit un triomphe.

de serfs en France) ; plus tard, lors des états généraux, il se montrera favorable à l'abolition de l'esclavage et, applaudi par Olympe de Gouges, auteur d'une pièce contre la servitude imposée aux Africains, regardera d'un œil favorable l'action militante des Amis des Noirs. À son crédit, on pourrait encore ajouter qu'à peine monté sur le trône, il supprima le « droit de joyeux avènement », impôt exigé du peuple à chaque changement de règne ; qu'il fonda le Mont-de-Piété en vue de décourager l'usure et d'aider les petites gens ; qu'il épaula l'abbé de l'Épée dans son œuvre en faveur des « sourds-muets sans fortune », lui versant sur sa propre cassette une pension de six mille livres malgré les soupçons de jansénisme qui pesaient sur lui ; qu'il ordonna aux hôpitaux militaires, un siècle avant la première Convention de Genève, de traiter les blessures des ennemis comme celles de ses propres sujets ; qu'il créa un hôpital réservé aux enfants atteints de maladies contagieuses (l'actuel hôpital des Enfants-Malades) ; qu'il fonda l'École des mines ainsi que le musée des Sciences et Techniques (aujourd'hui Centre national des Arts et Métiers) et finança de ses propres deniers les expériences d'aérostation des frères Montgolfier ; qu'il redonna un état civil aux protestants (édit de tolérance de 1787) et fit construire plusieurs synagogues pour les juifs (à Nancy ainsi qu'à Lunéville), tout en exemptant les membres de cette communauté du « péage corporel », droit que ceux-ci devaient payer, à l'instar des bêtes de somme, pour pouvoir entrer dans les grandes villes* ; qu'il mit en place un système de pension de retraite pour les personnes exerçant une profession maritime, institua le droit de propriété intellectuelle pour les auteurs et les musiciens et, pour la première fois, permit à certaines femmes de participer à l'élection des députés lors de la convocation des états généraux.

Il n'est pas non plus impossible que le jeune Louis XVI ait fréquenté la franc-maçonnerie ou y ait même appartenu. « Le roi Louis XVI était franc-maçon », n'hésite pas à affirmer Louis Amiable, auteur en 1897 d'un livre remarqué sur la célèbre loge parisienne des Neuf Sœurs[3].

Le 1er août 1775, un an après son accession au trône, naît en effet à Versailles la loge militaire dite des « Trois Frères Unis ». Même si cela paraît plus que probable, il n'est pas certain qu'il s'agissait là du nouveau roi et de ses deux frères, les futurs Louis XVIII et Charles X, encore qu'on sache au sujet de ces deux derniers, comme au sujet d'un autre prince de sang royal, le duc de Chartres, qu'ils furent bel et bien adeptes de l'Ordre (le duc de Chartres, qui prendra le titre de duc d'Orléans en 1785 et le nom de Philippe Égalité en 1793, officiait déjà, depuis 1773, comme grand maître du Grand Orient).

* En 1784, il accorda aux juifs de l'Est (région où séjournait l'essentiel de leur communauté), outre le droit de se marier, celui de se livrer librement aux activités commerciales, bancaires ou industrielles de leur choix. Sept ans plus tard, le 27 novembre 1791, l'Assemblée constituante, à l'issue d'un vote quasi unanime, décidera de donner une réalité juridique aux souhaits depuis longtemps formulés par Louis XVI : les juifs de l'Est se virent officiellement conférer le titre et les devoirs de citoyens français.

Reste que cette loge versaillaise des « Trois Frères Unis » n'aurait pu être créée, sous ses propres fenêtres, sans l'aval bienveillant, voire sans le consentement actif du jeune monarque. On a du reste retrouvé une médaille de Louis XVI, datée du 31 décembre 1789, « qui renferme le compas, l'échelle graduée, l'équerre, la poignée de truelle, la lune et le soleil[4] » et qui semble bien illustrer l'« appartenance » du roi à cet Orient de Versailles. Il faut aussi se rappeler que trois jours après la prise de la Bastille, lorsque Louis XVI se rendit à l'Hôtel de Ville pour se concilier la faveur les Parisiens, il fut accueilli sur les marches de la mairie avec les honneurs maçonniques de la « voûte d'acier », double haie métallique formée par les épées croisées des gardes nationaux. Michelet et d'autres historiens ont vu dans cet honneur bizarre autre chose qu'un geste maçonnique — une manière pour Bailly, le maire tout nouvellement élu, et les siens de faire passer le roi sous leurs fourches caudines !

Le grand historien de la Révolution, Albert Mathiez, reconnaît, dans un article publié en 1933, que « Louis XVI et ses frères, Marie-Antoinette elle-même, maniaient la truelle à la Loge des Trois Frères à l'Orient de Versailles ». Même s'il discutait volontiers avec les ouvriers qui travaillaient à Versailles ou les paysans qu'il rencontrait dans les champs, on a cependant du mal à imaginer le roi de France déposant en quelque sorte sa couronne à l'entrée d'une loge maçonnique et philosophant d'égal à égal avec des interlocuteurs forcément subalternes, fussent-ils de très haut rang, voire des princes du sang. Mathiez, quant à lui, minimise le rôle souterrain et subversif parfois attribué à ces loges, lesquelles n'étaient à ses yeux que des salons et non des clubs : « On y était entre gens du monde. On y professait l'ordre établi[5]. » Le succès mondain des loges en question n'est pas niable ; il est même avéré par Marie-Antoinette qui eut au sujet de la franc-maçonnerie cette formule éloquente : « Tout le monde en est[6] » !

François Furet et d'autres chercheurs ont montré, depuis, que les loges de l'époque pré-révolutionnaire, grâce aux libres discussions et aux échanges intellectuels qui s'y déroulaient, n'étaient pas seulement des lieux de mondanités. Sans que d'ailleurs personne s'en alarme, elles constituèrent, ne fût-ce que par l'ordonnancement quasi parlementaire qui présidait à leurs débats, des sortes de républiques en miniature — des laboratoires vivants de vie démocratique, des parenthèses d'égalitarisme social, préfigurations d'une ère nouvelle qui n'attendait pour éclore qu'un moment favorable.

Ce moment, dans l'esprit de nombreux maçons, ne pouvait qu'être proche dans la mesure où l'exemple américain était déjà là, prêt à l'usage et le seul imitable à l'époque, preuve vivante et éclatante que les principes libéraux expérimentés dans la pratique maçonnique pouvaient, quittant le cénacle des loges, s'appliquer par provignement à l'ensemble d'une société. Si, explique Furet, la franc-maçonnerie joua un rôle important en Amérique, puis en France, c'est non pas, ainsi qu'on l'a prétendu, comme instrument de conspiration, mais parce que, au grand soleil plus qu'à l'ombre des loges, elle incarna « de façon exemplaire la chimie du nouveau pouvoir, transformant du social en politique, et de l'opinion en action[7] ».

*

Que dans les débuts de son règne il ait été membre de l'Ordre ou simple sympathisant ou visiteur occasionnel, l'attention mesurée mais sans doute réelle que Louis XVI voua aux débats d'idées maçonniques ne put, lorsque vint le moment, que renforcer sa détermination à voler au secours des *insurgents* d'Amérique.

« Voler au secours » n'est peut-être pas l'expression qui convient le mieux ici, car la politique américaine du roi fut d'abord dictée par une sage prudence et un unique mot d'ordre : se hâter lentement. Il fallait éviter de provoquer prématurément l'Angleterre, c'est-à-dire avant que les conditions d'un conflit armé soient favorablement remplies. La première de ces conditions était que les *insurgents* apportent la preuve du sérieux de leur entreprise et de leur capacité réelle sinon à vaincre les forces britanniques, du moins à leur tenir tête et à leur faire subir *par eux-mêmes* des revers significatifs. La deuxième condition était de s'assurer du soutien politique, financier et naval de la puissante Espagne. La troisième condition était le renforcement de la marine française, renforcement entamé depuis plusieurs années, notamment sous l'autorité de Sartine, mais qu'il convenait de mener à bien — et qui le fut avec une étonnante célérité mais à grands frais : en 1778, la France pouvait déjà compter sur cinquante-deux vaisseaux de ligne ; elle en aura soixante-treize en 1782.

Pendant près de trois ans, l'aide française aux colons d'Amérique se déroula dans la discrétion et la clandestinité. Dès septembre 1775, un agent secret de Vergennes, Achard de Bonvouloir, s'était rendu en Amérique afin d'étudier sur place les possibilités d'une assistance discrète aux insurgés. Peu après la Déclaration d'indépendance du 4 juillet 1776, ces tractations avaient abouti à la mise en place d'un système clandestin d'approvisionnement proposé et imaginé par Beaumarchais : ainsi naquit, avec l'accord du roi et de son ministre, une société commerciale de façade, « Hortalez & Cie », dirigée en personne par l'extravagant auteur du *Barbier de Séville*.

L'objectif était, en échange de tabac de Virginie, d'acheminer vers l'Amérique la poudre, les armes, les munitions et tout l'approvisionnement nécessaire à la conduite de la guerre. Pour amorcer l'affaire, la France et l'Espagne consentirent chacune un prêt d'un million de livres, un troisième million provenant des milieux du commerce où Beaumarchais comptait de nombreux amis. Dès 1777, Hortalez & Cie disposa ainsi de douze vaisseaux de transport opérant à partir des grands ports français. Le premier convoi atteignit Portsmouth (New Hampshire) au début de 1777 avec de quoi armer et équiper 25 000 hommes. Cet arrivage joua un rôle décisif dans la première grande victoire américaine, celle de Saratoga (17 octobre 1777), 50 % des munitions utilisées dans cette bataille ayant été fournies par la France.

Cette victoire, saluée avec enthousiasme par l'opinion française, fut l'événement qu'attendait la cour de France pour s'engager plus ouvertement auprès des colons américains en rupture de ban avec l'Angleterre. Le Congrès avait envoyé à Paris deux émissaires ayant pour mission de négocier une intensification de l'aide française : d'une part, Silas Deane, qui, chargé d'obtenir l'octroi d'armes et d'équipements militaires, s'occupa surtout, avec la complicité du comte de Broglie, de recruter des volontaires (et il n'en manqua pas, à commencer par Lafayette, dont la fugue fit grand bruit et reçut l'assentiment tacite du roi) pour aller prêter main-forte aux troupes américaines ; d'autre part Benjamin Franklin, extraordinaire ambassadeur du Nouveau Monde, dont le charme, la simplicité, l'intelligence et la force de conviction firent des miracles auprès d'une opinion particulièrement réceptive aux événements d'Amérique comme auprès d'un gouvernement et d'un roi de plus en plus tentés de faire le grand saut.

Les efforts conjugués de Franklin et de Silas Deane, bientôt rejoints à Paris par Arthur Lee, aboutirent, peu après Saratoga, à la signature d'un double traité entre la France et l'Amérique : d'abord un traité « d'amitié et de commerce » reconnaissant l'indépendance américaine et organisant la protection mutuelle des échanges maritimes ; et en second lieu un véritable traité « d'alliance » prévoyant que les deux pays feraient cause commune en cas de conflit déclaré entre la France et la Grande-Bretagne. Une clause secrète et séparée invitait l'Espagne à se joindre à l'alliance « dans quelque temps qu'elle le juge[rait] à propos[8] ».

Signé à Versailles le 6 février 1778, ce traité constitue l'unique texte d'alliance jamais signé par les États-Unis jusqu'au traité de l'Atlantique Nord du 4 avril 1949. C'est dire son importance historique. Les Anglais ne s'y trompèrent pas qui s'efforcèrent, mais trop tard, de trouver un terrain d'entente avec les insurgés afin d'éviter le pire — le pire étant pour eux l'entrée des Français dans le conflit. La France comptait alors vingt-huit millions d'habitants contre neuf ou dix à la Grande-Bretagne et, grâce à ses efforts soutenus de réarmement, disposait désormais d'un potentiel militaire et naval redoutable. Un mois à peine après la signature du traité, Conrad Gérard fut nommé ministre plénipotentiaire auprès du gouvernement américain ; côté américain, c'est Benjamin Franklin qui, quelques mois plus tard, devint le premier représentant officiel de son pays à la cour de France.

Vergennes avait cependant freiné les ardeurs du roi, convaincu qu'il était que la France ne devait s'engager dans cette affaire qu'assurée du concours actif et effectif de l'Espagne. Mais celle-ci traînait les pieds et, si elle se décida quatorze mois plus tard (traité d'Aranjuez du 12 avril 1779) à s'aligner sur les positions françaises et le 21 juin de la même année à déclarer la guerre à l'Angleterre, ce fut moins pour défendre la cause américaine, dont elle redoutait le caractère contagieux au regard de ses propres colonies, que pour suivre Louis XVI dans ses entreprises anti-britanniques et profiter de l'occasion pour consolider son propre empire. Alors que Versailles n'aspirait pour sa part à aucune conquête ou reconquête, le gouvernement de Madrid entretenait, lui, des vues très précises sur certaines parties du monde, notamment la Jamaïque et la Floride.

Après le succès prometteur de Saratoga, c'est donc Louis XVI, et lui seul, qui décida d'en finir avec les atermoiements des uns et des autres et de s'allier, sans attendre le soutien de Madrid, aux Américains. En agissant ainsi, il prenait un triple risque : celui de la défaite, celui de la banqueroute et celui, non moindre, de voir son pays, en cas de victoire des États-Unis, contaminé par des novations révolutionnaires peu compatibles avec le maintien en France d'un régime monarchique. Vergennes lui-même, dans une lettre du 8 janvier 1778 adressée au comte de Montmorin, alors ambassadeur à Madrid, évoque avec clarté la décision solitaire et audacieuse prise par l'apprenti monarque qu'était encore le roi de France :

> La décision suprême a été prise par le roi. Ce n'est pas l'influence de ses ministres qui l'a décidé : l'évidence des faits, la certitude morale du danger et sa conviction l'ont seules entraîné. Je pourrais dire avec vérité que Sa Majesté nous a donné du courage à tous[9].

Imprégné des leçons pacifistes de Fénelon, Louis XVI répugnait à répandre le sang et il se refusa pendant plusieurs mois à « tirer le premier » contre les Anglais. En attaquant au large de Plouescat une frégate française, *La Belle-Poule*, ceux-ci lui fournirent le 17 juin 1778 le prétexte que sa conscience morale attendait : le combat fut très vif entre la frégate royale et le navire agresseur, l'HMS *Arethusa*, au point qu'il y eut de part et d'autre un nombre important de tués et de blessés, parmi lesquels le commandant français, Chadeau de La Clocheterie. Le navire anglais, en partie démâté, dut se replier vent arrière sous les boulets des marins français, et *La Belle-Poule* effectua un retour triomphal dans le port de Brest. Ce combat eut un tel retentissement qu'une coiffure dite « à la Belle-Poule » fit bientôt fureur à Paris parmi les dames de la haute société.

L'autre conséquence, infiniment plus importante, de cet incident fut la décision quasi immédiate que prit Louis XVI de déclencher les hostilités avec la Grande-Bretagne : les insultes faites au pavillon français, écrivit-il alors, « m'ont forcé de mettre un terme à la modération que je m'étais proposée et ne me permettent pas de suspendre plus longtemps les effets de mon ressentiment[10] ». Le 10 juillet, il fit parvenir à tous les capitaines des vaisseaux royaux l'ordre de « courir sus » aux navires de la flotte anglaise.

Le premier affrontement eut lieu fin juillet au large d'Ouessant entre d'un côté les vingt-neuf vaisseaux de la flotte du Ponant commandée par le comte d'Orvilliers, assisté d'un prince du sang, le duc de Chartres, et de l'autre la flotte aguerrie de l'amiral Keppel, également forte d'une trentaine de navires. L'engagement, violent et longtemps indécis, tourna à l'avantage des Français, lesquels n'enregistrèrent que cent vingt-sept morts contre plus de quatre cents côté britannique. Cette victoire navale, la première depuis des lustres, apparut comme un bon présage pour la suite des choses et la nouvelle fut accueillie partout en France par des embrassades et des explosions de joie. Louis XVI put mesurer à quel point il était alors en phase avec son peuple. Chartres fut d'abord accueilli en héros à Paris, mais on apprit que par inexpérience et en n'exécutant pas les ordres donnés par signaux il avait empêché d'Orvilliers de couper en deux la flotte anglaise et de l'écraser. Louis XVI, qui ne portait pas Chartres dans son cœur, ne fut pas mécontent de le voir soudain ridiculisé et remis à sa juste place. Tout décidément lui souriait.

À la suite d'une intense correspondance diplomatique, Charles III, roi d'Espagne et despote éclairé, s'était, nous l'avons vu, finalement décidé, au nom du Pacte de famille et des intérêts bien compris de son pays (l'octroi, entre autres, de la Floride, de Minorque et de Gibraltar), à seconder les efforts de la France dans sa lutte contre la Grande-Bretagne. Un bonheur n'arrivant jamais seul, la Hollande vint un an plus tard se joindre à l'entreprise commune des deux nations cousines : elle pouvait, apport non négligeable, aligner dix-sept frégates et trente-deux vaisseaux de ligne. L'Espagne disposait, elle, de soixante-quatre vaisseaux de ligne, exactement le double, mais sa flotte était techniquement inférieure à celle des Provinces-Unies. Ajoutés aux cinquante-deux et bientôt soixante-treize vaisseaux français, l'ensemble formait une armada qui, sans être nécessairement invincible, pouvait, dans le cadre des affrontements à venir, nourrir de belles espérances.

À cette heureuse et nécessaire alliance vinrent s'ajouter deux autres succès diplomatiques dus, pour une large part, à l'habileté et à l'obstination de Vergennes : grâce à son entremise et aux efforts conjoints de la tsarine Catherine II, autre « despote éclairé », un compromis délicat put être trouvé entre la Prusse et l'Autriche, empêchant celle-ci d'envahir et de s'approprier la Bavière. Lors du traité de Teschen du 13 mai 1779 signé à cette occasion, la France apparut comme l'arbitre de la paix en Europe, tout en se garantissant contre l'ouverture d'un second front sur le continent. Parallèlement, les efforts de la diplomatie française aboutirent à un autre résultat d'importance : la signature, le 9 mars 1780, d'une déclaration de « neutralité armée » liguant, outre la France et l'Espagne, les principales puissances européennes (Russie, Danemark, Autriche, Prusse, Portugal, royaume des Deux-Siciles) contre l'Angleterre et ses atteintes permanentes à la liberté des mers. La Grande-Bretagne se retrouva du coup plus isolée que jamais. Ne pouvant plus même compter sur la

Hollande, elle lui déclara la guerre en novembre 1780.

Toutes ces conditions favorables étant réunies ou en passe de l'être, Louis XVI, conscient que la puissance maritime des États-Unis équivalait à un centième de celle de la Grande-Bretagne, estima le moment venu d'engager ses propres forces navales dans la guerre d'Amérique et chargea le comte d'Estaing de diriger l'escadre française. Auvergnat comme Lafayette, mais d'une lignée qu'il faisait remonter au dernier roi des Wisigoths, celui-ci avait d'abord été colonel, puis brigadier d'infanterie, avant de devenir lieutenant général de la Marine en 1763 et d'être promu vice-amiral en 1777. Forte de douze vaisseaux de ligne et de cinq frégates, et transportant à son bord plus de dix mille marins et un millier de soldats des régiments de Foix et du Hainaut, la flotte du Levant quitta Toulon le 13 avril 1778 et fit voile vers le Nouveau Monde. Jouant de malchance ou victime de son incompétence ou les deux à la fois, d'Estaing échoua dans la plupart de ses initiatives, sinon dans toutes. Arrivé le 29 juillet au large de Newport après une traversée anormalement lente de quatre-vingt-sept jours, il pensait prendre en tenaille une partie de la flotte anglaise alors au mouillage dans la rade, les troupes américaines du major général Sullivan devant, elles, donner l'assaut par voie de terre. Un manque de coordination fit échouer la manœuvre et, une violente tempête ayant endommagé plusieurs de ses vaisseaux, d'Estaing dut gagner Boston au plus vite afin de réparer.

Début novembre, il cingla vers les Antilles et essaya en vain, et au prix de lourdes pertes, de déloger les Anglais qui venaient de débarquer cinq mille hommes dans l'île de Sainte-Lucie. Renforcé par l'arrivée de deux flottilles commandées respectivement par l'amiral de Grasse et le marquis de Vaudreuil, il se rendit maître des îles de Saint-Martin et Saint-Barthélemy et, surtout, dans les premiers jours de juillet 1779, donna victorieusement l'assaut à la Grenade. Le 9 octobre, appelé au secours par le Congrès américain, il tenta de reprendre la ville de Savannah (Géorgie) que les forces britanniques occupaient depuis plusieurs mois, mais se heurta à une très vive résistance, perdit mille cinq cents hommes, fut lui-même grièvement blessé aux deux jambes et dut se retirer sans gloire après avoir, une fois de plus, engrangé un fiasco et essuyé de lourdes pertes. Penaud et mortifié, il regagna Brest avec la prise de la Grenade pour unique et maigre sujet de satisfaction.

Durant cette période, la seule consolation de Louis XVI ne fut point d'ordre militaire, mais d'ordre privé : la naissance, le 20 décembre 1778, de son premier enfant, Marie-Thérèse Charlotte, future Madame Royale. Ce n'était pas le garçon attendu, mais le roi fit bonne figure et, ravi d'être enfin père, manifesta pour sa fille — qui, semble-t-il, lui ressemblait — une tendresse immédiate qui ne le quitta jamais. On entonna des *Te Deum* dans toutes les églises de France et l'enfant fut baptisée le jour même par Mgr de Rohan. Deux longues années durent néanmoins s'écouler avant que la reine ne finisse, le 22 octobre 1781, par donner à son époux et au pays l'héritier mâle tant espéré, Louis-Joseph de France — un héritier qui, nous l'avons déjà indiqué, mourra très tôt, le 4 juin 1789, affligeant un peu plus une famille déjà très ébranlée par les difficultés politiques de l'heure.

Une idée fit son chemin qui s'empara de l'esprit du roi. Pour vaincre l'Angleterre en Amérique, le plus sûr moyen n'était-il pas de l'affaiblir chez elle ? On reparla donc d'un vieux rêve français, celui d'un débarquement en Grande-Bretagne. La France ayant officiellement déclaré la guerre à l'Angleterre le 10 juillet 1778 (peu après l'affaire de *La Belle-Poule*), Victor François de Broglie, maréchal de France qui s'était brillamment illustré pendant la guerre de Sept ans, fut placé, en Normandie, à la tête des troupes censées combattre l'Angleterre en cas de conflagration. Lafayette, convaincu de la nécessité d'un débarquement, obtint de George Washington une autorisation d'absence, quitta l'Amérique et cingla vers Brest. Il y débarque le 6 février 1779. Le 3 mars, il achète au marquis de Créqui le régiment des Dragons du Roi et se retrouve « mestre de camp », avant d'être en juin promu « aide-major général des logis de l'armée » en Bretagne et Normandie. Le 1er juillet, il rejoint son poste au Havre et se met à la disposition du maréchal de Broglie.

Envahir l'Angleterre n'était pas une mince affaire. L'Espagne y tenait encore plus que la France, car elle avait un désastre à venger, la défaite (en 1588) de son Invincible Armada. Mais Vergennes ne se faisait guère d'illusions sur l'efficacité des forces navales espagnoles : « Elles ont peut-être, écrit-il au roi, plus d'apparence que de réalité, mais quand elles ne serviraient qu'à partager l'attention et les forces des Anglais, elles nous donneraient du moins un jeu plus libre ou moins resserré des nôtres[11]. » À partir de là, deux stratégies s'affrontèrent au sujet de l'action à mener : ou bien on entreprenait pour de bon le débarquement envisagé, ou bien on organisait un simple simulacre afin de fixer dans la Manche le maximum de forces navales anglaises, affaiblissant du même coup leur participation maritime au-delà des océans.

De fait on essaya de jouer à la fois sur les deux tableaux, le succès d'un débarquement apparaissant certes comme l'issue la plus favorable, mais l'échec du projet comportant néanmoins des avantages stratégiques non négligeables. On rassembla donc près de Bayeux environ quarante mille hommes. L'idée était, à partir du Havre et de Saint-Malo, et à bord de quelque quatre cents bateaux, de transporter ces troupes dans l'île de Wight, d'où l'armée d'invasion pourrait, pensait-on, menacer Southampton. Cependant la flotte franco-espagnole se révéla incapable de déloger les navires anglais chargés de la protection de cette île stratégique. Changeant de cap, elle décida de faire voile vers la Cornouaille, mais la dysenterie, les fièvres putrides et le typhus transformèrent le plus gros de cette flotte claudicante en hôpital flottant. D'Orvilliers, qui commandait ce que d'aucuns commençaient à appeler une « armada pour rien[12] », et qui de surcroît venait d'apprendre la mort de son fils unique, donna sa démission et, accablé de chagrin autant que de dépit, regagna la terre ferme. On le remplaça par son principal second, Chaffault de Besné, mais l'affaire était entendue et l'invasion n'eut pas lieu. « Le fidèle Neptune, note avec humour Jean-Christian Petitfils, [avait] comme toujours, protégé la fière Albion[13] ! »

Vergennes fit valoir au roi, et parvint à le convaincre, qu'un changement de stratégie s'imposait. S'il convenait de continuer à fixer une partie de la flotte britannique en Europe grâce au maintien de la pression et à diverses « démonstrations menaçantes[14] », la sagesse, comme l'urgence, commandait qu'on fasse à nouveau porter l'essentiel de l'effort naval et militaire français sur le théâtre principal de la guerre, l'Amérique.

S'inspirant des conseils de Vergennes, mais aussi du comte d'Estaing (qui avait conservé sa faveur) et de Lafayette (reçu, en uniforme américain, par le roi et la reine à Versailles), et répondant du même coup aux demandes insistantes des Américains eux-mêmes, Louis XVI décide, malgré le coût astronomique de l'entreprise, d'envoyer outre-Atlantique un véritable corps expéditionnaire. Le 1er mars 1780, Rochambeau est placé, avec le grade de lieutenant général, à la tête de cinq mille cinq cents hommes. Il quitte Brest le 2 mai et arrive à Newport (Rhode Island) le 10 juillet. Lafayette, lui, est reparti, un mois plus tôt à bord de l'*Hermione*, porteur d'informations secrètes concernant l'arrivée prochaine de l'escadre française, informations qu'il transmet aussitôt à son ami et confident, le général Washington.

Rochambeau avait pour instruction de placer ses troupes sous le commandement de Washington, chef de l'« armée continentale » américaine. Celui-ci souhaitait une attaque combinée contre New York, mais Rochambeau se montra réticent, expliquant (lors d'une rencontre au sommet à Hartford, Connecticut, le 20 septembre de la même année) qu'une telle attaque ne pourrait être couronnée de succès aussi longtemps que les Anglais conserveraient la supériorité des mers, ce qui était encore le cas dans cette partie du monde. Rochambeau refusa aussi d'engager ses troupes dans la conquête du Canada qu'avait entreprise l'armée américaine. Ces différends stratégiques et ces atermoiements firent perdre beaucoup de temps aux alliés et, la trêve hivernale aidant (on ne se battait pas durant l'hiver en ces temps bénis !), la suite des opérations communes fut remise à l'année suivante.

Le 31 janvier 1781, Lafayette adresse à Vergennes une missive aussi lucide que visionnaire. Il reconnaît que l'arrivée de Rochambeau et du corps expéditionnaire a sans doute sauvé les Américains d'une débâcle fatale, mais il prévoit que l'issue du conflit se jouera sur l'océan et que la maîtrise des mers représentera un élément décisif : si donc la France ne remédie pas par des renforts à son « infériorité maritime, on ne saurait », martèle-t-il, « faire la guerre en Amérique » et *a fortiori* la gagner. Il suggère donc au ministre et, à travers lui, au roi, de procéder à un renforcement de la puissance navale française et, compte tenu de l'état du Trésor américain, à un accroissement substantiel de l'aide financière qui permette, sur le terrain, de « mettre en activité les forces américaines[15] ».

Convaincu de la pertinence de cette analyse, Louis XVI décide aussitôt l'octroi aux États-Unis d'un crédit de seize millions de livres, six à titre de don, dix à titre de prêt, ainsi que l'envoi de deux cargaisons d'armes et d'équipements. Le tout, argent et matériel réunis, quitta Brest le 1er juin 1781.

Malade et âgé de près de soixante ans, l'amiral de Grasse était rentré en France au début de cette année-là, mais on lui laissa peu de temps pour se rétablir. Promu contre-amiral, il reçut de Versailles l'ordre de retraverser l'Atlantique avec les renforts navals promis aux autorités américaines et à Rochambeau. Il quitta Brest le 22 mars à la tête d'une escadre comportant vingt vaisseaux de ligne, trois frégates et plus de cent bâtiments d'accompagnement transportant trois mille deux cents officiers et soldats. Le convoi arriva à la Martinique le 28 avril et mit pour commencer la main sur l'île anglaise de Tobago.

Une savante manœuvre, conjuguant l'infanterie franco-américaine et la flotte de l'amiral de Grasse, précipita la défaite des Britanniques et la fin de la guerre. Faisant mine de continuer à s'intéresser à la ville de New York et immobilisant ainsi une moitié de l'armée britannique ainsi que l'escadre anglaise commandée par l'amiral Thomas Graves, Washington décida de déplacer la guerre vers le sud. Il envoya Lafayette et ses troupes se battre avec panache en Virginie et vers la fin août prit lui-même, à la tête de son armée et des régiments de Rochambeau arrivés de Newport, le chemin de Yorktown où le général Cornwallis et la seconde moitié de l'armée anglaise s'étaient regroupés. Grâce à un excellent système de communication (qui fit défaut aux Britanniques), de Grasse, toujours aux Antilles, avait reçu l'ordre de venir bloquer l'entrée de la baie de Chesapeake et d'interdire ainsi tout renfort maritime aux forces britanniques assiégées. La flotte de Graves, enfin prévenue de la manœuvre, avait précipitamment quitté New York, mais elle parvint trop tard au large de la baie : de Grasse, fort désormais de vingt-huit navires de ligne et de quatre frégates, l'attendait de pied ferme depuis le 26 août.

L'amiral français eut tout juste le temps de débarquer ses trois mille soldats et de les mettre à la disposition des forces terrestres franco-américaines quand, le 7 septembre, apparurent à l'horizon les premières voiles de l'escadre de Graves, avec ses vingt vaisseaux de ligne et ses sept frégates. Bien que supérieure en nombre et en canons, la flotte française ne parvint pas à écraser sa rivale mais lui infligea de lourdes pertes, au point que le 14 septembre Graves fut contraint d'abandonner la partie et de repartir vers New York pour remettre sa flotte en état.

Cornwallis tint encore quelques semaines mais dut se rendre à l'évidence. Pour lui, et probablement pour l'Angleterre, la partie était perdue. Il signa l'acte de reddition le 19 octobre et les forces alliées s'emparèrent de la place.

Bien que le commandant en chef fût George Washington, le principal mérite de la victoire revenait aux Français. Au début du siège, Cornwallis disposait de quelque neuf mille soldats ; les Américains étaient au nombre de huit mille huit cents (5 700 réguliers et 3 100 miliciens) et les troupes françaises (celles de Rochambeau et de Lafayette réunies) comptaient neuf mille hommes, auxquels il convient d'ajouter les trois mille soldats débarqués par de Grasse, le total des Français s'établissant à douze mille.

Cette donnée numérique fut, lors des cérémonies de reddition, à l'origine d'un incident diplomatique très révélateur du rôle joué par la France dans le dénouement de ce conflit historique. La tradition militaire voulait que le général vaincu présentât son épée au vainqueur. Prétextant une « indisposition », Cornwallis, humilié et mauvais perdant, chargea son second, le général Charles O'Hara, de le remplacer. O'Hara s'approcha de Rochambeau, à ses yeux le véritable vainqueur, et lui tendit l'épée. Rochambeau lui indiqua que l'épée devait être remise au général Washington, mais, en l'absence de Cornwallis, celui-ci fit comprendre à O'Hara que c'était à son propre second, le général Benjamin Lincoln, que devait être transmis le symbole de la reddition — ce qui fut fait au milieu, disons, d'un certain malaise.

La nouvelle de la victoire atteignit Philadelphie trois jours plus tard et l'allégresse s'empara de toute l'Amérique. Lafayette et Rochambeau furent bientôt accueillis dans la capitale en libérateurs et Louis XVI ne fut pas oublié : pendant des mois, voire des années, le roi de France fut l'objet, à Philadelphie comme ailleurs en Amérique, de manifestations enthousiastes dictées par une immense et sincère gratitude. L'écho de la victoire de Yorktown parvint au roi lui-même deux semaines après la naissance de son premier fils : le Ciel, décidément, était de son côté.

À Londres, où la nouvelle du désastre n'arriva pas avant le 25 novembre, le Premier ministre, lord North, qui devait peu après perdre sa place, ne put retenir ce cri : « Ah, mon Dieu, tout est fini[16]. » Les négociations de paix traînèrent en longueur à cause des exigences des uns et des autres. Il y eut même sur mer quelques engagements de fin de partie, les Anglais entendant montrer que, malgré la déroute de la baie de Chesapeake, ils restaient maîtres des océans : le principal de ces ultimes affrontements fut la bataille des Saintes (9-12 avril 1782) au sud de la Guadeloupe, au cours de laquelle de Grasse, lui même fait prisonnier à bord de son navire-amiral, subit d'énormes pertes : sept mille blessés et sept navires coulés ou capturés.

Malgré ces combats d'arrière-garde et ce « Trafalgar antillais », un traité finit par être signé à Paris le 3 septembre 1783 entre la Grande-Bretagne et les États-Unis (contrairement à ce que stipulait le traité d'alliance de 1778, la France avait été « déloyalement » tenue à l'écart des négociations, ce qui avait fortement irrité et Vergennes et le roi). Le même jour, mais à Versailles, un traité parallèle était conclu entre la Grande-Bretagne, la France, l'Espagne et les Pays-Bas. L'accord d'ensemble, de portée mondiale, fut baptisé « Paix de Paris ». Chacun y trouva, du moins provisoirement, son compte : les États-Unis se voyaient non seulement reconnus, mais dotés d'un territoire deux fois plus vaste que celui dont ils disposaient avant la fin des hostilités ; l'Angleterre conservait Gibraltar et le Canada ; l'Espagne, renonçant à Gibraltar, recevait en partage Minorque et les deux Florides, la France, quant à elle, héritait du Sénégal et de l'île antillaise de Tobago, récupérant au passage ses comptoirs de l'Inde ainsi que sa pleine souveraineté sur Dunkerque et obtenant aux alentours de Terre-Neuve un élargissement de ses droits de pêche.

*

À Paris, qu'on soit pour ou qu'on soit contre, on n'a alors que l'Amérique nouvelle à la bouche, une Amérique occupée à changer le monde en se changeant elle-même — et qui vient d'acculer à la défaite l'ennemie héréditaire de la France ! Pour les futurs révolutionnaires français, l'exemple américain était à l'époque la seule référence disponible, le seul phare, la seule expérience imitable : les soi-disant « républiques » que l'Europe comptait alors (Venise, Genève, les Provinces-Unies) étaient, comme l'a rappelé Michel Vovelle, « gouvernées par des oligarchies qui appartenaient au passé » et ne pouvaient être données en exemple[17].

On a du mal à se représenter aujourd'hui ce que durent produire sur les esprits français les plus éclairés (ou les plus avides de le devenir) les événements d'Amérique que nos soldats et officiers, à l'issue de leur long stage à l'école de la liberté, ne manquèrent pas de raconter avec exaltation une fois de retour au pays. Car ils avaient vu naître sous leurs yeux — et grâce à des prouesses accomplies au nom de leur roi ! — une vraie république indépendante et un début de démocratie — même si pour naître celle-ci n'avait pas eu à se défaire d'un passé et d'un féodalisme encombrants. Mallet du Pan dira plus tard de cette « inoculation américaine » qu'elle avait « infusé [l'esprit républicain] dans toutes les classes qui raisonnent[18] ».

Que devait-on en effet penser à Versailles, à Paris et dans les provinces d'initiatives ou de démarches comme la Déclaration d'indépendance, l'émancipation des Noirs dans les États du Nord, l'octroi du droit de vote aux femmes dans le New Jersey, le refus de toute religion officielle, la séparation des pouvoirs (tant vantée par Montesquieu), la liberté de la presse, l'adoption État après État de constitutions locales et de « déclarations des droits », et bientôt l'élaboration au nom du peuple — et par une convention *ad hoc* — de la Constitution fédérale ? Tout cela, comme l'a noté l'historien Carl Van Doren, représenta pour les Français une « grammaire de la liberté[19] ». N'oublions pas non plus que, contre l'avis de Vergennes mais avec l'assentiment du roi, Franklin avait fait publier en français l'ensemble des constitutions des États américains, un ouvrage qu'on lut avec avidité et qui connut de multiples éditions.

La naissance de la république américaine fut sans conteste la plus grande réussite du règne de Louis XVI — une entreprise risquée et aux conséquences incalculables dont il fut, côté français, le principal maître d'œuvre. « Le peuple américain, avait dit Turgot dès 1778, est l'espérance du genre humain ; il peut en devenir le modèle[20]. » Si un précédent était en effet acceptable et digne d'être imité, c'était bien celui-là, ne fût-ce qu'en raison de son caractère contemporain, de son appartenance visible au temps présent — un antécédent d'aujourd'hui en quelque sorte. Et voilà que ce modèle, grâce pour une large part au roi de France, était désormais offert en exemple aux peuples du monde, notamment ceux d'Europe et d'Amérique latine, où bientôt il allait susciter de vastes espérances et bouleverser, ici et là, le cours de l'histoire.

Mais l'histoire est ingrate, et le triomphe à la Pyrrhus que fut la guerre réussie d'Amérique eut pour effet, s'agissant de la France, de précipiter la chute de son jeune et idéaliste initiateur et, à sa suite, celle de l'Ancien Régime qu'il avait pour fonction d'incarner et, plus encore, de perpétuer. L'investiture, le 30 avril 1789, du premier président des États-Unis, George Washington — événement qui marqua en quelque sorte la fin et le couronnement de la Révolution américaine —, ne précéda que de deux mois et demi les débuts tonitruants de la Révolution française.

Suite à cet enchaînement de circonstances, une autre phase, moins solaire et infiniment plus orageuse, allait s'ouvrir dans la vie de Louis XVI et des siens.

En attendant la Révolution

Avec sa belle victoire américaine et l'avantageuse signature de la Paix de Paris, la France avait effacé les humiliations de 1763 et pouvait à nouveau se sentir maîtresse du jeu en Europe, assez forte en tout cas pour faire contrepoids à la Russie, à la Prusse... et à l'Autriche, le remuant et belliqueux Joseph II devant sans cesse être tenu en lisière. Aux yeux du peuple français, le roi était par ailleurs sorti grandi de l'épreuve américaine et semblait avoir les cartes en main pour adapter le pays à la nouveauté des temps. Mais, dans la période qui allait suivre et conduire aux bouleversements que l'on sait, rien ne fut, pour Louis XVI, aussi rose qu'il aurait pu l'espérer.

La guerre avait englouti des sommes colossales et la France, en difficulté financière avant même le début du conflit, se retrouva exsangue une fois la paix revenue. Les Anglais, eux, se remirent plus aisément de leur défaite que les Français de leur victoire : oubliant la perte de leurs colonies et les blessures d'amour-propre, ils recommencèrent de plus belle à commercer avec l'Amérique (culturellement et linguistiquement plus proche d'eux que la France ou les autres pays d'Europe), retrouvant dès 1789 un niveau d'exportations industrielles en direction du Nouveau Monde équivalant à celui qui était le leur avant la guerre d'Indépendance — et redressant ainsi leur économie plus rapidement qu'ils ne l'avaient compromise.

À quoi s'ajoute, s'agissant de la France, le fait que la victoire des ex-colonies américaines marqua le triomphe *pratique* d'idées et de valeurs nouvelles dont beaucoup étaient déjà en germe dans notre société mais qui, cessant d'être *théoriques* ou seulement *pensées*, ne pouvaient que miner davantage, et en profondeur, les soubassements séculaires, pour ne pas dire médiévaux, de la monarchie. L'affaiblissement de la foi et de la pratique religieuses, les avancées de l'athéisme et le recul du sacré, les progrès du matérialisme, le développement des sciences et des techniques, la place centrale que « la poursuite du bonheur » occupait désormais dans de nombreux esprits, l'essor de l'idée d'une transformation continue de la société appelée « progrès », le rôle croissant des intellectuels (écrivains, maîtres à penser, « philosophes »), la mise en place d'une « république des lettres » préfigurant celle d'un système politique plus égalitaire et davantage tourné vers la Raison, moins dépendant des ordres et autres fausses hiérarchies, plus représentatif aussi d'une classe montante d'acteurs économiques composée de « bourgeois » et de nobles éclairés, tout cela n'était pas fait pour consolider un régime dont la force, malgré les apparences du moment, n'était plus qu'une illusion. Il suffirait d'un rien — et d'un moment propice — pour que l'histoire bascule et emporte tout avec elle comme une avalanche. On comprend que Chateaubriand ait pu penser qu'en 1789 l'Ancien Régime appartenait déjà au passé et que « la Révolution était finie lorsqu'elle éclata[1] ».

*

Atteint de gangrène, Maurepas était mort le 21 novembre 1781, quelques jours après avoir appris la victoire de Yorktown. Louis XVI, très attristé mais déjà mûri par l'expérience du pouvoir, décida de se passer de Premier ministre, ainsi que l'avait fait son aïeul Louis XIV. Jusqu'en 1787, il allait connaître ce que John Hardman a appelé une période de « règne personnel[2] », se contentant de choisir ses ministres en fonction des recommandations que certains, dont la reine, lui feraient ou au gré des intrigues de cour. Le 23 février 1783, il avait promu Vergennes, devenu le ministre dominant, au poste de « président du Conseil des finances ». Le portefeuille de la Marine était détenu par Castries, celui de la Guerre par Ségur. Deux étoiles filantes se succédèrent dans les fonctions de contrôleur général. D'abord Joly de Fleury qui fut remercié au bout de quelques mois après avoir lancé un emprunt de plus et annoncé au roi, qui s'attendait aux dix millions d'excédent promis par Necker, un déficit budgétaire de quatre-vingts millions ! Et après lui Lefèvre d'Ormesson — « un choix au-dessous du médiocre », à en croire Mercy-Argenteau — qui ne resta en poste que sept mois, au terme d'une gestion lamentable ponctuée de nouveaux emprunts fort ruineux pour les finances publiques et d'une transformation de la Ferme générale en simple régie de recouvrement, mesure qui fit se dresser comme un seul homme l'ensemble des fermiers généraux et dut être annulée. Exit d'Ormesson.

S'opposant au retour de Necker que la reine et les salons philosophiques cherchaient à lui imposer, Louis XVI, conseillé par Vergennes, jeta en novembre 1783 son dévolu sur Charles-Alexandre de Calonne, excellent administrateur qui avait fait ses preuves douze années durant comme intendant de la généralité de Metz, avant d'être promu intendant de Lille en 1778. L'homme, intelligent et habile, possédait, contrairement au roi, l'art moderne de « communiquer » et il avait su se tisser tout un réseau de relations. Sa nomination rassura les milieux financiers et fut favorablement accueillie par Marie-Antoinette, soutenue qu'elle était par les Polignac, groupe fort influent et très proche de la reine.

Calonne était personnellement couvert de dettes et ses raisons d'accepter le poste qu'on lui proposait étaient loin d'être désintéressées : « Les finances de la France sont dans un état déplorable, confia-t-il non sans humour à un ami, jamais je ne m'en serais chargé sans le mauvais état des miennes[3]. » Louis XVI s'empressa du reste de le secourir, le gratifiant de cent mille livres à titre de frais d'installation et ajoutant à cette largesse quelque deux cent mille livres en actions de la Compagnie des eaux — de quoi éponger bien des découverts.

Conscient que l'heure n'était pas aux réformes traumatisantes, Calonne s'employa à rétablir la confiance et à combattre la morosité. Tout en masquant le triste (mais, selon lui, provisoire) état des finances du pays, il s'efforça de mettre l'accent sur les richesses potentielles du royaume, expliquant qu'il importait de mieux exploiter ces ressources — et donc d'encourager l'initiative industrielle et commerciale — si l'on voulait durablement renflouer les caisses de l'État. Et, pour calmer les esprits chagrins, il commença par rétablir le bail de la Ferme que son prédécesseur avait si maladroitement menacé.

Satisfait d'avoir aux commandes un contrôleur général aussi solide et réaliste — le huitième en moins de dix ans ! —, Louis XVI le fit admettre dès janvier 1784 au Conseil d'État. Calonne devint, aux côtés de Vergennes, le deuxième homme fort du gouvernement et le roi, l'esprit enfin tranquille, put pendant quelque temps oublier les soucis d'intendance et s'intéresser aux grands projets qui lui tenaient à cœur.

Le premier de ces projets, auquel nous avons déjà fait allusion, était, à partir des inventions des frères Montgolfier et de plusieurs autres savants, de promouvoir la conquête de l'air et, au-delà, celle de l'espace. Le premier lâcher de ballon transportant des humains (en l'occurrence Pilâtre du Rosier et le marquis d'Arlandes) eut lieu le 21 novembre 1783 au château de la Muette, l'engin atterrissant sans dommage à la Butte-aux-Cailles après une demi-heure de vol. Un autre ballon fut lancé depuis Versailles le 23 juin 1784, en présence de Louis XVI, de la reine et d'un invité de marque particulièrement « éclairé », le roi de Suède Gustave III. La nacelle, élégamment baptisée *Marie-Antoinette*, transportait le même Pilâtre du Rosier, accompagné cette fois du chimiste Louis Proust, et alla se poser dans la forêt de Chantilly. Un pas de plus devait être franchi le 7 janvier 1785, lorsque l'aéronaute Jean-Pierre Blanchard et le physicien américain John Jeffries effectuèrent, de Douvres à Calais, la première traversée de la Manche en ballon. L'opinion se passionna pour ces expériences, beaucoup pressentant, à l'instar du roi, qu'il s'agissait là des préliminaires d'une grande aventure humaine. Le conventionnel Jean Mailhe sut alors traduire le sentiment général : « Dans peu, déclara-t-il, l'homme ne verra plus rien où il ne puisse atteindre[4]. »

Une autre entreprise d'envergure occupa Louis XVI durant cette même période : le départ de Brest, le 1er août 1785, de l'extraordinaire expédition de La Pérouse. « Navigateur immobile », comme Étienne Taillemite l'a justement surnommé*, Louis XVI ne vit la mer qu'une fois dans sa vie, à l'occasion d'un voyage à Cherbourg dont nous

* Voir le titre de son livre : *Louis XVI ou le navigateur immobile*, Payot, Paris, 2002.

reparlerons, mais, féru de géographie et de science maritime, il eut sans cesse à cœur d'encourager la découverte du monde. L'Anglais James Cook avait ouvert la voie dans les années 1770 à l'occasion de trois voyages dans l'océan Pacifique et dans l'Antarctique, et Louis XVI entendait que la France ne soit pas à la traîne.

C'est donc lui, et lui seul, qui décida de toute l'affaire : du lancement de l'opération au choix du navigateur en passant par les moindres détails de l'organisation du voyage. La Pérouse, grand chef de mer et formidable baroudeur, avait, quant à lui, des doutes sur la faisabilité de l'entreprise et suggéra même au roi de renoncer au projet ; mais, comme le nota alors l'un de ses amis personnels, du fait que « c'est Sa Majesté qui a choisi La Pérouse pour l'exécuter, il n'y a pas eu moyen qu'il s'en débarrassât[5] ».

Le programme établi par le roi était très ambitieux, sans doute trop, et visait à rien de moins qu'à faire en un seul tour du monde ce que Cook avait réalisé en trois expéditions. Il s'agissait de sillonner le Pacifique dans tous les sens, de la Nouvelle-Zélande à l'Australie, du cap Horn à l'Alaska, et partout de prendre contact avec les populations locales, d'établir des débuts de comptoirs et d'étudier (sans violence) les civilisations rencontrées : sauf en cas de légitime défense, la consigne était de traiter les autochtones « avec beaucoup de douceur et d'humanité[6] ».

L'étude approfondie des données naturelles n'était pas oubliée, car toutes sortes de savants devaient accompagner, et accompagnèrent, La Pérouse — des astronomes, des hydrographes, des chimistes et physiciens, des zoologues, des botanistes, des entomologistes, bref toute la panoplie des experts en sciences de la nature. Les instructions très précises et contraignantes toutes rédigées de la main du roi laissaient malgré tout un peu de marge au navigateur qu'il avait choisi, l'autorisant « à faire les changements qui lui paraîtraient nécessaires dans les cas qui n'ont pas été prévus, en se rapprochant toutefois autant qu'il lui sera possible du plan qui lui est tracé[7] ».

Généreuse, humaniste et humanitaire, mais irréaliste, et en cela bien à l'image de son instigateur, l'expédition, composée de deux frégates chargées de matériel et de vivres pour un périple de plus de trois ans, se termina de manière tragique. Ainsi que nous l'avons déjà indiqué, l'équipage et tous les savants embarqués sur *La Boussole* et *L'Astrolabe* furent, pense-t-on, massacrés en 1788 par une peuplade « sauvage » dans une petite île de l'archipel des Salomon — l'île volcanique de Vanikoro. Sans nouvelles de La Pérouse et des siens, Louis XVI obtint en 1791 de l'Assemblée nationale qu'elle envoie une expédition à la recherche des marins et des savants perdus. Mais ces recherches, conduites par Bruni d'Entrecasteaux, se révélèrent infructueuses ; d'où la fameuse question posée par le roi peu avant sa décapitation : « A-t-on des nouvelles de M. de La Pérouse ? » L'épave de *L'Astrolabe* a été repérée en 1827 par un navigateur irlandais, Peter Dillon, et celle de *La Bous-*

sole en 1964 par l'amiral de Brossard, à moins d'un mille de la première. Un squelette, probablement celui d'un savant, a été retrouvé en 2003, et tout récemment une importante expédition (l'expédition « Vanikoro 2005 »), comportant une trentaine de scientifiques et chercheurs, dont trois médecins, est allée poursuivre les fouilles entamées précédemment. L'étude des nombreux objets remontés à la surface devrait permettre de lever, du moins en partie, le voile de mystère qui continue de recouvrir l'histoire de ce double naufrage.

Le troisième grand chantier du roi consista, au lendemain de la guerre d'Indépendance américaine, à parachever le redressement de la marine française. On peut s'étonner qu'un monarque aussi pacifiste, aussi allergique à l'emploi de la violence armée, ait œuvré dans ce sens avec une telle constance. Mais la guerre d'Amérique avait dû le confirmer dans l'idée que tout conflit entre les grandes puissances du moment ne pouvait se régler que sur les mers et qu'il était donc de son devoir de donner à la France les moyens de se défendre — et de vaincre — si elle venait à être menacée.

Toujours est-il qu'il avait choisi Cherbourg, de préférence à Dunkerque trop ensablé et trop excentré, comme lieu d'établissement d'une grande base navale située au centre de la Manche et stratégiquement capable, face à l'imprévisible Angleterre, d'accueillir et de ravitailler d'importantes escadres. En 1774, année de son avènement, Cherbourg n'était qu'un petit port de pêche inaccessible aux grands vaisseaux. Louis XVI décida,

1

1 Joseph Siffred Duplessis, *Louis XVI, roi de France et de Navarre*, 1778. Versailles, châteaux de Versailles et de Trianon.

2 Élisabeth Vigée-Le Brun, *Marie-Antoinette de Lorraine-Habsbourg, reine de France, et ses enfants*, 1789. Versailles, châteaux de Versailles et de Trianon.

3 Adélaïde Labille-Guiard, *Portrait du comte de Provence* (futur Louis XVIII), 1788. Saint-Quentin, musée Antoine-Lécuyer.

4 Henri-Pierre Danloux, *Charles Philippe de France, comte d'Artois* (futur Charles X), 1796-1798. Versailles, châteaux de Versailles et de Trianon.

2 3

4

5

6

5 Maurice Quentin de La Tour, *Marie-Josèphe de Saxe, dauphine de France*, 1747. Saint-Quentin, musée Antoine-Lécuyer.

6 Jean Martial Fredou, *Louis-Joseph-Xavier, dauphin, duc de Bourgogne*, 1760. Versailles, châteaux de Versailles et de Trianon.

7 Maurice Quentin de La Tour, *Louis de France, dauphin*. Saint-Quentin, musée Antoine-Lécuyer.

8 François-Hubert Drouais, *Le duc de Berry et le comte de Provence enfants* (détail : le duc de Berry, futur Louis XVI), 1757. Musée d'Art de Sao Paulo.

7

« Les Français sont inquiets et murmurateurs [...] on dirait que la plainte et le murmure entrent dans l'essence de leur caractère » (écrit à l'âge de 13 ans).

8

Les vainqueurs de la guerre d'Amérique

9

10

9 Charles Philippe Larivière, *Jean-Baptiste-Donatien de Vimeur, comte de Rochambeau en 1792*, 1834.
Versailles, châteaux de Versailles et de Trianon.

10 Jean-Baptiste Mauzaisse, *François Joseph Paul, comte de Grasse, lieutenant général des armées navales*, 1842.
Versailles, châteaux de Versailles et de Trianon.

11 Nicolas André Monsiau, *Louis XVI donnant ses instructions au capitaine de vaisseau La Pérouse pour son voyage d'exploration autour du monde, en présence du marquis de Castries, ministre de la Marine, 29 juin 1785.*
Versailles, châteaux de Versailles et de Trianon.

12

12 École française, XVIIIe siècle, *La prise de la Bastille*. Paris, musée Carnavalet.

13 « *À Versailles, à Versailles* », marche des femmes sur Versailles le 5 octobre 1789. Paris, musée Carnavalet.

14 Lesueur, *Arrestation de Louis XVI à Varennes*, 21 juin 1791. Paris, musée Carnavalet.

15 D'après William Miller, *Procès de Louis XVI devant la Convention*, 26 décembre 1792. Paris, Bibliothèque nationale de France.

13

14

« Tout est fini pour moi parmi les hommes ; c'est vers le Ciel que se tournent mes regards » (après l'invasion des Tuileries, le 20 juin 1792).

15

16

17

18

16 École française, XVIIIe siècle, *Les Adieux de Louis XVI à sa famille à la prison du Temple*, 20 janvier 1793. Paris, musée Carnavalet.

17 Joseph Ducreux, *Portrait de Louis XVI, roi de France, au Temple*. Paris, musée Carnavalet.

18 Sophie Prieur d'après Alexandre Kucharski, *Marie-Antoinette à la Conciergerie*. Paris, musée Carnavalet.

au prix de travaux gigantesques pour l'époque et fort coûteux, d'aménager la rade en la barrant d'une digue puissante équipée de forts et de batteries capables de décourager toute attaque extérieure. Au bout de dix ans d'efforts, le chantier parut suffisamment avancé pour que le roi vienne en personne juger de l'état des travaux.

Ce voyage, entamé le 20 juin 1786, fut, si l'on excepte le sacre de Reims (et la fuite à Varennes !), le seul déplacement provincial de son règne. Accompagné de Castries et de Ségur, secrétaires d'État à la Marine et à la Guerre, et d'une suite plutôt réduite, le roi fut, du départ à l'arrivée, acclamé en tous lieux par des foules chaleureuses, déployant sa bienfaisance chaque fois qu'une occasion se présentait, distribuant pensions et exonérations fiscales, soulageant la veuve et l'orphelin.

Parvenu à destination le 23 juin, il entama aussitôt sa visite du chantier, parcourant la rade en canot, écoutant sur l'île Pelée les explications du directeur des travaux, le marquis de Caux, inspectant la fosse du Gallet où il était prévu de creuser un nouveau bassin, présidant au terme d'une journée harassante un dîner d'apparat où se retrouvèrent toutes les personnalités civiles et militaires impliquées dans cette vaste entreprise. Le lendemain, à bord du *Patriote* et accompagné d'une vingtaine de bâtiments, dont plusieurs frégates et corvettes, le roi assista à plusieurs manœuvres maritimes, faisant, raconte un témoin, « des questions et des observations dont la sagacité étonnait les marins qui avaient l'honneur de l'approcher[8] ».

Non content de faire montre d'un grand savoir technique sur la nature du projet portuaire ou sur le fonctionnement des navires, Louis XVI donna le sentiment de connaître dans le détail la carrière des officiers auxquels il s'adressait : le voyage avait été, techniquement, politiquement et psychologiquement, très bien préparé.

La visite de Cherbourg fut à tous égards un succès et Louis XVI ne bouda pas le contentement qui était le sien : « Je n'ai, confia-t-il, jamais mieux goûté le bonheur d'être roi que le jour de mon sacre et depuis que je suis à Cherbourg[9]. » Largement assouvis lors de ce voyage, cette soif de contacts humains, ce besoin de rencontrer le pays dans sa réalité ne trouvèrent jamais plus l'occasion de se satisfaire. Au-delà de la joie du moment, Louis XVI ne comprit pas qu'il tenait là, dans ce face-à-face avec un peuple qui continuait de le respecter et de l'admirer, la clé du problème que lui posaient toutes les forces conspirant à sa perte. Nul n'a su mieux décrire cette incompréhension que l'historien de la mer, Étienne Taillemite :

> Acclamé à chacune de ses apparitions par une foule aussi immense qu'enthousiaste, il pouvait mesurer la ferveur royaliste qui demeurait alors celle du peuple puisque [lors de ce voyage] aucune fausse note ne put être remarquée. Comment ne comprit-il pas qu'il possédait là un atout majeur capable de contrer toutes les intrigues du microcosme versaillais et parisien[10] ?

Jouer la France contre Versailles, la province contre Paris, le peuple contre les agitateurs : là, en effet, résidait peut-être, pour lui-même comme pour l'avenir de la monarchie, l'unique voie de salut. On pouvait rêver, conclut Taillemite, que le roi « saurait mener la rénovation du royaume comme il avait su conduire à bonne fin celle de sa marine[11] ». Mais ce n'est pas ainsi que les choses allaient tourner.

De retour à Versailles, le roi oublia le bonheur de Cherbourg et retrouva sa solitude et ses tracas coutumiers. Il s'avisa également que plusieurs pays d'Europe étaient depuis quelque temps en ébullition et que la Révolution américaine avait déjà commencé à faire des émules, notamment à Genève et dans les Provinces-Unies.

À Genève, l'insurrection contre le patriciat et la prise du pouvoir par une coalition de rebelles « éclairés » s'étaient produites dès 1782 et la France, oubliant qu'elle soutenait les insurgés d'Amérique, avait décidé de ne pas accorder les mêmes faveurs et le même soutien aux émeutiers genevois. Elle avait même envoyé six mille hommes sur place et, après un siège de quelques jours, aidée dans sa tâche par des unités sardes et bernoises*, n'avait pas hésité à rétablir l'oligarchie conservatrice dans ses pouvoirs et ses privilèges. Exprimant le point de vue du roi, Vergennes avait alors expliqué à notre ambassadeur qu'en cette affaire l'unique impératif du gouvernement avait été d'éviter que Genève, aux portes mêmes de la France, ne devienne « une école de sédition[12] ».

* Les cantons de Berne et de Zurich ainsi que le royaume de Piémont-Sardaigne étaient, avec la France, les alliés traditionnels de la « ville libre » de Genève.

Or une révolte similaire avait éclaté en Hollande en juillet 1784, les « patriotes » locaux exigeant du stathouder, Guillaume V, qu'il renvoie le trop conservateur duc de Brunswick, chef allemand de l'armée et ennemi résolu des réformes. La France avait aussitôt pris le parti des « patriotes » tandis que l'Angleterre, ceci expliquant sans doute cela, soutenait les partisans du stathouder. En 1785, une levée en masse avait été décrétée par les États provinciaux, Guillaume V se retrouvant assiégé dans son propre palais durant plusieurs jours. Et en septembre 1786, deux mois après le voyage de Cherbourg, voilà que les patriotes, toujours avec l'appui moral et matériel de la France, destituent le stathouder et mettent en place des « institutions républicaines ». En 1787, profitant de la mort de Vergennes et de la crise financière que traversera alors la France, l'Angleterre avec sa marine et la Prusse avec ses régiments aguerris interviendront militairement en Hollande à la demande expresse du stathouder et rétabliront celui-ci dans ses anciens pouvoirs après avoir aisément écrasé les « patriotes ». La France et son roi ne sortirent pas grandis de cet échec — ni de ce « soutien » inachevé, si contradictoire dans son principe avec l'attitude adoptée dans l'affaire de Genève.

La politique étrangère de la France était d'autant moins lisible que, parallèlement au soutien apporté aux patriotes hollandais, Louis XVI s'opposa avec la dernière fermeté aux prétentions de l'empereur d'Autriche concernant la réouverture des bouches de l'Escaut au commerce des Pays-Bas autrichiens.

Joseph II était allé jusqu'à lancer un ultimatum aux Néerlandais et jusqu'à mobiliser une armée de soixante mille hommes, espérant jusqu'au bout entraîner la France dans son entreprise. Mais Louis XVI avait tenu bon et très sèchement imposé la modération à cet ambitieux beau-frère qui rêvait d'être un nouveau César — et il avait tenu bon malgré les fortes pressions que Marie-Antoinette avait tenté d'exercer sur lui. Dans une lettre à Joseph II, celle-ci dut une fois de plus reconnaître que, contrairement à une opinion fort répandue, elle n'avait guère d'influence sur les choix diplomatiques de son mari : « Je ne m'aveugle pas sur mon crédit, je sais que surtout pour la politique, je n'ai pas grand ascendant sur l'esprit du Roi [...] je laisse croire au public que j'ai plus de crédit que je n'en ai véritablement, parce que si on ne m'en croyait pas, j'en aurais moins encore[13]. » Joseph II, quant à lui, ne pardonna jamais à Louis XVI d'avoir ainsi contrarié ses ambitions. Teigneux et rancunier, il fera preuve d'une passivité manifeste à son égard quand sonnera en France l'heure éprouvante de la Révolution.

*

Les contradictions de la politique étrangère se retrouvèrent bientôt, et à l'identique, dans la mise en œuvre par Calonne d'une nouvelle donne économique et financière. Une fois passée la phase consensuelle et plutôt immobiliste du rétablissement de la confiance, le nouveau contrôleur général s'engagea dans une seconde étape, plus active et novatrice, au cours de laquelle il entreprit de donner au pays de nouvelles structures et de nouvelles habitudes. Mais, comme tous ses prédécesseurs, Calonne ne manqua pas de se heurter à un mal français, apparemment éternel et incurable : le refus des réformes.

Derrière les apparences frivoles d'un personnage charmeur, plein d'esprit, beau parleur et dépensier, se cachait chez Calonne un réformateur prudent mais résolu, déterminé à assainir les finances du royaume et à pousser celui-ci sur les chemins d'une abondance retrouvée. En novembre 1783, à peine venait-il d'être nommé qu'il avait tenu devant la Chambre des comptes une sorte de discours-programme qui en intrigua plus d'un, à commencer sans doute par le roi, et d'où il ressort qu'il avait dès le départ un dessein précis qu'il s'efforcerait de concrétiser lorsque les circonstances seraient plus favorables. Évoquant l'idée d'un « plan d'amélioration générale » respectueux des bases de la monarchie mais destiné à en rénover toutes les parties, il avait ainsi désigné l'objectif à atteindre et les moyens à mettre en œuvre : « régénérer » les ressources plutôt que les « pressurer », renoncer aux vieux « remèdes empiriques » et « trouver le vrai secret d'alléger les impôts dans l'égalité proportionnelle de leur répartition, ainsi que dans la simplification de leur recouvrement[14] ».

Derrière ce langage sibyllin se cachait la volonté d'en finir avec un empirisme qui n'avait rien donné jusque-là et de gouverner enfin par la « raison », l'objectif étant de réformer l'ensemble du système fiscal et, ce faisant, de combler enfin le déficit de l'État. En 1786, ce déficit atteignit et même dépassa le chiffre record de cent millions de livres. La banqueroute, depuis si longtemps redoutée, n'était pas loin. Le 20 août de cette année-là, Calonne présenta au roi un mémoire dans lequel il décrivait les trois volets de son plan d'action : (1) l'égalité de tous devant l'impôt, ce qui impliquait la suppression des privilèges fiscaux de la noblesse et du clergé, et la création d'un impôt unique assis sur les revenus de la propriété foncière (« la subvention territoriale ») ; (2) le rétablissement de la liberté de circulation des grains naguère tentée par Turgot ; et (3) la création d'assemblées nouvelles — municipales, de district et provinciales — élues par les seuls propriétaires, c'est-à-dire par les sujets soumis à l'impôt unique, et qui devront associer les sujets de Sa Majesté à l'administration du pays. Ce programme ambitieux, confia Calonne au roi, « vous assurera de plus en plus de l'amour de vos peuples [et] vous tranquillisera à jamais sur l'état de vos finances[15] ».

L'architecture du plan était belle, d'autant qu'elle mettait à l'abri de l'impôt le développement industriel et commercial que Calonne s'attachait parallèlement à développer, encourageant les grands travaux (rénovation des ports du Havre, de Dieppe, de Dunkerque ou de La Rochelle, assainissement des villes de Lyon et de Bordeaux) et la création de manufactures nouvelles, y compris à partir de capitaux étrangers. Le 26 septembre 1786 fut même signé, à son initiative, un traité de commerce avec la Grande-Bretagne, le premier depuis longtemps ! Mais, en l'occurrence, le libre-échangisme ne fonctionna qu'à sens unique et ne profita pour l'essentiel qu'aux produits anglais, l'industrie française n'étant pas encore en mesure de concurrencer celle d'outre-Manche. Dans ce domaine comme dans les autres, Calonne pécha sans doute par excès de précipitation, ses compatriotes n'étant guère disposés à se ruer aussi vite qu'il le souhaitait sur les voies du changement.

Le roi freina aussi les ardeurs de son ministre, surtout après avoir lu les détails de sa réforme fiscale et institutionnelle : « Mais c'est du Necker tout pur que vous me donnez là[16] », s'était-il écrié, reprenant ce qu'il avait un jour dit à Necker lui-même : « Mais c'est du Turgot et même pis ! » Conscient de l'urgence des problèmes à résoudre, Louis XVI se montra sceptique à l'égard d'un projet qui ne produirait pleinement ses effets que vingt ou vingt-cinq ans plus tard. Mais Calonne était né optimiste. Il persévéra et sut se montrer convaincant, plaidant pour l'avenir et persuadant le roi qu'il convenait, face aux réticences parlementaires qui comme toujours ne manqueraient pas de se manifester, d'en appeler à la France profonde et donc de réunir une « Assemblée des notables » composée des personnages les plus représentatifs du royaume et des trois ordres traditionnels. Henri IV et Louis XIII n'avaient-ils pas eu recours à ce procédé ? Le roi donna son accord le 29 décembre 1786 et la tenue de l'assemblée fut fixée au 29 janvier de l'année suivante. Pour des raisons d'ordre pratique, on finit par repousser la date au 22 février.

C'est dans une ambiance presque révolutionnaire, en tout cas chahuteuse, que se réunit l'Assemblée des notables. Incitée au changement par les événements d'Amérique, de Hollande ou de Genève, l'opinion assista à ces débats avec un mélange d'effervescence... et de moquerie, car, loin d'être représentative, l'assemblée ne comportait en son sein que des personnalités soigneusement choisies par le gouvernement. On vit fleurir des placards annonçant pour le jour dit une comédie intitulée *Le Consentement forcé*, suivie d'un ballet allégorique composé par M. de Calonne : *Le Tonneau des Danaïdes*[17] !

Calonne avait depuis longtemps préparé son auditoire, distribuant à tout-va les deniers de l'État sous forme de pensions et de largesses de toutes sortes. « Sur 6 174 000 livres distribuées ainsi entre 1774 et 1789, note l'historien Éric Le Nabour, la part de Calonne à elle seule équivaudra à la moitié de cette somme[18]. » Bien que triée sur le volet, et composée notamment de sept princes de sang, de trente-six ducs, pairs ou maréchaux, de onze prélats, de trente-trois présidents ou procureurs généraux de parlements et de vingt-cinq maires de grandes villes, l'assemblée ne put qu'assener au ministre un violent retour de bâton, surtout lorsque Calonne, qui venait de lancer un nouvel emprunt de cent vingt-cinq mille livres, lui avoua un déficit public de cent douze millions ! Dans ces conditions, il devenait clair que la réforme ne passerait pas. Et l'émotion redoubla lorsque le contrôleur général, oubliant la part qu'il avait prise à la dilapidation de l'argent public, affirma sans ciller que « c'est dans la prescription des abus que réside le seul moyen de subvenir à tous les besoins ». Et d'ajouter ces remarques suicidaires qui ne purent que lui valoir l'hostilité des bénéficiaires du système installés devant lui : « On ne peut pas faire un pas dans ce vaste royaume sans y trouver des lois différentes, des usages contraires, des privilèges, des exemptions, des affranchissements d'impôt, des droits et des prétentions de toutes espèces[19] ! » D'où, conclut-il, la révolution fiscale et structurelle proposée...

Tandis que Provence, Conti, Brienne criaient à la banqueroute, Calonne essaya, mais en vain, de faire prévaloir ses vues et son projet. C'était compter sans le poids des intérêts et des égoïsmes, sans la lourdeur du passé et de l'histoire, sans la conjuration des ennemis du changement. La refonte proposée était une révolution avant la lettre et il était irréaliste de demander à ceux qui en seraient les victimes de la réaliser. D'autant que cette nouvelle « révolution royale » n'eut de « royal » que le nom que les historiens ont bien voulu lui donner. Louis XVI, accablé par la mort de Vergennes intervenue dans la nuit du 12 au 13 février, se retrouva plus seul que jamais. « Je perds le seul ami sur lequel je pouvais compter, le seul ministre qui ne me trompa jamais[20] », lâcha-t-il avant de le remplacer par le comte de Montmorin, ancien ambassadeur en Espagne mais homme de peu d'envergure. Le roi avait jusque-là soutenu Calonne contre vents et marées et, en ouvrant l'Assemblée des notables, avait bien précisé que les projets présentés par son ministre le seraient « de sa part ». Mais, devant la levée de boucliers suscitée par le plan de réforme, il ne se sentit pas la force de contrer la meute des notables et abandonna le contrôleur général à son triste sort.

Se sentant en passe d'être lâché par son protecteur, Calonne lance un ultime appel à travers une brochure publiée le 31 mars : « Peut-on, demande-t-il, faire le bien sans froisser quelques intérêts particuliers ? Réforme-t-on sans qu'il y ait des plaintes[21] ? » Mais les jeux sont faits. La meute a gagné. Miromesnil, garde des Sceaux et rival du contrôleur général, se déchaîne, se faisant le porte-voix des Necker, des Brienne, des Lafayette. Il y a ceux qui pensent que la réforme est excessive et ceux, moins nombreux, qui estiment qu'elle ne va pas assez loin, mais tous font cause commune. Et Marie-Antoinette n'est pas en reste. Elle demande ouvertement le renvoi de Calonne. Louis XVI, furieux, la fait appeler et, en présence de celui qui est encore son ministre, la réprimande vertement, lui reprochant de se mêler d'affaires « auxquelles les femmes n'ont rien à voir ». Puis, la prenant par les deux épaules, il la fait sortir de l'appartement. « Me voilà perdu », soupire alors Calonne[22].

Perdu, il l'est. Le roi ne peut plus s'opposer à une protestation qui enfle d'heure en heure. Le 8 avril, jour de Pâques, Calonne est remercié. Le lendemain, c'est au tour de Miromesnil. Louis XVI déteste cordialement ce dernier, mais l'homme vient de perdre l'une de ses filles : le roi, bon prince et toujours prêt à compatir, aura retardé d'un jour sa disgrâce. Le partant est aussitôt remplacé par Lamoignon, président à mortier au parlement de Paris.

La réforme de la société avait déjà échoué plusieurs fois, mais jamais elle n'avait provoqué une telle coalition de forces rétrogrades, unissant le clergé et la noblesse dans un même refus passionnel, dans une même volonté de protéger des prébendes et des immunités, bref des privilèges, ancrés dans le passé ancestral de la France. Et sans doute l'Église, qui possédait tant, avait-elle plus à perdre encore que la noblesse dans cette affaire. C'est pourquoi il n'est pas illégitime de faire commencer la Révolution française avec l'échec de Calonne et la fronde des notables de 1787 plutôt qu'avec la prise de la Bastille ou la réunion des états généraux, comme le font la plupart des manuels scolaires. Après cet ultime fiasco, beaucoup en effet (mais Louis XVI était-il de ceux-là ?) eurent le sentiment qu'une déchirure irrémédiable venait de se produire dans le tissu du pays et qu'une nouvelle histoire était déjà en mouvement.

*

Il n'est pas rare qu'une affaire privée vienne compliquer la vie des grands de ce monde. Durant le règne de Vergennes et de Calonne, l'affaire du

Collier vint assombrir un peu plus l'horizon de la monarchie.

L'affaire éclata le 15 août 1785 — une affaire rocambolesque, un mauvais vaudeville, une effarante comédie de boulevard, dont le seul intérêt réside dans les conséquences politiques désastreuses qui en découlèrent pour Louis XVI, Marie-Antoinette et, au-delà d'eux, pour l'Ancien Régime.

En cette année 1785, tout pourtant, en tout cas beaucoup de choses, semblait sourire au roi. Calonne et Vergennes tenaient avec sûreté les rênes de l'État ; La Pérouse était parti de Brest, porteur, au nom du roi, de vastes espérances scientifiques ; et surtout, le 27 mars, Marie-Antoinette avait donné naissance à un second fils, Louis-Charles, le futur « Louis XVII », pour l'heure duc de Normandie. Le couple royal était aux anges, car désormais, avec deux héritiers potentiels, l'avenir des Bourbons se trouvait doublement garanti contre les coups du sort.

La tendresse du roi pour sa femme en fut décuplée. « Si de temps en temps il se fâchait, écrit Jean-François Chiappe, s'il raflait les mises de jeu de son épouse pour les donner aux pauvres, s'il se montrait brusque lorsqu'elle se révélait, par ses démarches, plus archiduchesse [d'Autriche] que reine de France, il témoignait par mille attentions sa fierté de posséder la plus belle princesse de l'Europe[23]. »

Mais d'aucuns, dans l'ombre, travaillaient à ruiner cette belle harmonie. À peine le nouvel enfant était-il né et baptisé qu'on fit courir le bruit qu'il n'était point du roi mais avait pour père un gentilhomme suédois, Axel de Fersen, avec qui la reine était, disait-on, du dernier bien. Il est vrai qu'elle l'avait rencontré une première fois en 1774, puis à diverses reprises à partir de 1778. Subjugué par son charme, Fersen avait même renoncé à se marier afin d'avoir toute liberté de la voir ; et le roi, à la demande expresse de Marie-Antoinette, lui avait octroyé le commandement d'un régiment étranger, le « Royal-Suédois ». Cette idylle, pour l'heure toute platonique, n'avait pas manqué de susciter curiosités et commentaires. Louis XVI, sûr des sentiments de sa femme, ne prêta guère attention à ces médisances. Mais, une fois remise de ses couches, la reine, observant la tradition, alla rendre visite aux Parisiens, espérant qu'ils lui réserveraient un accueil aussi chaleureux que pour la naissance de son premier fils. Or, raconte Fersen, elle « fut reçue très froidement, il n'y a pas eu une seule acclamation, mais un silence parfait ». De retour à Versailles, Marie-Antoinette s'effondra dans les bras du roi en s'écriant : « Que leur ai-je fait ?... Que leur ai-je fait[24] ? »

L'affaire du Collier allait lui porter un coup plus sévère encore. Un livre ne suffirait pas à raconter ce roman. Pour faire court, il faut s'en tenir aux principaux protagonistes et mettre un peu d'ordre dans des comportements souvent incompréhensibles.

Le personnage central de toute cette affaire était le « collier » lui-même. Ce joyau somptueux mais surchargé, et qui ne comportait pas moins de vingt-sept pièces et pesait deux mille huit cents carats, était l'œuvre de deux bijoutiers de la Couronne, Charles-Auguste Böhmer et son gendre Paul Bassenge. Ils avaient voulu, au début des années 1770, réaliser le plus beau collier du monde — et le plus cher, la pièce étant proposée au prix exorbitant d'un million six cent mille livres. L'ayant présenté en vain à toutes les souveraines d'Europe, les Böhmer, comme on les appelait, avaient songé à la du Barry, mais Louis XV était mort avant qu'une offre sérieuse ait pu être faite. Ils s'étaient alors tournés vers Marie-Antoinette mais celle-ci avait refusé le bijou à deux reprises, en 1778 et 1784, alors même que Louis XVI semblait prêt à le lui offrir.

Le second personnage est le cardinal de Rohan, évêque de Strasbourg et ancien ambassadeur à Vienne. L'homme est un débauché qui mène grand train et court de maîtresse en maîtresse. Mais, lors de son ambassade à Vienne, il a eu, dans ses dépêches, le malheur de se moquer de l'impératrice. Tenue au courant par sa mère, Marie-Antoinette ne devait jamais pardonner ses indélicatesses au diplomate. C'est pour se faire pardonner et pour revenir dans les grâces d'une reine dont il se sent éperdument amoureux que Rohan, être fantasque et dépourvu de jugement, va se faire piéger dans une escroquerie de bas étage.

Dans la nuit du 11 août 1784, il attend dans un bosquet de Versailles la venue d'une femme — en fait une prostituée répondant au nom de Nicole Leguay — qu'il croit être la reine mais qui n'est qu'une comparse déguisée envoyée à sa rencontre par l'une de ses maîtresses, Mme de La Motte, comtesse en titre, descendante illégitime du roi Henri II et aventurière encore peu connue. La fausse reine se contente de lui dire à mi-voix : « Vous pouvez espérer que le passé sera oublié[25]. » Puis elle s'éclipse. Rohan est le plus heureux des hommes. Mme de La Motte va pouvoir l'exploiter. La reine, lui confie-t-elle peu de temps après, souhaite se procurer le fameux collier mais à l'insu du roi, quitte à le payer en plusieurs traites. Preuve de sa faveur, elle a désiré que Rohan fasse l'achat en son nom. Là-dessus, Mme de La Motte lui remet un billet de commande apparemment signé de la reine, mais en fait rédigé par un autre de ses amants, Marc-Antoine Rétaux de Villette, qui a imité l'écriture de Marie-Antoinette. Rohan tombe dans le panneau et, au nom de la reine, passe commande auprès des joailliers, la somme d'un million six cent mille livres devant être réglée en quatre fois, la première échéance tombant le 31 juillet 1785.

Le 12 juillet, alors qu'au Trianon elle répète le rôle de Rosine pour *Le Barbier de Séville*, la reine reçoit la visite de Böhmer. Il lui apporte, en même temps qu'une épaulette et des boucles de diamants, la commande d'une parure que le roi vient d'avoir la bonté de lui offrir et lui remet le premier billet de traite portant sa fausse signature. Entre Calonne. Böhmer en profite pour s'esquiver. La reine, qui ne comprend rien à la démarche de ce dernier, s'empresse de brûler le billet.

Le 1er août, dès le lendemain de la première

échéance, Böhmer vient aux nouvelles et interroge Mme Campan, femme de chambre et confidente de Marie-Antoinette. Il s'inquiète du silence de la reine et apprend qu'elle a brûlé le billet. « Ah ! Madame, s'écrie-t-il, cela n'est pas possible, la reine sait qu'elle a de l'argent à me donner[26] ! » Le joaillier lui révèle alors que le fameux collier a été acheté, sur ordre de la reine, par le cardinal de Rohan et qu'elle a elle-même remis à celui-ci un acompte de trente mille francs. « Vous êtes trompé, lui dit-elle, la reine n'a pas adressé la parole une seule fois au cardinal depuis son retour de Vienne[27]. » Böhmer insiste, expliquant que Rohan lui a versé les trente mille francs en question dûment avancés par la reine. Mme Campan n'en croit pas ses oreilles et conseille au joaillier d'aller tout conter à la reine. Quelques jours plus tard, le 9 août, il est reçu et redit à une Marie-Antoinette abasourdie ce qu'il a rapporté à sa femme de chambre. La reine tombe des nues et informe Böhmer que non seulement elle n'a rien commandé mais qu'elle a brûlé le satané billet : « Madame, murmure alors le joaillier, daignez avouer que vous avez mon collier et faites-moi donner des secours ou une banqueroute aura bientôt tout dévoilé[28]. »

Marie-Antoinette hésite sur la conduite à tenir, mais finit par aller chez le roi, à qui elle révèle tout ce qu'elle vient d'apprendre. Breteuil, ministre de la Maison du roi, et Miromesnil, en charge de la Justice, sont aussitôt convoqués et reçoivent mission de mener l'enquête. Le premier suggère au roi d'agir vite et de punir le coupable, autrement dit de faire arrêter Rohan dès que possible. Miromesnil est plus soucieux d'éviter le scandale et souhaite qu'on n'aille pas trop vite en besogne, car Rohan n'est pas n'importe qui : c'est le grand aumônier de France. Le roi, qui souhaite en finir avec cette sombre affaire, se range à l'avis de Breteuil.

Le 15 août, donc, avant d'assister en grande pompe à la messe de l'Assomption, Louis XVI fait appeler Rohan et l'interroge en présence de la reine et des deux ministres concernés, auxquels Vergennes s'est joint. Rohan avoue son imprudence, reconnaît sa faute et désigne la comtesse de La Motte comme étant l'instigatrice de toute cette affaire. Rohan, soudain, semble avoir perdu la parole, au point que le roi lui demande de coucher ses explications par écrit, ce qu'il fait sur-le-champ. Dans la galerie des Glaces, une foule compacte attend l'arrivée du roi, mais c'est Rohan, le visage décomposé, qui paraît en premier. Il se sait condamné ; Louis XVI, qui ne veut faire aucune exception à sa justice, le lui a dit : « Je fais ce que je dois, comme roi et comme mari[29] ! » Miromesnil procède alors à l'exécution publique, donnant l'ordre à un lieutenant des gardes de procéder à l'arrestation immédiate du cardinal. Rohan, le soir même, sera conduit à la Bastille, mais il aura eu le temps de faire détruire par son secrétaire certains papiers compromettants. On ne saura donc jamais quel fut son rôle exact, ni la part de vérité et de mensonge contenue dans sa confession au roi.

De privée qu'elle était, l'affaire, soudain révélée au grand jour, devint aussitôt politique. On ne parla plus que de cela, en France comme dans le reste de l'Europe. La plupart des protagonistes furent bientôt arrêtés, à l'exception de Mme de La Motte qui, ayant traversé la Manche, s'efforçait d'écouler au mieux les diamants du collier qui étaient en sa possession. À son retour en France, elle sera finalement condamnée à être battue de verges, marquée au fer rouge et enfermée pour le restant de ses jours à la Salpêtrière. Rétaux de Villette, le faussaire, fut, lui, banni à perpétuité et Nicole Leguay, le double de Marie-Antoinette, relaxée. Toutes ces condamnations furent prononcées par le parlement de Paris auquel le roi avait décidé de confier toute l'affaire.

Restait le cas Rohan. Il était accusé de deux choses différentes : d'escroquerie, délit relevant du droit commun, et de lèse-majesté, crime relevant de la « justice retenue » du roi. Louis XVI lui laissa (inconsidérément) le choix d'être jugé par le parlement pour le délit ou par lui-même pour le crime, escomptant bien qu'il opterait pour la deuxième solution et donc pour un règlement discret de toute l'affaire. Mais Rohan, qui tenait à s'expliquer et à prouver sa bonne foi, opta pour le procès.

Celui-ci eut lieu en mai 1786, parallèlement à celui des autres accusés. La très puissante famille des Rohan et leurs alliés firent alors le siège des magistrats, lesquels étaient partagés sur la décision à prendre. Les évêques, quant à eux, soutenus par le Saint-Siège, ne cachaient pas que l'arrestation d'un prince de l'Église les avait scandalisés. L'opinion publique, très remontée contre Marie-Antoinette, prit spontanément le parti du coupable désigné et tendit à voir en lui une victime symbolique de l'arbitraire royal : nul en vérité ne croyait à l'histoire de la signature fabriquée, et ce d'autant moins que la reine, ayant imprudemment brûlé le faux billet de commande, n'était pas en mesure de prouver son innocence. L'arrêt du parlement fut rendu le 31 mai. Il allait dans le sens de ce que réclamait l'opinion. Par 26 voix contre 22, Rohan était acquitté et blanchi de toute responsabilité dans l'affaire du Collier. Le roi lui ôtera néanmoins toutes ses charges et l'exilera, dès le lendemain du verdict, en son abbaye de La Chaise-Dieu, au fin fond de l'Auvergne ; mais Louis XVI est furieux de ce camouflet et continue de croire que Rohan a bel et bien voulu escamoter le collier. La reine, elle, touchée dans son honneur, est indignée : « Le jugement qui vient d'être prononcé, écrit-elle à son amie Mme de Polignac, est une insulte affreuse [...] mais je triompherai des méchants en triplant le bien que j'ai toujours tâché de faire[30]. »

Dans cette comédie à logique inversée où le « coupable » se retrouva innocenté et où les « victimes » furent déclarées coupables et désignées à la vindicte publique, le grand perdant — outre Marie-Antoinette et, avec elle, le roi — fut le système monarchique lui-même, ridiculisé et humilié. Au lieu d'exiler discrètement le cardinal par simple lettre de cachet, Louis XVI, assuré de l'innocence de sa femme, avait sans doute eu le tort d'offrir à

Rohan la possibilité d'un procès public. Les effets de ce grand déballage s'étaient révélés désastreux. La presse, de plus en plus nombreuse et débridée, s'en était donné à cœur joie et les libelles avaient fleuri de toutes parts. Autour de la Bastille, dix mille Parisiens acclamèrent Rohan avant qu'il ne rejoigne son lieu d'exil. La foule hurlait : « Vive le parlement ! Vive le cardinal innocent ! » Oui, autour de la Bastille... Goethe, spectateur attentif de ces événements, se déclara empli d'épouvante : « Par cette entreprise téméraire, inouïe, je voyais la majesté royale minée et bientôt anéantie[31]. » Quelque chose, en effet, était en marche que bientôt rien ni personne ne pourrait arrêter, et un nouveau règne venait de commencer : celui de l'opinion.

Il ne restait plus à Louis XVI, en ces premiers jours de juin 1786, qu'à préparer son voyage de Cherbourg, épisode dont nous avons parlé et qui devait lui apporter l'ultime bouffée d'air pur de sa vie de roi.

Le début de la fin

Le 3 mai 1787, Louis XVI, toujours hostile au retour de Necker, remplaça Calonne par Loménie de Brienne, nommé à la fois chef du Conseil royal des finances et membre du Conseil d'État (le poste de contrôleur général fut attribué, pour la forme, à un illustre inconnu, Laurent de Villedeuil). Brienne était archevêque de Toulouse depuis 1763. Réputé bon administrateur, ce prélat athée aux mœurs plutôt dissolues, mais fort cultivé et ami des philosophes, avait été l'un des meneurs de la fronde contre Calonne et présidait l'Assemblée des notables quand il fut appelé au gouvernement. Lafayette, qui depuis son retour triomphal d'Amérique était l'un des personnages les plus en vue du pays, et qui avait lui aussi participé à la fronde, ne croyait pas Brienne capable de résoudre la crise et suggéra que soient convoqués les « états généraux ». Cette antique institution, à ses yeux beaucoup plus représentative des trois ordres du pays que l'Assemblée des notables, n'avait pas été réunie depuis 1614, époque de la régence de Marie de Médicis.

On n'en était cependant pas encore là et Brienne, en cela d'accord avec le roi, dut faire avec ce qui existait. Mais les notables, ses anciens collègues, ne lui laissèrent aucun répit. Désormais en charge des affaires et non de l'opposition, et poussé par le roi à poursuivre les efforts entamés par son prédécesseur, Brienne reprit à son compte, quitte à devoir négocier tel ou tel détail, l'essentiel du plan Calonne. Les notables crièrent aussitôt à la trahison et, pensant que le roi finirait par céder, placèrent le gouvernement devant une situation de blocage. Mal leur en prit, car d'un commun accord Louis XVI et Brienne décidèrent tout bonnement, et non sans courage, de dissoudre l'assemblée rétive, ce qui fut fait le 25 mai. Leur idée était de faire passer les réformes au moyen de lois ordinaires, mais celles-ci, tradition oblige, devaient être enregistrées par le parlement et la partie n'était pas gagnée d'avance.

Fidèles à eux-mêmes, les parlementaires font aussitôt de l'obstruction : certes ils entérinent le principe de la liberté du commerce des grains et la mise en place d'assemblées provinciales et municipales (n'acceptant qu'en grinchant que dans celles-ci le vote se fasse non « par ordre » mais « par tête », c'est-à-dire selon la règle majoritaire), mais le 2 juillet ils refusent d'enregistrer l'édit créant la subvention territoriale « égalitaire », autrement dit l'instrument fiscal destiné à résorber le déficit. Ils exigent qu'on leur présente un état précis des dépenses de l'État — ce qui, réplique un Louis XVI très remonté, a déjà été fait — et, le 16, ils réitèrent leur opposition à la subvention territoriale, déclarant, à la manière de Lafayette, que « seule la Nation réunie dans ses états généraux peut consentir un impôt perpétuel[1] ».

Le 6 août, en réponse aux remontrances que d'aucuns osent lui adresser, Louis XVI convoque le parlement en « lit de justice » afin de faire passer ses édits coûte que coûte. Dans ce cadre, la seule lecture des textes par le monarque leur donnait force de loi. Personne ne bronche ; mais, dès le lendemain, le parlement, sous un tonnerre d'applaudissements, prononce la nullité du lit de justice : une première dans les annales monarchiques du siècle ! Une semaine plus tard, Duval d'Éprémesnil, lui aussi ovationné, déclare qu'il est temps de « débourbonailler[2] » la France et de rendre au parlement ses pouvoirs. Une information est même ouverte à l'encontre des « déprédations[3] » de Calonne. Celui-ci se réfugie aussitôt en Angleterre : il sera le premier émigré de la Révolution.

L'épreuve de force est devenue inévitable et elle a lieu. Le 14 août, à l'initiative de Brienne et avec l'accord soulagé du roi, le parlement est exilé. Tous ses membres reçoivent une lettre de cachet leur ordonnant de se transporter dans la bonne ville de Troyes. Ils s'exécutent et sont reçus triomphalement par les habitants. Les parlements de province se solidarisent, les uns après les autres, avec celui de Paris, tout comme la Chambre des comptes et la Cour des aides. Des troubles éclatent dans la capitale. On parle de guerre civile. Brienne et le roi cherchent à calmer le jeu. Fin août-début septembre, on négocie. Le 19, Louis XVI accepte de renoncer à l'édit de subvention territoriale et promet la convocation des états généraux pour 1792. Le pouvoir a capitulé. Le parlement rentre à Paris où une foule en liesse manifeste pendant plusieurs jours. Ses principaux boucs émissaires sont Calonne, Brienne et Marie-Antoinette, dont on brûle les effigies. On est proche de l'émeute et l'agitation gagne la province.

Ne pouvant plus compter sur les recettes de la subvention territoriale, Brienne fait ses comptes et, tandis que le peuple s'égosille, il cherche, lui, un nouveau moyen de combler le déficit abyssal du pays. Un seul remède : l'emprunt. Il convainc le roi qu'il n'existe aucune autre alternative. Celui-ci convoque le parlement, en « séance royale », pour le 19 novembre, l'objectif étant de faire accepter un emprunt de quatre cent vingt millions de livres étalé sur cinq ans.

Lors de cette session mémorable, les parlementaires commencent par s'insurger contre la forme inusitée de cette séance dite « royale », puis, au terme d'une critique féroce de la politique financière du gouvernement, ils réclament la convocation des états généraux pour 1789. Le roi accepte d'en avancer la tenue, mais sans préciser de date, et exige le vote immédiat des emprunts : « J'ordonne que mon édit soit enregistré[4]. » S'ensuit une confusion indescriptible. On crie au despotisme et à l'arbitraire. « C'est illégal », lance le duc d'Orléans. Jamais dans le passé un prince du sang n'avait ainsi, et en public, mis en cause l'autorité politique du roi. « Si, rétorque Louis XVI, c'est légal, parce que je le veux[5]. » Le roi parti, le parlement continue de contester la légalité de l'enregistrement auquel on l'a contraint ; mais la volonté royale a prévalu : l'emprunt quinquennal sera lancé. Louis XVI, de son côté, fait arrêter deux des meneurs de la fronde, les conseillers Fréteau et Sabatier, et exile Philippe d'Orléans sur ses terres de Villers-Cotterêts.

Les parlementaires mettront plusieurs jours à se remettre de leurs émotions. Le 8 décembre, sans pour autant oublier leurs deux collègues, ils adressent au roi une supplique en faveur du duc d'Orléans dont ils se disent solidaires : « Si M. le duc d'Orléans est coupable, nous le sommes tous[6]. » Louis XVI se contente de répondre que la clémence, en ce cas d'espèce, relève de sa seule bonté et non d'un acte de justice. La réplique du parlement interviendra au tournant de l'année avec un réquisitoire en règle contre les lettres de cachet et le vote d'une motion d'Adrien Duport présentant la liberté individuelle comme un droit naturel. Mais Louis XVI n'était pas plus disposé à s'incliner sur ce point que sur le reste de ses prérogatives : il convoqua sans attendre une délégation de magistrats et biffa devant eux le texte incriminé.

S'ensuivit alors une sorte de trêve hivernale qui allait durer plusieurs mois, trêve durant laquelle le parlement enregistra un « édit de tolérance » préparé par Malesherbes et Louis XVI lui-même, édit abolissant celui de Nantes et redonnant aux protestants un état civil ainsi que le droit d'exercer leur culte en privé. Madame Louise, tante de Louis XVI et prieure du Carmel de Saint-Denis, s'était élevée contre cette idée de restituer leur état civil aux protestants, mais elle avait rendu le dernier soupir l'avant-veille de Noël, attristant un peu plus le roi, sans avoir pour autant réussi à le détourner de son juste et généreux projet. Dans le même temps, Malesherbes avait entrepris d'étudier avec une délégation des juifs de France les conditions d'une possible émancipation. Pour couronner le tout, le parlement enregistra, le 1er mai 1788, un décret royal abolissant la question préalable, c'est-à-dire la torture pratiquée lors des interrogatoires de police. On oublie souvent de mettre ces importantes novations au crédit de Louis XVI.

La trêve hivernale se termina avec les beaux jours et les hostilités politiques reprirent alors de plus belle. Une idée avait fait son chemin dans la tête de Brienne et de Lamoignon, puis dans celle du roi : celle de cantonner les pouvoirs du parlement aux seules questions de justice et de créer, pour le reste (actes royaux, édits et ordonnances), une « cour plénière » à vocation politique, mais évidemment triée sur le volet et nommée par le roi. Le 3 mai 1788, apprenant ce qui se trame, le parlement s'enflamme et, flairant le coup d'État, publie une « Déclaration des lois fondamentales du royaume », version conservatrice de la Déclaration des droits de l'homme qui sera adoptée l'année suivante par l'Assemblée constituante. Le message était clair. Il condamnait (une fois de plus) les lettres de cachet et les arrestations ou exils arbitraires ; réaffirmait la permanence des charges des magistrats, gardiens sacrés des lois fondamentales (charges dont ils étaient propriétaires) ; et rappelait enfin que la création d'impôts nouveaux était du seul ressort des états généraux.

Louis XVI réagit deux jours plus tard par un acte de pure autorité : il casse la « déclaration » du 3 mai et fait arrêter deux des principaux inspirateurs de la révolte, Duval d'Éprémesnil et Goislard de Monsabert, lesquels se réfugient dans l'enceinte du parlement. Les 5 et 6 mai se déroule la célèbre « séance des trente heures », acte inouï de résistance au pouvoir royal. Le parlement débat sans discontinuer et, dans le brouhaha, on entame des négociations. Mais, de guerre lasse et pour éviter l'épreuve de force, d'Éprémesnil et Monsabert finissent par se rendre. Le premier est aussitôt conduit et enfermé à l'île Sainte-Marguerite, le second à la forteresse de Pierre-Encise, près dc Lyon.

Le 8 mai, le roi convoque un lit de justice à Versailles et fait enregistrer sa réforme. Lamoignon annonce la création de quarante-sept tribunaux d'appels (« grand bailliage ») auxquels seront transférées certaines attributions du parlement ; les parlements ainsi démembrés ne jugeront plus qu'un nombre restreint d'affaires criminelles ou civiles et on leur retire de surcroît tout contrôle sur les lois du royaume, cette tâche suprême étant confiée à la fameuse « Cour plénière » évoquée plus haut. Louis XVI enfonça le clou, expliquant qu'il fallait conjuguer l'unité des tribunaux avec l'unité des lois et résumant ainsi le principe même d'une réforme qui visait, ainsi que l'avait jadis tenté Philippe le Bel, à simplifier le tissu judiciaire et politique du pays : « Il faut à un grand État un seul roi, une seule loi, un seul enregistrement[7]. » La messe était dite, la réforme imposée — et l'ensemble des parlements mis en vacances jusqu'à l'entrée en vigueur des nouvelles institutions.

Mais à peine l'édit du 8 mai est-il promulgué que la plupart des parlements entrent en résistance, comme à Nancy, Toulouse, Pau, Rennes, Dijon, Besançon et surtout Grenoble. Là, le 7 juin, la foule réinstalle de force les parlementaires dans le palais de justice. La troupe intervient, mais, depuis les toits où ils ont trouvé refuge, les émeutiers bombardent les soldats de toutes sortes de projectiles : c'est la « journée des Tuiles ». À Pau, des montagnards, auxquels se rallient la noblesse et le clergé, forcent le parlement de Béarn à se réunir et déclarent « le Béarn étranger à la France, quoique soumis au même roi[8] ». De son côté, le parlement de Normandie décide de rompre tout contact avec le garde des Sceaux, Lamoignon. À Rennes, étudiants, avocats et gentilshommes éclairés font cause commune et défilent côte à côte dans les rues. Des échauffourées se produisent entre la troupe et la population. Un peu partout flotte comme un air d'insurrection.

Dans une telle atmosphère, la mise en place de la Cour plénière se révéla vite impossible. Plusieurs ducs et pairs du royaume, bien que sollicités, refusèrent d'en faire partie. Quant à ceux qui avaient accepté et qui se retrouvèrent à Versailles pour la première séance, on les vit errer dans les couloirs du château ou dans les rues de la ville. Faute de les voir investir la salle prévue pour leurs débats, on les renvoya chez eux en attendant des jours meilleurs. La réforme, commenta un témoin, était « morte avant d'être née[9] ».

Le 5 juillet, le pouvoir décide de lâcher du lest. Il lance dans tout le pays une grande enquête sur l'histoire et la nature des états généraux. Toute personne instruite pourra, sans risquer la censure, rédiger et publier un mémoire à ce sujet afin d'éclairer l'opinion et les responsables eux-mêmes sur la façon d'organiser à l'avenir ces assemblées. D'une certaine manière, la liberté de la presse venait de naître et les effets de cette avancée furent aussi spectaculaires qu'immédiats. Ainsi que le note Jacques Godechot, « alors que du 1er janvier 1787 au 4 juillet 1788, environ 650 pamphlets avaient été publiés (soit une quarantaine par mois), plus de 300 paraissent dans les seuls mois de juillet, août et septembre 1788, soit plus de cent par mois[10] ». La plupart de ces publications avaient naturellement une tonalité incendiaire, beaucoup s'en prenant, avec une franchise et même une violence inaccoutumées, à la politique du roi ou à la nature absolue de son pouvoir. Les libertés, c'est connu, naissent souvent dans l'excès.

Le 21 juillet, sans y être autorisée, une assemblée des trois ordres du Dauphiné se réunit, non pas à Grenoble où règne une trop grande effervescence, mais non loin de là, à Vizille. Dans le château se retrouvent au coude à coude deux cent soixante-seize membres du tiers état, cent soixante-cinq nobles et cinquante représentants du clergé. L'opposition ne vient plus des seuls magistrats ; elle est désormais unanime, et les débats de Vizille vont avoir dans le pays un immense retentissement. Sous l'impulsion d'un avocat protestant, Barnave, et d'un juge royal, Mounier, l'assemblée décrète le rétablissement des états du Dauphiné (avec doublement des députés du Tiers), mais, allant au-delà de ses intérêts purement locaux, elle réclame la tenue rapide des états généraux *du royaume*, avec, là aussi, doublement du Tiers et, en prime, le vote par tête et non plus par ordre (le doublement n'ayant guère d'utilité sans ce mode de votation). Pour finir, et après avoir — requête suprême — demandé l'ouverture de toutes les charges aux simples roturiers, elle se déclare prête à se fondre en une assemblée unique et « nationale » : une véritable révolution institutionnelle !

Le 8 août, tirant les leçons de leur échec et d'un mouvement populaire qui a pris une ampleur insoupçonnée, le roi et Brienne capitulent : ils annulent officiellement la création de la Cour plénière et annoncent pour le 1er mai 1789 la convocation des états généraux. Pour comble de malheur, les impôts rentrent mal et le Trésor est vide. La France est en faillite, l'État cesse ses paiements pour six semaines : non seulement les rentiers et commis de l'État sont lésés, mais aussitôt les affaires périclitent. Le climat s'en mêle ; l'été est pourri et de nombreuses récoltes sont ravagées. Tout semble glisser vers le gouffre. Les jours de Brienne sont comptés.

Le 24 août, Louis XVI accepte sa démission. Brienne se retire aussitôt, non sans avoir préparé ses arrières : nommé archevêque de Sens quelques mois plus tôt, il se retrouva soudain coiffé du chapeau de cardinal. Le soulagement provoqué par son départ fut à peu près général, mais restait à trouver sinon un sauveur, du moins un remplaçant providentiel. Un seul nom s'imposait, et était d'ailleurs avancé de toutes parts, celui de Necker. Le roi, toujours aussi réservé à l'égard de ce Genevois protestant aux idées peu conventionnelles, se retrouva cette fois placé devant l'urgence et n'eut guère le choix. Le banquier suisse avait posé ses conditions : il voulait l'essentiel du pouvoir ou rien. Il eut tout. Rappelé dès le 26 août avec le titre de « directeur général des finances » — et celui de « ministre d'État » (faveur qu'il n'avait pas obtenue sept ans plus tôt) —, il demande aussitôt à Barentin, président de la Cour des aides, qui, lui, remplace Lamoignon au poste de garde des Sceaux, de rétablir les parlements dans leurs anciens pouvoirs. Ce type de reculade n'était pas vraiment de bon augure, mais rien d'irrémédiable n'était encore joué. Louis XVI, Necker et, avec eux, la monarchie allaient bientôt jeter leur dernière carte.

Tout dans la vie de Louis XVI a alors de quoi l'attrister. Sa plus jeune fille, Sophie Hélène, est morte en juin 1787, à l'âge de onze mois, et le dauphin, rongé par la tuberculose osseuse, est à son tour dans un état de santé plus que préoccupant.

Quant à la reine, elle représente aussi une cause de tourment, car son idylle avec Fersen se précise, s'accentue, et nul, pas même le roi, ne doute plus de la nature étroite, et peut-être intime, de leur relation. Beaucoup, déjà, n'hésitent pas à jaser et le scandale n'est pas loin.

Le moins qu'on puisse dire de la vie politique du moment est qu'elle n'apporte au roi aucune consolation personnelle. « Voici bien des années, confie-t-il à Necker, que je n'ai pas eu un instant de bonheur. » Le ministre essaie — avec beaucoup de mérite, car Louis XVI voue peu d'estime à son interlocuteur — de lui remonter le moral en l'assurant qu'au prix d'un peu de patience « tout se terminera bien[11] ».

Pour l'heure, les choses vont plutôt mal. Le rétablissement des parlements est accueilli avec joie, mais entraîne, à Paris comme en province, des manifestations populaires qui parfois tournent à l'émeute et visent directement le pouvoir royal. La fièvre qui s'empare de l'opinion, et de la classe politique, est alors très largement liée à la perspective des états généraux et à leur préparation. Les pamphlets inondent le marché et chacun y va de sa réforme ou de sa proposition. Les clubs se multiplient et tout ce qui pense contribue à la réflexion commune. Les parlementaires ne sont pas en reste, mais, soucieux avant tout de préserver leurs privilèges, ils vont imprudemment dévoiler leur conservatisme profond et heurter une opinion publique largement attachée aux idées de modernisation. Le 21 septembre, le parlement de Paris, imité en cela par plusieurs parlements de province, demande que les états généraux de 1789 soient convoqués « dans les formes [traditionnelles] de 1614[12] », c'est-à-dire en trois chambres séparées votant par « ordre », formule qui rendait à peu près impossible l'enregistrement de toute réforme sérieuse. Et il était en outre spécifié que les députés du Tiers ne pourraient être que des gens de robe. Les parlements, jusque-là populaires, cessèrent aussitôt de l'être : ils venaient de se déconsidérer aux yeux du grand nombre, entraînant une sérieuse fracture, la première du genre, dans le front antimonarchique et dans son unité de façade.

Louis XVI et Necker profitèrent de la circonstance pour avancer leurs pions. Prêts à renoncer aux « formes de 1614 » et à accepter le doublement du Tiers ainsi (peut-être) que le mode de votation par tête, ils décident, le 5 octobre, de convoquer l'Assemblée des notables pour une deuxième session. Désormais tout le débat politique va tourner autour de cette question décisive du « doublement » et du « vote par tête », et il ne va pas se cantonner aux enceintes officielles : la discussion concerne et agite l'ensemble du pays. Deux camps se dessinent : d'un côté, celui des « patriotes » (baptisés ainsi en souvenir de la révolution d'Amérique et des rebelles de Hollande), tous partisans d'une seule chambre, d'un doublement du Tiers et du vote par tête ; et, de l'autre, celui des tenants de la tradition qu'on appelle déjà les « aristocrates »...

Le 6 novembre, l'Assemblée des notables se

réunit à Versailles comme prévu. Necker, qui a commencé à redresser la situation financière et jouit de ce fait d'un léger regain de popularité, est convaincu que les notables vont abonder dans son sens, mais il se trompe. À l'exception du comte de Provence et de quelques esprits éclairés, dont La Rochefoucauld et Lafayette, l'assemblée se prononce, à une très large majorité, en faveur des formes de 1614, les seules selon elle à être « constitutionnelles » et non contradictoires avec les « bases inaltérables de la monarchie française[13] ». Bref, ils disent non à « la révolution qui se prépare[14] ».

Louis XVI n'entend pas donner satisfaction aux deux ordres — la noblesse et le clergé — qui depuis un certain temps cherchent à entraver ses efforts de renouveau et de modernisation. Encouragé par Necker et Montmorin, il prend le parti de s'appuyer sur le Tiers — et en même temps le risque de changer d'interlocuteurs en se tournant à nouveau vers le parlement. Celui-ci, nous l'avons vu, s'est récemment discrédité auprès de l'opinion. Peut-être saisira-t-il l'occasion de se racheter, si on la lui offre. Et c'est ce qui se passe. Le 5 décembre 1788, les parlementaires de Paris acceptent le doublement du Tiers, mais leur conversion n'est pas complète : ils ne se prononcent pas sur la question capitale du vote par tête ou par ordre. Louis XVI leur fait sèchement savoir qu'il n'attend plus rien d'eux et que leur temps est passé : désormais « c'est avec l'assemblée de la Nation que je concerterai les dispositions propres à consolider, pour toujours, l'ordre public et la prospérité de l'État[15] ».

Le comte d'Artois, qui s'oppose sur ce point à son frère le comte de Provence, n'a pas, semble-t-il, perdu tout espoir de convaincre le roi. Il lui remet, en son nom personnel et au nom de plusieurs princes du sang, un mémoire qui condamne sans ambages le vote par tête : « Sire, l'État est en péril[16]... » On est le 12 décembre. Le monarque passe outre aux admonestations de son jeune frère et dissout au passage l'Assemblée des notables qui n'a pas rempli le rôle espéré. Puis, le 27, après de longues délibérations auxquelles la reine assiste pour la première fois (« Je suis la reine du Tiers[17] », a-t-elle récemment lancé), le Conseil du roi fait officiellement savoir qu'il accepte le doublement de la représentation du tiers état. La question du mode de votation, qui constitue le cœur du problème, n'est certes pas réglée, mais le décret précise que l'élection des députés se fera par bailliage et à la proportionnelle — et que les simples curés pourront être députés du clergé. Ce dernier point est capital, car de nombreux prêtres se joindront au Tiers lors des états généraux de 1789, lui permettant, à plusieurs moments décisifs, d'être majoritaire.

L'année se termine donc plutôt bien pour le roi et ses ministres, mais nul ne sait ce qui va naître de ces états généraux si unanimement attendus. Pas même ceux qui les préparent dans la fièvre, et ils sont nombreux — aussi nombreux qu'imprévisibles.

Comme un torrent

Il est trop simple de vouloir ramener l'origine de la Révolution à une seule cause. Ni les suites de la guerre d'Indépendance, ni le déficit budgétaire, ni la crise économique, ni les méfaits du climat et le manque de pain, ni la vogue des philosophes ou l'explosion des idées neuves ou la liberté nouvelle de publier ne peuvent, pris séparément, rendre compte d'un événement aussi complexe qu'incontrôlable et qui déferla sur le pays comme un torrent. « Dès 1787, note avec justesse Éric Le Nabour, les événements se jouent des individualités[1]. » Nul n'est plus maître à bord, ni ceux qui veulent tout conserver, ni ceux qui veulent tout renverser, ni ceux, comme Louis XVI, qui souhaitent conjuguer respect de la tradition et ouverture au changement.

Même s'il continue de croire à la haute et « divine » mission que l'hérédité lui a transmise, le roi sait mieux que personne à quel point il est seul et impuissant devant les ébranlements de l'histoire et face à des bouleversements qui le dépassent comme ils dépassent tous les autres. Dans un tel contexte, il est probable que le plus puissant des princes eût également été broyé par les événements de l'époque, tout comme le seront ceux qui s'imaginent diriger le mouvement — les Brissot, les Desmoulins, les Robespierre, les Danton, les Hébert. Louis XVI a bien conscience que le manque d'envergure que certains lui reprochent n'est pour rien dans le désastre qui s'annonce : « Je sais, écrira-t-il bientôt à Fersen, qu'on me taxe de faiblesse et d'irrésolution, mais personne ne s'est jamais trouvé dans ma position[2]. »

Il reste vrai cependant que la situation économique est des plus mauvaises — que le blé manque, que le peuple a faim, qu'à l'été pourri de 1788 succède un hiver polaire, avec des températures à moins 20° qui paralysent les moulins, gèlent les grands fleuves, défoncent les routes, ralentissent l'activité industrielle et commerciale. Vrai également que la colère des Français, si elle se manifeste par toutes sortes de mouvements de rue, trouve aussi à s'exprimer dans la multiplication des clubs de pensée et la prolifération des écrits contestataires : on lit la révolution, ou on la parle, en attendant l'heure de la faire. Mais chacun pressent que l'échéance est proche.

Louis XVI, comme une grande partie des Français, mise beaucoup sur l'élan des états généraux pour redonner confiance au pays et chasser les mauvais démons qui semblent s'être emparés de lui. Le 24 janvier 1789 paraissent les « lettres royales » réglementant dans le détail l'organisation du scrutin. « Nous avons besoin, y insiste le roi, du concours de nos fidèles sujets pour nous aider à surmonter toutes les difficultés où nous nous trouvons[3]. » La réunion des états généraux est fixée au 1er mai (en fait elle aura lieu le 5). Louis XVI et ses conseillers ont voulu que le suffrage, prévu pour mars et avril, soit aussi large, pour ne pas dire aussi « universel », que possible : pour participer au vote, il suffisait d'avoir vingt-cinq ans, de figurer au rôle des contributions et d'être de sexe masculin (seules les nobles héritières d'un fief seront autorisées à voter — et encore par procuration). On n'était jamais allé aussi loin dans l'ouverture d'une consultation. Pour la noblesse et le clergé, la circonscription était, selon les régions, le bailliage ou la sénéchaussée. Pour le tiers état était prévu un suffrage à deux degrés dans les campagnes (assemblées de paroisse, puis assemblées de chef-lieu) et un suffrage à trois degrés dans les grandes agglomérations (assemblées de corporation, assemblées de ville et assemblées de bailliage ou de sénéchaussée). Chaque assemblée de chef-lieu était tenue de faire la synthèse des « doléances » de l'ordre qu'elle représentait, de les réunir sur un « cahier » et d'en adresser un exemplaire à Versailles.

La bataille des idées fit rage et ceux qui se piquaient d'écrire déployèrent leurs talents. Parallèlement aux cahiers de doléances et leur servant parfois de modèle, parut, dans le sillage des « lettres royales », une nuée de pamphlets en tout genre dus à la plume inspirée d'intellectuels dont le nom allait bientôt devenir célèbre : Marat, Camille Desmoulins, l'abbé Grégoire, Mirabeau — sans oublier l'abbé Sieyès et sa brochure éloquemment intitulée *Qu'est-ce que le tiers état ?* Il suffisait de lire les premières lignes du flamboyant ouvrage de Sieyès pour avoir sous les yeux tout l'ordre du jour de la révolution à venir : « Qu'est-ce que le tiers état ? Tout. Qu'a-t-il été jusqu'à présent dans l'ordre politique ? Rien. Que demande-t-il ? À y devenir quelque chose[4]. »

La tonalité des cahiers de doléances fut beaucoup moins virulente à l'égard du roi et du système en place que celle des brûlots de la classe pensante. Non seulement les revendications s'y trouvent exprimées avec une modération qui étonne, mais jamais ou presque l'existence de la monarchie ou les prérogatives du monarque n'y sont remises en cause, même s'il est clair que des changements importants sont souhaités par beaucoup. Manifestement réaliste, la France profonde n'attend pas un miracle de ses gouvernants. Elle continue de faire confiance au roi pour résoudre les problèmes qui se posent et pour ouvrir la société, ainsi que la sphère politique, aux catégories nouvelles qui montent dans le pays. Louis XVI, et avec lui ses ministres, ont eu la sagesse de rester à l'écart de la campagne électorale, mais c'est sur ces catégories-là que le roi compte bien s'appuyer, au lendemain du scrutin, pour faire face à la ligue des rétrogrades à particule et des agitateurs patentés.

Hélas pour lui, le besoin et la passion allaient, en se conjuguant, bouleverser le scénario prévu et précipiter le cours des événements. Quelque chose de fondamental avait déjà changé. La réalité du pouvoir n'était plus dans la verticalité aristocratique traditionnelle. L'éclatement horizontal et « prédémocratique » de la société avait engendré un peuple d'individus-électeurs qui, se considérant de moins en moins comme de simples « sujets », ne manquaient pas une occasion de le faire savoir.

Les premiers mois de 1789 furent ainsi marqués par un nombre croissant d'émeutes causées par la cherté du pain et le marasme général. En mars, de violentes manifestations éclatent à Rennes et à Nantes ; les boulangeries de Cambrai sont prises d'assaut ; à Manosque, l'évêque, qu'on accuse de collusion avec les accapareurs de grains, est lapidé. À Marseille, la maison de l'intendant est assaillie par la foule, tandis qu'on pille celle du directeur des droits de douane : une « milice citoyenne », préfiguration de la future Garde nationale qui verra le jour le 13 juillet suivant, est instituée pour maintenir l'ordre. L'insurrection s'étend jour après jour à toute la Provence et gagne la Franche-Comté ainsi que les Alpes, puis la ville de Bergerac, puis plusieurs cités de Bretagne, dont Guingamp, Morlaix et Vannes. Le pays semble se décomposer. Le pire — l'« émeute du boulevard Saint-Antoine » — se produit à Paris, du 26 au 28 avril : la manufacture des papiers peints Réveillon est mise à sac et la demeure du patron pillée. Des agitateurs — manipulés, disait-on (et pensait-on à la cour), par le duc d'Orléans — se sont mêlés aux ouvriers et la situation dégénère d'heure en heure. La mort dans l'âme, Louis XVI ordonne au baron de Besenval, général suisse qui commande les troupes stationnées aux abords de la capitale, de faire usage de la force contre les séditieux. C'est ainsi qu'au soir du 28 avril les gardes-françaises tueront quelque trois cents manifestants et en blesseront un millier — l'une des répressions les plus sanglantes de la Révolution.

Moralement et politiquement, le roi était, c'est le moins qu'on puisse dire, dans l'embarras. *Moralement*, car, comme il le confiera plus tard au marquis de Bouillé, « il faut une âme atroce pour verser le sang de ses sujets, pour opposer une résistance et amener une guerre civile [...]. Toutes ces idées ont déchiré mon cœur [...]. Pour réussir, il me fallait le cœur de Néron et l'âme de Caligula[5] ». *Politiquement*, car ces désordres et ces violences (il s'en produira à nouveau début mai à Limoux, près de Carcassonne) s'accordaient mal avec la tenue, maintenant proche, des états généraux. À l'heure où onze cents représentants de la Nation faisaient route vers le château de Versailles, il eût été impolitique de trop sévir, ou de sévir en masse, contre les auteurs de ces désordres. Aussi le roi se contenta-t-il de déférer devant la justice une petite dizaine d'insurgés parisiens, dont deux furent malgré tout condamnés à la potence et cinq envoyés aux galères.

Le 2 mai, à Versailles, l'ensemble des députés est présenté au roi — l'ensemble ou presque, car tous les représentants de Paris n'ont pas encore été désignés. Sur un total théorique de 1 165, ne sont donc présents, lors de cette première solennité, que 1 139 élus : 291 du clergé, dont 208 simples curés ; 270 de la noblesse et 578 du tiers état. Certains petits signes ne trompent pas et en disent long sur l'esprit de hiérarchie qui continuait, malgré ses gestes récents, d'habiter le roi : « Les élus des deux premiers ordres, note finement Jean-Christian Petitfils, eurent droit à l'ouverture des deux battants de la porte, tandis que ceux du tiers durent se contenter d'un seul[6] » ! Entamer les états généraux par une mesquinerie de ce genre n'était pas de bon augure.

Le 4 mai se déroule en l'église Saint-Louis une grand-messe à laquelle assistent la famille royale (sans le dauphin, trop malade pour quitter sa chambre) et toute une foule de députés, de princes du sang et de hauts dignitaires du royaume. Pendant plus d'une heure, l'évêque de Nancy, Mgr de La Fare, prononce alors une homélie qui va prendre un tour aussi effarant qu'inattendu, infiniment plus proche du réquisitoire que du prêche. Ses premiers mots, certes rituels mais peu conformes à la nouveauté des temps, sont d'une insigne maladresse : « Sire, recevez les hommages du clergé, les respects de la noblesse et les très humbles supplications du tiers état[7] » ! Chaque ordre étant ainsi mis à sa place, l'évêque se tourne vers Marie-Antoinette, que plusieurs badauds ont huée durant la procession, et se lance dans une comparaison entre le luxe de la cour et la misère des campagnes. S'en prenant à ceux (et à celles !) qui dilapident les deniers de l'État, il stigmatise — tandis, chose inouïe, qu'une partie de l'assistance applaudit — les « misérables exacteurs » qui, profitant de la bonté du roi, s'enrichissent et dépensent à tout-va. Puis, s'adressant directement au monarque, il a cette phrase aussi tranchante qu'un couperet de guillotine : « Sire, le peuple a donné des preuves non équivoques de sa patience. C'est un peuple martyr à qui la vie semble n'avoir été laissée que pour le faire souffrir plus longtemps[8]. » Sous ces formules chocs perçait déjà le cri, superbe mais menaçant, des futurs sans-culottes : « Le peuple est las d'ajourner son bonheur[9] ! » La journée avait été odieuse pour la reine, qui s'effondrera une fois de retour au château, et rude pour le roi, que les audaces du prélat avaient indigné et qui supportait fort mal les attaques dont son épouse était de plus en plus la cible.

C'est le lendemain 5 mai, vers treize heures, dans la grande salle des Menus-Plaisirs, qu'eut lieu la séance officielle d'ouverture. Face au roi, revêtu du manteau fleurdelisé de l'ordre du Saint-Esprit et d'un chapeau à plumes où luisent, entre autres gemmes, les cent trente-sept carats du plus beau diamant de la Couronne, le Régent, sont alignés les représentants empanachés de la noblesse, le haut clergé en robe rouge ou violette et les députés du Tiers sobrement habillés de noir, comme les curés. Le roi, qui a longuement préparé son discours, commence par définir son rôle dans la partie qui s'ouvre :

— Messieurs, le jour que mon cœur attendait depuis longtemps est enfin arrivé, et je me vois entouré des représentants de la Nation à laquelle je me fais gloire de commander.

Le « commandant » fixe alors le cap, celui du redressement des finances :

— La dette de l'État déjà immense à mon avènement au trône s'est encore accrue sous mon règne : une guerre dispendieuse mais honorable en a été la cause ; l'augmentation des impôts en a été la suite nécessaire, et a rendu plus sensible leur inégale répartition.

Il faudra donc réformer avec courage, mais Louis XVI s'empresse aussitôt de préciser jusqu'où ne pas aller trop loin :

— Une inquiétude générale, un désir exagéré d'innovations se sont emparés des esprits, et finiraient par égarer totalement les opinions si on ne se hâtait de les fixer par une réunion d'avis sages et éclairés.

Le roi promet de soumettre aux députés « la situation exacte des finances » et les engage à proposer, pour affermir le crédit public, des solutions à la fois « efficaces » et raisonnables :

— Les esprits sont dans l'agitation ; mais une assemblée de représentants de la Nation n'écoutera, sans doute, que les conseils de la sagesse et de la prudence[10].

Sous un tonnerre d'applaudissements, le roi se rassied et passe la parole à Barentin, garde des Sceaux, qui fait l'éloge du monarque, rappelant que, grâce à ce dernier, les Français ont désormais une presse *libre*, qu'ils ont fait leur l'idée d'*égalité* fiscale et qu'ils sont prêts, comme le démontre la réunion des états généraux, à *fraterniser*. On n'est pas loin de la future devise républicaine, mais le ministre n'a évoqué aucun des deux grands problèmes qui préoccupent l'auditoire, à savoir le mode de votation des trois ordres et l'état des finances.

C'est à Necker, perçu par beaucoup comme un magicien, que revient cet honneur. Il va mal s'acquitter de sa tâche, prononçant — et au bout de quelques minutes faisant lire par un sous-fifre — un discours décevant de plus de trois heures où il n'égrène que des platitudes et des banalités, cherche à flatter tout le monde sans convaincre personne, rappelle l'existence d'un déficit égal (pour le moins !) à cinquante-six millions de livres, ne présente aucun plan d'ensemble et n'annonce rien de nouveau — hormis (et là les endormis se réveillent) qu'il est plutôt défavorable au vote par tête, source à ses yeux de divisions sans fin et de blocage des états généraux.

Le roi lève la séance. On s'est ennuyé ferme et une bonne partie de l'assistance est déçue. Le roi a joué sa partition, mais Necker ne s'est révélé ni véritable magicien ni homme d'État : il a gâché une grande espérance et la monarchie a, elle, laissé passer une chance historique. La politique ayant, comme la nature, horreur du vide, la donne ne peut désormais que changer de main. L'heure du Tiers et de Mirabeau va bientôt sonner.

Le lendemain, 6 mai, les députés du Tiers, réunis dans la grande salle, prennent, comme en Angleterre, le nom de *communes* et proposent aux deux autres ordres, qui pour l'heure siègent séparément, de se joindre à eux afin de procéder ensemble à la vérification des pouvoirs. Refus catégorique de la noblesse ; refus plus nuancé du clergé. Le roi est saisi de la question ; mais son fils aîné, transporté à Meudon, est à l'agonie et Louis XVI ainsi que Marie-Antoinette passent une bonne partie de leur temps au chevet du dauphin chez qui, note alors la reine, « le mal fait des progrès effrayants[11] ».

Indifférents au drame que vit la famille royale, les députés poursuivent leur stratégie de conquête — ou de préservation — du pouvoir. Le 11 mai, la noblesse décide, par 141 voix contre 47, de se constituer en chambre séparée et d'entamer la vérification des pouvoirs de ses membres. Chez les représentants du clergé, une forte minorité (114 voix contre 133) se prononce en faveur d'une chambre unique pour les députés des trois ordres. Des conciliateurs s'efforcent alors de rapprocher les points de vue, mais font savoir le 23 mai qu'ils ont échoué. Le jour suivant, Louis XVI demande officiellement que les efforts de conciliation se poursuivent, mais le roi, déprimé par la mort annoncée de son fils (qui ne peut plus marcher et a perdu la vue) et coupé des représentants du Tiers par un garde des Sceaux qui joue en fait le jeu des irréductibles de la cour, est plus que jamais isolé, incapable de dialoguer directement avec un tiers état dont il comprend mal les raideurs. La défiance est réciproque au point que le Tiers refuse finalement toute médiation. C'est le blocage.

Le dauphin meurt le 4 juin, à l'âge de sept ans et trois mois, sans que le roi et la reine aient pu le revoir vivant. L'étiquette interdisait en effet aux souverains d'assister au décès de leurs enfants. Elle leur interdisait aussi, terrible règlement, de les accompagner à leur dernière demeure. C'est le prince de Condé qui, tandis que Louis XVI et son épouse se consumaient de chagrin, conduisit le petit cercueil blanc de Louis-Joseph jusqu'à la cathédrale de Saint-Denis. Le roi mit la cour en deuil pour une durée de deux mois et demi et commanda mille messes à l'archevêque de Paris — payables, rigueur oblige, « sur les dépenses de l'argenterie[12] ». Mais les temps avaient bien changé et les Français ne se sentirent pas plus affligés que les députés eux-mêmes par la disparition du jeune prince. C'est Louis-Charles, dont on avait fêté les quatre ans le 27 mars, qui portera désormais le titre de dauphin — avant, pour son malheur, de devenir un jour Louis XVII.

Le 17 juin, les députés du tiers état, qui ont élu l'astronome Bailly à leur tête, prennent acte du refus de la noblesse de se joindre à eux. Forts cependant de l'appui d'une partie du clergé (chaque jour ou presque, plusieurs curés désertent leur chambre pour les rejoindre) et s'avisant qu'ils représentent 96 % du pays, ils décident, sur proposition de Sieyès et par 491 voix contre 89, de s'autoproclamer « assemblée nationale » et de déclarer « illégal » tout impôt créé sans leur aval. Cette journée est à marquer d'une pierre blanche, car elle consacre une rupture fondamentale qui ressemble bel et bien à un coup d'État et marque le vrai début de la Révolution.

Deux jours plus tard, le clergé décide à une faible majorité de se joindre au Tiers. Le roi, lui, accablé par la tournure des événements, tient conseil et écoute Necker proposer un plan audacieux de réformes proche des revendications du Tiers : vote par tête, égalité devant l'impôt, libre accès à tous les emplois civils et militaires, mise en place d'un système bicaméral à l'anglaise... Les ministres sont partagés ; contrairement à Necker, Barentin souhaite que le roi fasse preuve de poigne : « Ne pas sévir, dit-il, c'est dégrader la dignité du trône[13]. » Louis XVI, hésitant, n'est pas, semble-t-il, contre des concessions, mais il redoute, comme le garde des Sceaux, qu'à céder sur tout, la monarchie ne finisse par tout perdre. Rien n'est donc décidé, sauf la tenue d'une « séance royale », prévue pour le 23 juin, au cours de laquelle le roi fera connaître ses volontés.

Mais, le 20, tout se gâte : les députés du Tiers découvrent qu'ils ne peuvent s'assembler dans la salle des Menus-Plaisirs. La porte est close et barrée par des gardes-françaises. Officiellement, il s'agit de préparer les lieux pour la « séance royale » du 23. En réalité, la décision vient de Louis XVI qui, écrasé par le deuil et se sentant trahi par un Tiers qu'il juge trop gourmand et aventuriste, a cédé aux pressions de son entourage — de Marie-Antoinette (qui n'entend plus du tout être « la reine du Tiers »), des Barentin et autres ministres conservateurs, du haut clergé et de la haute noblesse accourus en délégation, bref de tous ceux qu'affolent les bouleversements en cours ou à venir.

Persuadés que le roi a en tête de dissoudre les états généraux, les députés du Tiers, à la suggestion du déjà célèbre docteur Guillotin, trouvent refuge dans un local situé à proximité des Menus-Plaisirs : la salle du Jeu de paume. C'est là qu'à l'initiative de Mounier, député du Dauphiné, l'assemblée surexcitée et enthousiaste se déclare « appelée à fixer la constitution du royaume », puis, à l'unanimité sauf une voix, prête le serment de « ne jamais se séparer », de poursuivre ses délibérations « dans quelque lieu qu'elle soit forcée de s'établir » — et ce jusqu'à l'adoption finale de la nouvelle constitution du royaume : « Partout où ses membres sont réunis, là est l'Assemblée nationale[14] ! »

Dans l'autre camp, on réfléchit et la stratégie se précise. Le 21, le roi tient un Conseil d'État auquel il a convié ses deux frères, les comtes de Provence et d'Artois. Il s'agit pour la monarchie de faire front et d'afficher son unité. Le plan proposé le 19 par Necker est repoussé, malgré le soutien de trois ministres, Montmorin, Saint-Priest et La Luzerne. Tout se jouera lors de la « séance royale ». En attendant, ordre est donné à plusieurs régiments suisses de se rapprocher de Versailles.

Le 23 juin, en la grande salle des Menus-Plaisirs et au milieu d'un inhabituel déploiement de troupes, s'ouvrit donc la « séance royale » décidée par le roi. Dans un discours relativement bref, et en l'absence remarquée de Necker, Louis XVI s'efforça de reprendre les choses en main sans trop froisser la susceptibilité d'un Tiers de plus en plus rebelle. Constatant qu'au bout de deux mois de pourparlers les états généraux n'ont pas réussi à s'entendre « sur les préliminaires de leur opération », il lance un ferme rappel à l'ordre : « Je dois au bien commun de mon royaume, je me dois à moi-même de faire cesser vos funestes divisions. » Louis XVI annonce qu'il consent à l'égalité devant l'impôt, à la liberté individuelle et à celle de la presse, ainsi qu'à la disparition totale du servage. Puis, changeant de registre, il déclare nulle la fameuse séance du 17 juin, se prononce en faveur du maintien en l'état des trois ordres et les incite à délibérer séparément et « par ordre », leur laissant la possibilité, s'ils l'estiment nécessaire, de discuter en commun des affaires d'« utilité générale ». Ayant ainsi énuméré ses choix, il rappelle, pour conclure et à l'intention de ceux qui seraient tentés de l'oublier, qu'il est, de par sa fonction, l'unique détenteur de l'autorité suprême : « Si, par une fatalité loin de ma pensée, vous m'abandonniez dans une si belle entreprise, seul je ferais le bien de mes peuples, seul je me considérerais comme leur véritable représentant[15]. » De timides applaudissements se font entendre ; la séance est levée ; tous les députés sont priés de sortir.

Les deux premiers ordres quittent aussitôt la salle, mais les députés du Tiers, très tendus, connaissent un moment de désarroi et de flottement. Certains sont prêts à se ranger aux vues du roi — à ce mélange de concessions et de mises en garde qu'il vient de leur assener. Mais beaucoup, intrigués par la présence massive des troupes, s'interrogent sur les véritables intentions du monarque. C'est alors qu'intervient une première fois Honoré Gabriel Riqueti, comte de Mirabeau, député d'Aix, homme aux talents d'orateur redoutables : « Messieurs, j'avoue que ce que vous venez d'entendre pourrait être le salut de la patrie, si les présents du despotisme n'étaient toujours dangereux. Quelle est cette insultante dictature ? L'appareil des armes, la violation du temple national pour vous commander d'être heureux ! [...] Catilina est-il à nos portes[16] ! »

Un tumulte général s'empare aussitôt de la salle. Le maître de cérémonie, le marquis de Dreux-Brézé, demande à Bailly, doyen du Tiers, s'il a entendu l'ordre de dispersion donné par le roi. Bailly lui répond que « la Nation assemblée ne peut recevoir d'ordre ». Mirabeau s'interpose alors une seconde fois et lance à Dreux-Brézé sa fameuse apostrophe : « Allez dire à ceux qui vous ont envoyé que nous sommes ici par la volonté du peuple et que nous n'en sortirons que par la puissance des baïonnettes[17]. » Informé de l'incident et excédé par la révolte du Tiers, Louis XVI aurait alors lâché : « Ils veulent rester, eh bien, foutre, qu'ils restent[18] ! »

Même si personne encore ne songe nommément à la république, le divorce paraît consommé et tout, à compter de ce jour, va donner le sentiment de s'accélérer, comme si se produisait soudain une contraction du temps et de l'histoire. Dès le lendemain de la séance royale, la majorité des députés du clergé rejoint le Tiers, bientôt imitée par 47 députés de la noblesse, dont le duc d'Orléans, propre cousin du roi, grand maître du Grand Orient de France et champion du double jeu ! Louis XVI, désemparé, cherche à donner le change et à faire croire qu'il va dans le sens du courant : il ordonne « à son fidèle clergé et à sa fidèle noblesse[19] » de se joindre au tiers état. Mais, dans le même temps, il s'apprête au pire, ou le prépare maladroitement, en demandant à trois régiments d'infanterie et trois de cavalerie de venir s'installer aux portes de Versailles et de Paris. Officiellement, il s'agit de permettre aux états généraux de se poursuivre sereinement, car la rue, savamment manipulée, commence à s'agiter ; en réalité, le roi, même s'il s'en défend (« aucun combat avec le peuple », ordonne-t-il à Besenval[20]), veut se donner les moyens de disperser les députés par la force si cela se révèle nécessaire.

Mais voilà que l'esprit de désobéissance gagne les rangs de l'armée. Plusieurs compagnies refusent de se soumettre aux ordres ; d'autres jettent leurs armes et viennent, dans les jardins du Palais-Royal, se faire applaudir par la foule des « patriotes ». Le Palais-Royal, qui appartenait au duc d'Orléans (toujours lui !), était devenu, note joliment Bernard Faÿ, une sorte de « club en plein air[21] » où tout le monde venait débattre de tout. Aux quatre coins de la ville, les soldats sympathisent avec la population et, lorsqu'une quinzaine de grenadiers insoumis se retrouvent à la prison abbatiale de Saint-Germain-des-Prés, trois cents personnes accourent pour les libérer. « Les hussards et les dragons envoyés pour rétablir l'ordre, raconte Jacques Godechot, crient "Vive la Nation !" et refusent de charger la foule[22]. »

Louis XVI sent bien qu'il ne maîtrise plus grand-chose et que désormais la passion gouverne la conduite de la plupart de ses sujets. Pour parer à toute éventualité, il fait venir dix nouveaux régiments dans la région parisienne, ce qui porte à trente mille les effectifs des forces de l'ordre. La nouvelle de ces mouvements de troupes ne fait qu'accroître la nervosité de l'opinion ainsi que celle des députés et des gens de presse. Le 8 juillet, Mirabeau, encore lui, demande au roi d'éloigner de la région les troupes étrangères (suisses et allemandes). Louis XVI lui répond que son seul but est d'assurer la sécurité des élus et il propose même, pour plus de sûreté, de transférer le siège de l'Assemblée à Noyon ou à Soissons...

Mais personne n'est dupe. Le 11 juillet, tandis que l'Assemblée, qui deux jours plus tôt s'est proclamée *constituante*, examine une « Déclaration des droits de l'homme » présentée par Lafayette, le roi dévoile son véritable jeu : il renvoie Necker, dont il a peu apprécié la défection lors de la séance royale, et le remplace par un partisan résolu de l'absolutisme monarchique, le baron de Breteuil. Pour faire bonne mesure, il nomme un « dur » au ministère des Armées en la personne du maréchal de Broglie. Désormais les choses sont claires, mais l'opinion n'apprendra la nouvelle que le lendemain.

Le 12 juillet, donc, la rumeur se répand et Paris est aussitôt en effervescence, notamment aux alentours du Palais-Royal. C'est là que Camille Desmoulins, debout sur une table de café, un pistolet dans chaque main, va haranguer la foule :

— M. Necker est renvoyé. Ce renvoi est le tocsin d'une Saint-Barthélemy des patriotes. Ce soir, tous les bataillons suisses et allemands sortiront du Champ-de-Mars pour nous égorger. Il ne nous reste qu'une ressource, c'est de courir aux armes[23]...

Les manifestations se multiplient et se propagent à différents quartiers. En tête des cortèges, la foule brandit les bustes de Necker et du duc d'Orléans. Un coup de feu est tiré. On ne sait par qui, mais les dragons du Royal-Allemand, regroupés place Vendôme et commandés par le prince de Lambesc, reçoivent l'ordre de charger. Ils repoussent les émeutiers à l'intérieur du jardin des Tuileries et font usage de leurs sabres. Il y aura, côté manifestants, un mort et plusieurs blessés. Ce que Louis XVI redoutait le plus vient de se produire — et ce n'est qu'un début.

Le 13 juillet, les 407 « grands électeurs » de Paris — ceux qui ont choisi les représentants de la capitale — se réunissent à l'Hôtel de Ville et se constituent en « comité permanent ». Ils créent, comme cela s'est fait à Marseille, une « milice bourgeoise » de 48 000 hommes encadrée par des gardes-françaises et décident, pour mieux se reconnaître lors des manifestations, de porter une cocarde rouge et bleu aux couleurs de la ville de Paris. Reste à trouver des armes. Ils savent qu'une grande quantité est stockée aux Invalides, mais le gouverneur refuse de leur ouvrir les portes de l'édifice.

Le lendemain, mardi 14 juillet 1789, une foule immense estimée à quarante mille ou cinquante mille personnes se présente devant les Invalides avec la ferme intention d'accéder aux stocks d'armes. Tout près de là, au Champ-de-Mars, sont stationnés, sous les ordres de Besenval, plusieurs régiments d'infanterie et de cavalerie. Le général suisse réunit ses officiers et leur demande si les troupes qu'ils commandent accepteront de marcher contre les émeutiers : la réponse, unanime, est « non ». La foule se rue alors à l'intérieur des Invalides et s'empare de quelque quarante mille fusils, sans compter un mortier et une demi-douzaine de canons.

Il ne manque plus que de la poudre et des balles, et le bruit court que le château de la Bastille en regorge. Une délégation des « électeurs » de Paris se rend auprès du gouverneur, Jourdan de Launay, et lui demande de fournir à la « milice bourgeoise » les munitions qui lui font défaut. Refus du gouverneur. On renégocie. Nouveau refus. Launay, excédé, fait sauter deux cent cinquante barils de poudre. La foule accourue des Invalides s'est massée devant l'imposante forteresse qui depuis Richelieu sert de prison d'État. Quelques coups de feu sont échangés quand, soudain, un ancien sergent des gardes suisses, entouré de soixante et un gardes-françaises, arrive sur les lieux avec les canons volés aux Invalides et les installe en position de tir face à l'entrée du château.

La Bastille ne peut que capituler. La foule s'y engouffre, libère les sept malheureux prisonniers qui y purgeaient leur peine et s'empare des munitions. L'assaut s'est fait au cri étrange de « Vive le roi ! », comme si les insurgés avaient le sentiment de délivrer Louis XVI de la pression qu'exerçait sur lui la conjuration des privilèges.

La garnison, qui s'est défendue comme elle a pu et a tout de même massacré une centaine d'assaillants, sera conduite tambour battant à l'Hôtel de Ville. Le gouverneur, lui, n'arrivera pas vivant à destination. La foule le décapite au cours du trajet et brandit triomphalement sa tête au bout d'une pique. Pendant que ces événements se déroulent, le roi, qui ignore encore tout de la chute de la Bastille, ordonne, mais un peu tard, que les troupes stationnées dans Paris évacuent la capitale.

Le mouvement est lancé et rien ne l'arrêtera. Entre la prise de la Bastille et la nuit de Varennes, Louis XVI n'est plus qu'un monarque en sursis ou, plus exactement, un monarque « absolu » en sursis. Car derrière l'Ancien Régime qui s'effondre n'apparaît pas encore avec clarté la nature du système qui va prendre la suite. Chacun, y compris les esprits les plus avancés, continue en effet de situer le changement dont il rêve à l'intérieur du seul cadre existant, le cadre monarchique. Le pouvoir absolu du roi n'est certes plus qu'une coquille vide, mais le pouvoir absolu de l'Assemblée (ce que Jean-Christian Petitfils appelle l'« absolutisme national[24] ») ne s'inscrit pas, du moins pas encore, dans une perspective « républicaine ».

Le roi, quant à lui, n'a désormais de choix qu'entre la guerre civile et la résignation. N'ayant ni le cœur de Néron ni l'âme de Caligula, il opte pour la résignation et ne peut dès lors, ballotté par le flot irrésistible des événements, qu'aller de concession en concession, de reculade en reculade. Et c'est ce qu'il fait.

Le 15 juillet, à son réveil, il apprend de la bouche du grand maître de la Garde-Robe, le duc de La Rochefoucauld-Liancourt, ce qui s'est passé à la Bastille. D'où le célèbre (et peut-être apocryphe) échange : « C'est une révolte ? » demande le roi. « Non, Sire, répond le duc, c'est une révolution[25]. » Très affecté par les violences de la veille, Louis XVI n'a plus qu'une idée en tête, éviter que le sang du peuple, et celui des soldats, soit à nouveau répandu. Il se rend à l'Assemblée et confirme aux élus qu'il a ordonné aux troupes cantonnées dans la région parisienne de se retirer — ces mêmes troupes que, la veille, Marie-Antoinette, le comte d'Artois et la duchesse de Polignac, tous partisans de la manière forte, sont allés à l'Orangerie du château caresser dans le sens du poil ! Le roi se dit alors en phase avec son peuple et, sous les applaudissements nourris des députés, conclut par ces mots d'une tonalité toute nouvelle : « Je sais qu'on a osé publier que vos personnes n'étaient point en sûreté. Serait-il donc nécessaire de vous rassurer sur des bruits aussi coupables, démentis d'avance par mon caractère connu ? Eh bien, c'est moi qui ne suis qu'un avec la Nation qui me fie à vous : aidez-moi en cette circonstance à assurer le salut de l'État ; je l'attends de l'Assemblée nationale[26]. » Il a dit l'« État » et non la monarchie, et pour la première fois a publiquement reconnu le primat de l'« Assemblée nationale », entérinant ainsi le coup de force politique du 17 juin. Dehors, le peuple ne s'y trompe pas, qui, toujours aux cris de « Vive le roi ! », acclame Louis XVI, tandis que celui-ci, satisfait du climat d'apaisement et de coopération qu'il est parvenu à créer, s'en retourne au château.

Conduite par Bailly, une importante délégation de députés se rend aussitôt à Paris en vue d'informer la population des nouvelles dispositions du roi et de ramener le calme dans la capitale. À l'Hôtel de Ville, un accueil enthousiaste est réservé à la délégation. On se congratule, on chante, les discours succèdent aux discours. Après les épreuves de la veille, chacun goûte l'harmonie retrouvée et se félicite que la majesté du roi et celle du peuple semblent avoir trouvé un terrain d'entente. Bailly est nommé maire de Paris et Lafayette, le héros de Yorktown, placé à la tête de la milice bourgeoise aussitôt rebaptisée « Garde nationale ». Une seule fausse note : on ne sait pas si Necker, que la foule — et les rentiers — réclame, va être rappelé.

Le 16 juillet, le roi tient conseil en présence de ses deux frères et de la reine, laquelle, ainsi qu'Artois, le supplie de transporter la cour à Metz afin de mettre la famille royale en sûreté. Broglie, secrétaire d'État à la Guerre, explique à quel point un tel voyage, perçu comme une désertion, serait risqué pour le roi et les siens. Louis XVI, soutenu par Provence, hésite un instant mais se prononce pour le maintien de la cour à Versailles (il regrettera plus tard de ne pas s'être éloigné de l'épicentre de la Révolution[27]). Il annonce en outre qu'il va rappeler Necker, dont, la veille, le retour lui a été très vivement « suggéré » par les députés. Le roi, qui a peu apprécié le comportement et la philosophie répressive du comte d'Artois et des Polignac, leur donne alors l'ordre de quitter la France. C'est le tout début d'une émigration qui ne fera par la suite que s'amplifier.

Le 17, tandis que Marie-Antoinette, très inquiète, s'enferme dans ses appartements, le roi, qui avant son départ a très opportunément fait annoncer le renvoi de Breteuil et le rappel de Necker, prend la route de Paris où il compte aller à la rencontre de « son peuple » — ou, comme il avait coutume de dire, de « ses peuples ». Il est dans cette démarche habité par un esprit de conciliation et de concorde nationale. La destination qu'il a choisie n'est ni la cathédrale Notre-Dame ni le jardin des Tuileries, mais le centre symbolique de la contestation populaire : l'Hôtel de Ville. « Quand on fait les choses, a-t-il confié à Bailly, il faut les faire complètement[28]. » Précédé de quarante députés et accompagné d'une centaine d'autres, Louis XVI est reçu par le nouveau maire au milieu d'une foule considérable qui cette fois ne crie pas « Vive le roi ! », mais « Vive la Nation ! », comme il semblerait qu'elle en ait reçu la consigne (il y aura des « Vive le roi ! » sur la route du retour). Bailly remet au roi une superbe cocarde tricolore que celui-ci accroche à son chapeau avant de gravir les marches et de passer sous la voûte — maçonnique ou non — formée par les épées des gardes nationaux. Très digne dans cette cohue et accueilli avec chaleur, voire quelque peu bousculé, le roi écoute le compliment de Moreau de Saint-Méry, président du collège électoral : « Le trône des rois n'est jamais plus solide que lorsqu'il a pour base l'amour et la fidélité des peuples[29]. » Il improvise alors, non sans mal, un petit discours, déclarant approuver les nominations de Bailly et de Lafayette. Puis, se montrant à la foule qui attend en contrebas, il lance, en écho à la remarque de Saint-Méry : « Mon peuple peut toujours compter sur mon amour[30]. »

Ultime hommage : à la demande de l'avocat Éthis de Corny, on vote l'érection, sur l'emplacement même de la Bastille, d'un monument à Louis XVI, « régénérateur de la liberté publique, restaurateur de la prospérité nationale, père du peuple français[31] ». C'est presque trop, en tout cas pour un monarque que chacun continue certes de respecter (quatorze siècles de fidélité ne s'oublient pas aisément), mais à qui manifestement le vrai pouvoir échappe de plus en plus et qui bientôt, chaque capitulation en entraînant une nouvelle, ne sera plus à même ni de régner ni de gouverner.

Durant la réception, et contrairement à la coutume, ni Bailly ni les échevins ne se sont agenouillés devant Louis XVI en s'adressant à lui, et le détail est d'importance : il signifie que désormais plus rien n'est *sacré* dans la personne du roi et que celui-ci a cessé d'être un monarque de droit divin. Comme le lui a laissé entendre Saint-Méry au terme de son compliment, si Louis XVI devait jusque-là sa couronne à sa naissance, « aujourd'hui vous ne la devez qu'à vos vertus[32] » — autrement dit à l'idée que le peuple souverain voudra bien s'en faire.

Avec la prise de la Bastille, le pouvoir suprême venait bel et bien de changer de camp.

La Révolution en marche

En venant à la rencontre des Parisiens, Louis XVI avait habilement obtenu un répit, mais celui-ci fut de courte durée. On ne finasse pas longtemps avec les grands mouvements de l'histoire. S'il avait été Mazarin, le roi aurait pu tirer parti du rôle de « recours » que le peuple et la classe politique semblaient encore, quoique de façon limitée, lui reconnaître. Mais il ne sut pas gérer au mieux cet avantage. De la période agitée qu'il venait de vivre, écrit Pierre Lafue, « il ne retiendra plus bientôt que l'humiliation qu'elle avait infligée à son autorité[1] ».

Dominée par le tiers état et le bas clergé, l'Assemblée nationale règne désormais sur le pays. Mais, au-delà de Paris, toute la nation est en transe et l'agitation gagne nos voisins, notamment Liège d'où le prince-évêque est chassé. Dans les provinces de France, où les intendants du roi abandonnent leur poste les uns après les autres, une « grande peur » s'est soudainement et irrationnellement emparée de la paysannerie française : on craint que les seigneurs locaux, laissés à eux-mêmes, ne se vengent des événements de Paris en lançant des « brigands » contre le peuple des campagnes. L'idée d'une cabale infernale manigancée par les aristocrates fait son chemin. À cela viennent s'ajouter la faim, les privations, la haine des accapareurs de blé. De la Franche-Comté au Beauvaisis et de la Saintonge aux Pyrénées en passant par la Champagne ou la région de Nantes, les paysans s'arment et constituent des milices. À défaut de tuer les « brigands » tant redoutés, qui ne sont que des fantasmes et le fruit d'une insaisissable contagion révolutionnaire, on incendie des châteaux et des demeures seigneuriales, détruisant archives et titres féodaux, liquidant tout ce qui symbolise les anciennes servitudes. Au passage, on brûle un comte, on massacre un châtelain, on en dépèce un autre et on lui mange le cœur. Début août, l'Assemblée s'alarme de ces insurrections et de ces carnages. Elle hésite à recourir à la force et décide finalement d'envoyer des émissaires pour calmer le jeu. Elle ne sait pas que la violence sera bientôt de retour à Paris. En fait, elle y est déjà : le 22 juillet, Joseph Foulon, conseiller d'État, réputé pour sa sévérité, et son beau-père, Bertier de Sauvigny, intendant de Paris, ont été égorgés en place de Grève, victimes de la vindicte populaire. Toutes les digues de la raison humaine sont en train de céder.

Au gouvernement, Necker, dont le retour avait partout suscité des scènes de joie et des embrassades, avait donc repris sa place avec, cette fois, le titre de « Premier ministre des Finances ». Barentin et Villedeuil partis, on assista au retour conjoint de

Montmorin, Saint-Priest et La Luzerne, respectivement aux Affaires étrangères, à la Maison du roi et à la Marine. Ce ministère « populaire » avait belle allure, mais Necker, rentré de Bâle seulement le 29 juillet après plusieurs jours d'hésitation, ne tarda pas à comprendre — les députés l'y aidèrent — que le seul vrai pouvoir appartenait désormais à l'Assemblée.

Celle-ci, au cours de la nuit historique du 4 août, décida dans l'euphorie générale de répondre favorablement à la colère des masses paysannes et de faire d'un seul coup table rase de tous les « privilèges » seigneuriaux hérités de l'époque médiévale. À l'instigation de nobles pourtant richissimes comme les ducs de Noailles ou d'Aiguillon, chacun s'accorde, sur le mode sacrificiel, à en finir avec les droits féodaux, les dîmes, les corvées, les mainmortes, les garennes et autres servitudes d'un autre âge. On réaffirme l'égalité de tous devant l'impôt comme devant l'emploi, on abolit la vénalité des charges et on raie d'un trait de plume toute la gamme des avantages ancestraux, qu'ils soient ecclésiastiques, nobiliaires ou bourgeois.

Depuis Versailles, où il veille sur ses enfants et se console auprès des siens des malheurs qui le frappent, le roi assiste, impuissant, à la naissance de la France moderne. Il a beau écrire, le 5 août, à l'archevêque d'Arles, qu'il entend défendre jusqu'au bout « son » clergé et « sa » noblesse et qu'il ne donnera jamais sa « sanction à des décrets qui les dépouilleraient[2] », rien n'empêchera, à la date du 11 août, l'Assemblée triomphante de rendre, après d'ultimes tractations relatives à la non-indemnisation de la dîme, son décret définitif consacrant la mort du système féodal.

Les campagnes retrouvant un calme relatif, l'Assemblée entama, le 21 août, la discussion finale du texte sur les « droits de l'homme » déposé par Lafayette — et à la rédaction duquel Thomas Jefferson, alors ministre des États-Unis à Paris, n'était pas étranger. Il était prévu que cette « Déclaration des droits de l'homme et du citoyen », comme on finira par l'appeler lors de son adoption définitive le 26 août, serve de préambule au texte constitutionnel en préparation. L'expérience française étant observée par l'ensemble du monde civilisé, il s'agissait de proposer à l'univers une bible politique « pour tous les hommes, pour tous les temps, pour tous les pays[3] » et de codifier, à la française mais en s'inspirant des précédents anglo-américains, l'essentiel de l'esprit des Lumières et de la philosophie des droits naturels. L'idée, plus immédiatement politique, était aussi d'opposer à l'ancienne et mourante autorité royale une nouvelle légitimité, celle de l'individu, de la loi et de la Nation.

« Les hommes naissent et demeurent libres et égaux en droits » : ainsi commence ce grand texte qui fixe les prérogatives du « citoyen » et non plus du « sujet » (égalité devant la loi, respect de la propriété, liberté d'expression) et celles de la Nation (souveraineté, séparation des pouvoirs). Ainsi que le demandait Rousseau, la loi est désormais l'expression de la « volonté générale » ; d'où il suit, sage contrepoids à la liberté individuelle, que toute atteinte à l'ordre public devra être réprimée. Mais où commence et où finit la liberté de chacun ? La question n'est pas tranchée ; il appartiendra aux gouvernants — et peut-être aux futurs despotes ! — d'en déterminer les limites. Le texte avait en outre été adopté « en présence et sous les auspices de l'Être suprême », c'est-à-dire d'un dieu abstrait, philosophique, coupé de l'histoire chrétienne, qui n'était point celui dans lequel Louis XVI avait depuis toujours placé sa foi.

Si la Déclaration était dans l'ensemble assez lisse, les débats avaient, quant à eux, été très animés, voire houleux, l'Assemblée se subdivisant en trois (ou quatre) groupes distincts : à droite, c'est-à-dire à la droite du président, les nostalgiques ou *aristocrates* comme d'Éprémesnil ou l'abbé Maury, partisans du *statu quo ante* ; au centre, les *monarchiens*, conduits par Mirabeau, tous favorables à une alliance entre le roi et le tiers état ; à gauche, les *patriotes*, dont Barnave, Lafayette et Sieyès sont les chefs de file, et qui souhaitent assurer le primat du législatif sur l'exécutif tout en accordant au roi un droit de veto minimal, c'est-à-dire « suspensif » ; et, plus loin, à l'extrême gauche, les jusqu'au-boutistes, encore peu nombreux, mais qui formeront bientôt l'avant-garde républicaine (avec des hommes comme Robespierre ou Pétion). Une fois la Déclaration adoptée, ces divisions se cristallisèrent autour des premiers articles de la constitution, avec au centre de la discussion le problème capital du droit de veto à accorder ou non au roi. Le plus étrange était de voir la question débattue en l'absence du principal intéressé, comme s'il n'était plus déjà qu'un vestige un peu irréel.

De fait, le roi se sentit profondément humilié, surtout lorsqu'il apprit le résultat des discussions : à la surprise et au grand désarroi des monarchiens, l'Assemblée se prononce en effet le 11 septembre, et à une large majorité (673 voix contre 325), en faveur du veto suspensif proposé par les patriotes, réduisant le pouvoir effectif du roi à peu de chose au regard de ses prérogatives antérieures : il perd l'initiative des lois et ne conserve que le droit de promulgation et de remontrance. Necker avait discrètement négocié cette option avec les chefs de file des patriotes, car elle correspondait au fond à ses idées, et il avait finalement su trouver les mots sinon pour convaincre le roi, du moins pour lui faire « avaler » l'inévitable, au nom de l'esprit de conciliation. Mais l'épreuve est dure, d'autant que les députés n'ont octroyé au monarque ce veto restreint qu'à condition qu'il avalise les fameux décrets de la nuit du 4 août et officialise l'abolition des privilèges.

Le 18 septembre, Louis XVI adresse aux députés une longue lettre sur les réformes adoptées le 4 août, lettre dans laquelle il s'efforce, avec modération et clarté, de faire la part des choses. S'il se dit en accord avec la plupart des changements proposés, il attire l'attention des députés sur le fait que plusieurs dispositions ont été trop hâtivement conçues et ne tiennent pas compte des engagements internationaux de la France (par exemple, le traité de Westphalie consacrant les droits féodaux des princes germaniques ayant des terres en Alsace). Il fait également remarquer que l'abolition de certains droits féodaux (comme le cens ou les droits de vente) va nuire aux Français les plus pauvres car, perdant ces avantages, les riches « chercheront [...] à augmenter leurs possessions foncières, et les petites propriétés diminueront chaque jour[4] ».

Ces remarques de bon sens qui mettent en lumière la compétence du roi en matière de politique étrangère et son souci des petites gens auraient dû satisfaire une bonne partie de l'Assemblée, d'autant qu'en même temps Louis XVI faisait preuve d'ouverture (notamment sur les droits de l'homme) et se montrait visiblement coopératif. Mais l'heure était à l'intransigeance et les députés acceptèrent mal qu'on mette en question leur capacité exclusive à légiférer et à dire le droit. Pour toute réponse, ils sommèrent le roi de promulguer les arrêtés des 4 et 11 août. Outragé par la « manière impossible à qualifier convenablement », autrement dit inqualifiable, avec laquelle l'Assemblée avait reçu ses « observations[5] », le roi fit néanmoins savoir le 21 septembre qu'il acceptait l'« esprit général » des arrêtés en question et qu'il les publierait, la promulgation étant remise à plus tard et ne devant concerner que les lois précises qui découleraient desdits décrets.

Les députés se déclarèrent satisfaits de ce premier pas et, dès le lendemain, par 728 voix contre

223, octroyèrent au roi un droit de veto suspensif pour une durée de six ans et votèrent, dans la foulée, un important article de la future constitution : « Le gouvernement est monarchique, le pouvoir exécutif est délégué au roi pour être exercé sous son autorité par des ministres[6]. » L'exécutif *délégué* au roi ! Les députés, grâce à ce mot, avaient tourné la difficulté qui consiste à réformer une monarchie avec un monarque déjà en place. Louis XVI, quant à lui, se retrouva dans une position bien peu enviable pour un prince de droit divin — celle de « roi par délégation ».

À l'Assemblée, une assez forte minorité avait refusé d'accorder sa confiance au roi et les mécontents s'empressèrent de faire appel à la rue, tablant sur les difficultés économiques que continuait de traverser le pays. Non seulement Necker avait mal défendu les intérêts politiques du souverain, du moins aux yeux de ce dernier, mais son rappel ne paraissait pas s'accompagner, comme espéré, d'un retour de la confiance. Ne parvenant pas à surmonter la crise financière, le ministre eut recours au remède traditionnel : l'emprunt. Un premier, de trente millions de livres, approuvé du bout des lèvres par l'Assemblée et lancé le 7 août, se solda par un échec, avec des rentrées inférieures à trois millions. Un second emprunt, d'un montant de quatre-vingts millions et assorti d'un taux plus avantageux, fut aussitôt proposé aux épargnants, mais les résultats se révélèrent tout aussi médiocres. Mis au pied du mur, Necker tenta le tout pour le tout. Il se rendit à l'Assemblée et demanda aux députés de voter une contribution extraordinaire qui pèserait sur l'ensemble des citoyens, des plus riches aux plus pauvres, et équivaudrait au quart des revenus nets de chacun. On imagine l'effroi qui s'empara des membres de l'Assemblée à l'idée d'exiger pareil sacrifice d'un pays déjà en crise. Mais Mirabeau et son éloquence eurent miraculeusement raison de ces inquiétudes légitimes : « Votez donc ce subside extraordinaire [...] la hideuse banqueroute est là : elle menace de consumer, vous, vos propriétés, votre honneur [...] et vous délibérez[7] ! » Soudain électrisée, l'Assemblée, debout, vota le décret à l'unanimité.

Cela n'empêcha pas le prix du pain de monter, sa qualité de baisser — et le chômage de croître, l'émigration de plus en plus nombreuse des aristocrates et autres Français fortunés se traduisant par des licenciements d'employés et une réduction des activités artisanales. Paris se retrouva plongé dans un climat d'effervescence, d'autant qu'on venait de fermer les ateliers de charité de Montmartre, jetant sur le carreau près de vingt mille nécessiteux. L'opinion, sensible à toutes les rumeurs, attisée par la presse d'opposition et probablement infiltrée par les agents du duc d'Orléans, s'en prend à tout ce qui concourt au malheur du peuple : la rareté du blé, les emprunts bouche-trou, la lourdeur du nouvel impôt, les menées contre-révolutionnaires de la cour et le roi lui-même qu'on surnomme désormais « Monsieur Veto ». Tout annonce que le mois d'octobre va être chaud.

Rien ne s'arrange, d'ailleurs, avec l'arrivée à

Versailles, le 23 septembre, des troupes du régiment de Flandres. Que viennent faire ces mille soldats, ces canons, tout cet attirail de guerre ? On crie à la provocation, et la fameuse soirée du 1er octobre va, si l'on peut dire, mettre le feu aux poudres. Ce soir-là, alors que la France a faim, les gardes du corps du roi ont convié à un banquet somptueux les officiers du régiment de Flandres. On mange beaucoup et on boit encore plus. On chante, on s'égosille. Paraissent alors le roi, la reine et le dauphin à qui les deux cents convives réservent un accueil délirant. Dans l'ivresse de la fête, certains, arborant la cocarde noire aux couleurs de Marie-Antoinette et désireux de manifester leur soutien à la Couronne, vont jusqu'à fouler aux pieds la cocarde tricolore. D'autres, dit-on, osent même crier : « À bas l'Assemblée[8] ! »

Lorsque Paris apprend la nouvelle, aussitôt reprise et amplifiée par les journaux, c'est l'explosion. Marat et Desmoulins, craignant un coup de force contre l'Assemblée, lancent un appel aux armes. L'« orgie contre-révolutionnaire » de Versailles apparaît d'autant plus scandaleuse que, depuis dix jours, selon les registres officiels, ne sont « entrés dans Paris que 53 sacs de farine et 500 setiers de blé[9] ». Le bruit court que la cour veut affamer le peuple, que le peu de pain qu'on lui vend est avarié et que des stocks énormes de blé sont entreposés à Versailles. Et une autre rumeur laisse entendre que le roi souhaite transporter la cour à Metz. C'en est trop. Il faut agir, ramener ce blé et empêcher le roi de partir, quitte à le faire venir dans la capitale. Une marée de femmes en colère envahit l'Hôtel de Ville en réclamant du pain et décide d'aller sur-le-champ porter ses doléances à Versailles — à l'Assemblée et au souverain lui-même. Conduit par l'huissier Stanislas Maillard, l'un des « vainqueurs de la Bastille », un cortège de six mille ou sept mille pauvresses, auxquelles se mêlent des agitateurs déguisés et que suit tout un peuple de ventres-creux, se met en route, raconte Petitfils, « arm[é] de fusils, de piques, de crocs de fer, de couteaux emmanchés sur des bâtons, précéd[é] de sept ou huit tambours, de trois canons et d'un train de barils de poudre et de boulets, saisis au Châtelet[10] ».

Le roi rentre précipitamment de la chasse et réunit son conseil, tandis que Marie-Antoinette est allée se mettre à l'abri dans la grotte du Trianon. Saint-Priest, en charge de la Maison du roi, propose que le souverain aille à la rencontre du cortège solidement encadré par les Suisses et le régiment de Flandres. Mais, pour Louis XVI comme pour Necker, il n'est pas question de prendre un tel risque, encore moins de recourir à une démonstration de force, surtout s'agissant d'une bénigne manifestation de femmes, même si certaines, une minorité, ne sont que des poissardes et des prostituées.

Vers seize heures, le cortège arrive devant le siège de l'Assemblée. Une vingtaine de manifestantes sont reçues en délégation dans la salle des Menus-Plaisirs ; elles exigent un meilleur approvisionnement de Paris et la promulgation par le roi des décrets des 4 et 11 août, ainsi que la signature de la Déclaration des droits de l'homme. La salle est alors envahie par une horde de « citoyennes » qui conspuent les conservateurs, s'en prennent aux représentants du clergé et crient : « À bas la calotte ! À mort l'Autrichienne ! Les gardes du roi à la lanterne[11] ! » Les gardes du roi, mais pas le roi...

Celui-ci, qui a par deux fois hésité à fuir jusqu'à Rambouillet, accepte de recevoir cinq des manifestantes, accompagnées du Grenoblois Mounier, nouveau président de l'Assemblée. Il leur promet du pain et embrasse l'une d'elles, Louison Chabry, jeune posticheuse de dix-sept ans, qui s'évanouit sous le coup de l'émotion. Les jeunes femmes ressortent en criant « Vive le roi ! », mais la foule de leurs compagnes hurle à la trahison, les accuse d'avoir été achetées et entreprend de les pendre à un réverbère. Elles ne doivent la vie qu'à l'intervention des gardes et à la promesse de retourner voir le roi pour obtenir davantage. Ce qu'elles font aussitôt. Louis XVI les reçoit à nouveau et de bonne grâce, donne à Champion de Cicé, garde des Sceaux, l'ordre écrit de faire venir du blé de Senlis et de Lagny et fait savoir à Mounier qu'il est disposé, le soir même, à signer les décrets relatifs à l'abolition des privilèges ainsi que la Déclaration des droits de l'homme (ce qu'il fera vers vingt et une heures, les larmes aux yeux). Pour finir, il se montre au balcon aux côtés de Louison. La foule est retournée et crie « Vive le roi ! ».

Aux alentours de minuit, Lafayette, quelque peu en retard sur l'événement, arrive à Versailles à la tête de la Garde nationale et de quinze mille volontaires en armes. Reçu par le roi, il s'excuse de n'avoir pu empêcher la marche des femmes, explique qu'avec ses troupes il peut désormais faire face à toute éventualité et propose, ce que Louis XVI accepte, d'assurer la défense extérieure du château, ajoutant, comme s'il avait quelque chose à se faire pardonner : « Si mon sang doit couler, que ce soit pour le service de mon roi[12]. »

Il est deux heures du matin. On est le 6 octobre. La foule campe sur la place d'Armes à la lueur des feux de bois. On chante, on plaisante et surtout on boit. À l'aube, sans raison apparente, le pire va survenir. Une bagarre sanglante oppose des manifestants à plusieurs gardes du corps. La foule, à laquelle se sont mêlés des émeutiers armés de serpes et de haches, s'engouffre dans le château par la porte de la chapelle restée mystérieusement ouverte. À l'intérieur commence alors un carnage épouvantable. Les soldats et les gardes sont traqués, massacrés, décapités les uns après les autres et les tueurs, dans leur ivresse meurtrière, se barbouillent rituellement le corps du sang des victimes. Mais on en veut surtout aux jours de la reine et on cherche ses appartements. « Nous voulons couper sa tête, lance un individu, fricasser son cœur et ses foies, et cela ne finira pas là[13] ! »

Empruntant des couloirs secrets, le roi, la reine, le dauphin et le reste de la famille royale finissent par se retrouver ensemble, bientôt rejoints par les ministres, tandis que non loin de là la foule crie « Le roi à Paris ! », « À mort l'Autrichienne ! ».

Marie-Antoinette est dans tous ses états et lance à son mari : « Vous n'avez pas su vous décider à partir quand c'était encore possible ; à présent nous sommes prisonniers[14]. » Alors que Necker est désemparé et ne propose rien, Louis XVI se concerte longuement avec Lafayette et les deux hommes décident non seulement d'aller à Paris comme les émeutiers le demandent, mais de faire face à l'émeute en usant de l'aura qui s'attache encore à la personne du roi. Lafayette, dont le prestige est toujours très grand, ouvre une fenêtre et se montre à la foule qui l'acclame longuement et se met à crier : « Le roi au balcon ! » Avec un calme et un courage étonnants, Louis XVI se prête alors au terrible face-à-face. « Vive le roi ! », hurle-t-on, puis « À Paris ! ». Incapable de parler, il fait annoncer par le général qu'il fera tout ce qui est en son pouvoir pour soulager son peuple. Des voix réclamant la reine, Lafayette se rend alors auprès de Marie-Antoinette en la suppliant de venir jusqu'à la fenêtre : « Madame, cette démarche est absolument nécessaire pour calmer la multitude[15]. » Elle s'exécute, blanche et digne, et s'avance sous les ovations tandis que le marquis se penche vers elle et lui baise la main. On entend quelques « Vive la reine ! », plus mesurés que les vivats réservés au roi. Là-dessus, le souverain rejoint sa femme sur le balcon, entouré de ses deux enfants et de ses ministres. Il demande à la foule la grâce pour ses gardes du corps et lui déclare en guise d'adieu : « Mes amis, j'irai à Paris avec ma femme et mes enfants.

C'est à l'amour de mes bons et fidèles sujets que je confie ce que j'ai de plus précieux[16]. »

Le voyage vers Paris, entamé au début de l'après-midi, dura sept longues heures : piteux cortège encadré par la Garde nationale, mais aussi par les têtes coupées des nombreuses victimes du matin. Quelques chariots de blé accompagnaient la famille royale, si bien que la foule put dire qu'elle ramenait dans la capitale « le boulanger, la boulangère et le petit mitron[17] ». Jamais plus, mais ils l'ignoraient, Louis XVI et Marie-Antoinette ne reverraient les ors et les jardins de Versailles. Ils parvinrent à destination vers dix heures du soir, après un détour protocolaire par l'Hôtel de Ville, et s'installèrent au palais des Tuileries, avec pour unique consolation le fait que l'accumulation des épreuves les soudait l'un à l'autre et enrichissait plus que jamais leur intimité. Un mois plus tard, l'Assemblée vint s'installer, non loin de là, dans la salle du Manège, une bâtisse construite au début du siècle le long du jardin des Tuileries.

L'insurrection avait triomphé, sans doute parce qu'elle portait en elle toute la force et tout l'élan d'une histoire en marche, mais aussi parce que Louis XVI, fidèle en cela à ses principes moraux les plus enracinés, n'avait pas voulu rétablir l'ordre à tout prix et sauver la monarchie en faisant tirer sur le peuple. Cruel destin, assurément, que celui d'un roi qui, par faiblesse ou pour l'honneur de soi, allait bientôt payer de son sang le refus de faire couler celui de ses sujets.

*

Pour l'heure, Louis XVI n'est plus seulement un roi par délégation, mais un roi captif. À quoi s'ajoute qu'en vertu d'un décret de l'Assemblée voté le 10 octobre, quatre jours après le voyage forcé vers Paris, il n'est plus roi de France, mais *roi des Français*. Désormais tout est joué, et la suite des événements ne sera plus qu'un long glissement vers la mort définitive du régime. Inutile de s'attarder sur le détail des choses, car tout se répète et va dans le même sens. Pour lire cette période, il suffit d'observer le comportement du roi aux moments clés de la Révolution — d'une Révolution qu'il va dans les premiers temps faire mine de diriger, mais dans laquelle il ne sera plus qu'un témoin ou, au mieux, un figurant.

L'un des premiers domaines qui lui échappent est celui de la politique étrangère, et ce à un moment où l'attitude du reste de l'Europe va être déterminante pour le destin de la France.

La Belgique est en proie, elle aussi et par mimétisme, à l'effervescence révolutionnaire. Le 24 octobre 1789, les insurgés y proclament l'indépendance du pays et déchoient l'empereur Joseph II de sa souveraineté. Celui-ci, dont on redoute la réaction violente, meurt subitement quatre mois plus tard, le 20 février 1790, aussitôt remplacé par son frère Léopold, grand-duc de Toscane, qui passe pour un prince éclairé et moins belliqueux. Les risques de conflit s'écartent, et ils s'écartent d'autant plus qu'un mois plus tard, après deux jours d'émeutes sanglantes, les patriotes belges sont vaincus par le camp des conservateurs. L'ordre règne à nouveau à Bruxelles ! Profitant de ces discordes, l'Autriche s'empresse de reprendre le contrôle de la Belgique. Bientôt l'ordre régnera aussi dans la principauté de Liège : celle-ci avait en vain demandé son rattachement à la France, mais, le 12 janvier 1791, elle se retrouva de nouveau occupée par les troupes allemandes.

Et voilà que l'Espagne, alliée de la France, entreprend de contester à la Grande-Bretagne la possession de la baie de Nootka Sound, estuaire situé dans la partie ouest de l'île de Vancouver. La guerre menace et la France risque d'y être entraînée. La question de savoir qui, du roi ou de la représentation nationale, dispose du droit de déclarer la guerre est aussitôt tranchée. Le 22 mai 1790, l'Assemblée décrète que cette responsabilité lui incombe, et à elle seule — ajoutant, pour la forme, qu'elle prendra ses décisions en la matière *sur proposition du roi* : « La nation française, précise le décret, renonce à entreprendre aucune guerre dans le but de faire des conquêtes [...] elle n'emploiera jamais ses forces contre la liberté d'aucun peuple[18]. » Les faits allaient mettre peu de temps à démentir ces louables intentions, mais le point important dans cette affaire reste le dessaisissement par l'Assemblée d'une prérogative royale jusque-là exclusivement détenue par la Couronne.

Durant sa première phase, la Révolution se présente moins comme une révolte contre l'aristocratie que comme un mouvement de fond contre une Église et un clergé qui « règnent » sur le pays, et accaparent ses richesses, depuis des siècles. Certes, le 19 juin 1790, l'Assemblée décide, contre l'avis de Necker et naturellement du roi, d'abolir la noblesse héréditaire, mais les aristocrates éclairés — les Lafayette, les La Rochefoucauld, les Noailles, les Lameth, les d'Aiguillon, les Beauharnais, sans parler du duc d'Orléans — continuent, aux côtés du Tiers, de tenir une place importante dans le déroulement du processus révolutionnaire : « Sur cinquante-quatre présidents de la Constituante, notent François Furet et Denis Richet, trente-trois appartenaient à la noblesse[19]. » La mort de Mirabeau, le 2 avril 1791, marquera de ce point de vue le début de la fin du rôle de l'aristocratie comme moteur du mouvement.

Reste que la cible principale des révolutionnaires est alors la calotte et non la particule. Et c'est cet aspect de la Révolution, cet acharnement contre l'Église, que Louis XVI, non seulement homme de foi mais profondément convaincu d'être dans sa fonction un émissaire du Tout-Puissant, aura le plus de mal à admettre. Il ne l'admettra d'ailleurs jamais, malgré les concessions publiques que jour après jour sa situation lui impose de faire. Cette capitulation spirituelle, à laquelle on le force, sera pour beaucoup dans sa décision finale d'en finir avec le temps des humiliations et de commettre l'irréparable en prenant la route de Varennes.

Il faut dire que l'Assemblée n'y allait pas de main morte. Le 2 novembre 1789, elle décrète, par

568 voix contre 346, que les biens du clergé, mis « à la disposition » de la Nation[20], serviront à combler le déficit national que personne, il est vrai, n'était jusqu'ici parvenu à résorber : la valeur des propriétés de l'Église était alors estimée à près de trois milliards de livres, le clergé possédant 10 % des terres du royaume. La proposition émanait curieusement d'un ecclésiastique qui avait reçu la prêtrise contre son gré, Charles Maurice de Talleyrand, évêque d'Autun, lequel entama ainsi une longue et sinueuse carrière politique qu'il ne terminera qu'en 1830-1834... comme ambassadeur à Londres de la monarchie de Juillet !

Le 19 décembre, les députés, s'inspirant d'une idée de Necker, décident de lancer quatre cents millions d'*assignats*, c'est-à-dire des bons du Trésor destinés à éponger les dettes de l'État. La valeur de ces assignats, d'un montant de deux cents, trois cents ou mille livres et rapportant 5 % d'intérêt (le taux fut vite ramené à 3 %), était, aux termes du décret, garantie par la vente des biens du clergé décidée le mois précédent. L'idée avait du sens, mais des émissions excessives (deux milliards se retrouveront en circulation en septembre 1792) fragilisèrent ce papier-monnaie qui, dès 1791, commença à connaître une dévaluation vertigineuse, la dépréciation atteignant pour finir 97 % !

La France, subdivisée depuis le 22 décembre en quatre-vingt-trois départements administrés par un conseil général élu (une avancée en soi considérable), ne fut décentralisée qu'en apparence. Tous les citoyens, et notamment les prêtres, restèrent soumis comme un seul homme aux lois édictées par la représentation nationale, seule détentrice du pouvoir central. Le 13 février 1790, l'Assemblée franchit un pas décisif en interdisant les vœux monastiques et en supprimant les ordres religieux, exception faite des institutions scolaires, hospitalières ou caritatives. La simple vie monacale et méditative demeure, elle, autorisée ; mais plus de Bénédictins, plus de Jésuites, plus de Carmélites organisés ! Les communautés religieuses sont sous tension, mais divisées. Dans plusieurs villes (en particulier à Nîmes et à Montauban) des heurts violents opposent royalistes catholiques et révolutionnaires protestants : le 13 juin, les affrontements entre Nîmois des deux camps feront quatre cents morts.

Le 12 juillet, à deux jours du premier anniversaire de la prise de la Bastille, un texte capital est adopté qui va radicalement durcir le cours de la Révolution, amplifier les divisions entre citoyens, y compris entre catholiques, et emplir d'effroi le roi des Français : la *Constitution civile du clergé*. Il s'agissait d'abord, réforme compréhensible, d'aligner les subdivisions de l'Église de France sur les subdivisions administratives qu'on venait de mettre en place. La Constituante décida donc qu'il y aurait en tout quatre-vingt-trois évêques (au lieu de cent dix-sept) et dix « évêques métropolitains » à la place des dix-huit archevêques existants.

Mais la réforme n'avait été négociée avec personne, ni avec les intéressés ni avec Rome, et elle stipulait en outre qu'évêques et curés seraient désormais élus par les citoyens, que ceux-ci soient ou non catholiques. Les prêtres ne disposant plus de revenus suite à la vente des biens du clergé, il était prévu qu'ils seraient rémunérés par le gouvernement, mais, jouissant de ce fait du statut de « fonctionnaires publics », ils seraient comme tout bon serviteur de l'État tenus de prêter serment de fidélité, non à Dieu ou au Saint-Père, mais « à la Nation, à la loi et au roi[21] ». Louis XVI ne se sentit pas flatté par cet honneur inattendu et au contraire s'affligea de voir, à l'heure où montait l'athéisme, un schisme mortel couper l'Église en deux camps de force à peu près égale, celui (légèrement majoritaire) des prêtres « jureurs », acquis à la cause de la Révolution, et celui des « réfractaires », prêts à soutenir l'armée grandissante des nostalgiques et autres revanchards.

Le 10 mars 1791, le pape Pie VI, dans un « bref » intitulé *Quod aliquantum*, condamna fermement la Constitution civile du clergé, en même temps du reste que la Déclaration des droits de l'homme. Cette condamnation ramena au bercail un certain nombre de prêtres jureurs, inversa le rapport de force au sein de l'Église française, mais durcit encore davantage le schisme qui avait été créé. Et l'Assemblée se vengea du pape en adoptant le 11 septembre suivant un décret rattachant au royaume deux territoires pontificaux : Avignon et le Comtat Venaissin.

Contraint de se plier à la volonté prééminente des élus de la Nation, Louis XVI, lui, se résigna, le lendemain du jour de Noël 1790 (date symbolique !), à entériner la Constitution civile du clergé et la prestation de serment imposée aux gens d'Église. Il aurait pu, comme il l'avait déjà fait le 12 octobre 1789, envoyer une nouvelle missive secrète à son cousin le roi d'Espagne, Charles IV de Bourbon, lui redisant à quel point il apposait toutes ces signatures à contrecœur et condamnant à nouveau tous ces « actes contraires à l'autorité royale qui m'ont été arrachés par la force[22] ». Ne pouvant se démettre (il n'avait pas cette chance, confiait-il souvent aux ministres démissionnaires ou congédiés !), il ne lui resterait bientôt plus qu'une alternative, celle de partir.

En attendant, il dut le 14 juillet 1790 concélébrer au Champ-de-Mars l'anniversaire de la chute de la Bastille et présider la fête de la Fédération, « une fête nationale neuve, écrit Mona Ozouf, pour une révolution qui [n'avait] point d'exemple[23] ». La cérémonie avait été longuement et minutieusement organisée par Lafayette au nom des « fédérations », c'est-à-dire des associations de gardes nationaux de Paris et de province. On avait érigé des gradins pour accueillir deux cent mille spectateurs ; il en vint au total près de quatre cent mille. Outre les fédérés et les citoyens ordinaires, il y avait là, sous une pluie battante bientôt relayée par un soleil timide, les dignitaires de la Révolution, les députés au grand complet, le duc d'Orléans accouru tout exprès de Londres, les membres du gouvernement et naturellement Necker, dont la popularité était désormais au plus bas et qui démissionna d'ailleurs peu après (le 4 septembre).

Bien qu'il connût à peine les paroles de la liturgie, Talleyrand, entouré de trois cents prêtres en étole tricolore, fit un second pas dans sa carrière en célébrant une messe aussi solennelle que grandiose. Le roi, jouant une fois de plus le jeu — et s'efforçant de répondre au désir de concorde ainsi qu'au souffle d'unité qui se manifestaient avec éclat dans cette gigantesque commémoration —, prêta serment dans un raccourci qui reprend toute la somme de ses récentes abdications : « Moi, roi des Français, je jure à la Nation d'employer le pouvoir qui m'est délégué [...] à maintenir la Constitution décrétée par l'Assemblée nationale et acceptée par moi et à faire exécuter les lois[24]. » La reine prit alors le dauphin, âgé de cinq ans, dans ses bras et, sous les acclamations (chose devenue rare pour elle), le présenta à la foule.

Louis XVI avait le jour même confié à Lafayette le commandement de toutes les Gardes nationales du pays ; mais il ne chercha pas pour autant à tirer parti d'une fête populaire dont il avait été, presque malgré lui, le spectaculaire maître de cérémonie et où, par une osmose étrange qui en inquiéta plus d'un, il s'était retrouvé en état de communion avec tous ces provinciaux, tout ce peuple, tous ces Français pour une fois rassemblés et dont beaucoup, le soir même, reprenant en chemin la toute nouvelle ritournelle du « Ah, ça ira, ça ira ! », vinrent crier sous ses fenêtres : « Régnez, Sire, régnez[25] ! »

« Si Louis XVI avait su profiter de la Fédération, reconnut Barnave, nous étions perdus[26]. » Deux raisons au moins peuvent expliquer qu'il n'ait pas saisi cette opportunité pour tenter d'inverser le cours des choses. La première raison tient à son tempérament : « S'il avait eu du caractère, souligna un témoin de la Fête, le roi aurait pu se placer à la tête des fédérés, qui étaient si bien disposés pour lui qu'un simple mot, un seul signe, aurait suffi à les rallier autour du trône et à faire d'eux des instruments dociles de l'autorité royale[27]. » Sans doute, mais cela eût signifié ce que le souverain, dans les affres de sa conscience, redoutait par-dessus tout : le risque monstrueux d'une guerre civile, avec toutes les répercussions nationales et internationales qui s'ensuivraient. Fersen, désormais confident et du roi et de la reine, et qui avait trouvé la fête de la Fédération à la fois « ridicule » et « indécente[28] », pensait, quant à lui — mais à l'évidence n'avait pas su convaincre son royal interlocuteur —, qu'« il n'y avait qu'une guerre extérieure ou intérieure qui pût rétablir la France et l'autorité royale[29] ». La seconde explication, qui n'est pas contradictoire avec la première, est que Louis XVI avait *déjà* l'esprit ailleurs et songeait *déjà* à fuir une Révolution qui lui ôtait, en tant que roi, toute raison d'être et toute véritable dignité.

Le fiasco de Varennes

Devant toutes les avanies politiques qu'on lui faisait subir, Louis XVI aurait pu choisir d'abdiquer, mais une telle décision était impossible pour un monarque ayant reçu l'onction du sacre et dont le plus haut devoir était d'assumer l'héritage de sa lignée. Il fallait songer à d'autres solutions.

Réfugié à Turin, le comte d'Artois avait entretenu, de concert avec Calonne alors à Londres, le projet d'enlever le roi et sa famille afin de susciter une insurrection générale des provinces, celles-ci étant réputées plus fidèles à la monarchie que Paris et sa région ; mais le plan, difficile à mettre en œuvre, n'avait débouché sur rien de concret. Artois avait alors quitté Turin pour Coblence, devenu le principal lieu de rassemblement des émigrés français. De là viendrait peut-être le salut.

À Paris, le comte de Provence ne resta pas non plus inactif ; c'est lui, semble-t-il, qui courant 1790 poussa le fantasque marquis de Favras, ardent défenseur de la monarchie absolue, à lever trente mille hommes, en vue, là aussi, d'arracher la famille royale à sa résidence forcée des Tuileries.

L'idée, pour le moins farfelue, consistait à tuer Bailly et Lafayette (rien de moins) et à profiter de l'émotion ainsi créée dans la capitale pour conduire le roi et les siens en lieu sûr, à Péronne. Tout cela ne tenait pas debout, ne tarda pas à s'ébruiter, car l'homme était bavard, et se termina par un procès pour « conspiration » qui non seulement valut à Favras d'être pendu haut et court, mais empoisonna un peu plus l'atmosphère et plaça le frère cadet du roi dans une situation plus qu'inconfortable. Provence ne se tira de ce mauvais pas que grâce aux conseils de Mirabeau : il se rendit à la Commune de Paris et y rappela combien il avait milité pour le doublement du Tiers, ajoutant le cœur sur la main que « l'autorité royale devait être le rempart de la liberté nationale[1] ».

Fuir apparut au roi, et plus encore à la reine qui était à bout de nerfs, comme l'issue la plus simple et la moins risquée. Les choses furent concoctées dans le plus grand secret par un prélat, Mgr d'Agoult, évêque de Pamiers, et un général de choc, le marquis de Bouillé, commandant de l'armée du Rhin, le tout orchestré par le baron de Breteuil alors réfugié en Suisse : l'évêque ne rêvait que d'abolir la Constitution civile du clergé et le général n'avait pas hésité, le 31 août 1790, à mettre au pas la Garde nationale de Nancy, laissant sur le carreau plus de trois cents tués et blessés, sans compter les dizaines de coupables expédiés à la potence ou aux galères. La logistique parisienne serait, elle, confiée à Axel de Fersen : l'homme était sûr, car très proche du roi — et sans doute plus proche encore de la reine. L'affaire, cette fois, n'était pas aux mains d'amateurs écervelés.

Le prétexte de la fuite se présenta le 18 avril 1791. Louis XVI, qui ne s'entourait que de prêtres réfractaires, avait ce jour-là décidé d'aller passer les fêtes de Pâques avec les siens au château de Saint-Cloud comme cela s'était fait l'année précédente ; mais il fut empêché de quitter les Tuileries par une foule très remontée de manifestants et de grenadiers de la Garde nationale qui lui reprochaient son rejet des prêtres jureurs et semblaient en outre redouter une possible évasion car bien des rumeurs circulaient à ce sujet. Appelé à la rescousse, Lafayette, dont l'étoile commençait manifestement à pâlir, fut conspué et ne parvint pas à obtenir de la foule qu'elle laisse le passage au carrosse du souverain. La famille royale, toute dépitée, ne put que rebrousser chemin et rentrer au palais. Mais désormais les choses seraient claires aux yeux des Français comme aux yeux des puissances étrangères : Louis XVI était non seulement un roi nu, dépouillé de l'essentiel de ses prérogatives, mais un roi captif.

En attendant, et pour donner le change, le monarque éloigna de lui plusieurs des ecclésiastiques non jureurs qui composaient sa chapelle, dont son grand aumônier, le cardinal de Montmorency, et la reine écarta de son service plusieurs dames réputées pour leurs sentiments hostiles à la Révolution. Toujours pour donner le change, et afin d'endormir la méfiance des députés, le roi se rendit au Manège le 19 avril, lendemain de l'incident. S'adressant à l'Assemblée, il renouvela sa promesse de promulgation des décrets : « J'ai accepté et juré de maintenir cette Constitution dont la Constitution civile du clergé fait partie, et j'en maintiens l'exécution de tout mon pouvoir[2]. »

Si son projet de fuite l'obligeait à mentir ainsi à la représentation nationale, Louis XVI ne voulut pas partir sans dire la vérité à son peuple. Il rédigea donc de sa main un long document (qu'il préparait en fait depuis plusieurs mois) intitulé *Déclaration du roi, adressée à tous les Français à sa sortie de Paris* et qui fut remis dès le lendemain de la fuite au président de l'Assemblée. Dans ce texte touffu mais riche d'enseignements, le monarque dresse le bilan de tous les gestes qu'il a accomplis pour éviter le déclenchement d'une guerre civile ; il reproche à l'Assemblée de l'avoir de manière inconstitutionnelle dépossédé de tous ses pouvoirs, au point qu'il ne lui reste plus qu'un « simulacre » de royauté ; il s'en prend aux comités de ladite Assemblée qui entendent tout régenter, y compris la vie diplomatique et la nomination des ambassadeurs, et ne sèment pour finir que l'anarchie ; il condamne l'arrogance des clubs qui envahissent tout, s'acharnent à liquider « les derniers restes » de la royauté et exercent leur prépondérance sur « tous les corps administratifs et judiciaires, sans en excepter l'Assemblée elle-même ». Et il conclut son réquisitoire par cette envolée :

Français, est-ce là ce que vous attendiez en envoyant vos représentants à l'Assemblée nationale ? [...] revenez à votre roi [...]. Quel plaisir n'aura-t-il pas à oublier toutes ces injures personnelles et à se revoir au milieu de vous lorsqu'une Constitution, qu'il aura acceptée librement, fera que notre sainte religion sera respectée, que le gouvernement sera rétabli sur un pied stable et utile par son action, que les biens et l'état de chacun ne seront plus troublés, que les lois ne seront plus enfreintes impunément, et qu'enfin la liberté sera posée sur des bases fermes et inébranlables[3].

Hymne à l'unité nationale, à la liberté dans l'ordre, à la monarchie constitutionnelle, au compromis entre l'ancien et le nouveau, appel à des retrouvailles entre le peuple et son roi bien-aimé, tout cela, et notamment les retrouvailles, ne pouvait se faire, en bonne logique, qu'à la suite d'un retour triomphal de la famille royale à Paris — et, qui sait ? — à Versailles. Les historiens sont partagés sur la stratégie qui se cache (et en effet elle se cache bien) derrière l'escapade du roi en direction de Montmédy et des provinces belges de l'Autriche. Que visait-il au juste au terme de sa folle équipée ? Beaucoup de questions se posent à ce sujet et peu de réponses apparaissent avec netteté, excepté pour dire — et sur ce point l'accord est unanime — que Louis XVI était tout sauf un Napoléon Bonaparte ! Mais alors sur quelles forces amies, sur quels concours extérieurs, sur quel soulèvement populaire, ou peut-être sur quel appui du Ciel, comptait-il pour remettre le nouveau pouvoir à sa place et subjuguer l'immense mouvement révolutionnaire qui secouait le pays et l'avait déjà si profondément transformé ? On se perd en conjectures devant un projet aussi chimérique — si tel était bien le sien.

Ces interrogations sont d'autant plus justifiées que, jusque-là, l'Europe monarchique avait observé envers la Révolution une attitude pour le moins attentiste, analysant avec prudence la tournure des événements, consciente aussi des risques qu'une intervention armée en territoire français ferait physiquement courir à la famille royale elle-même. Mais, si Louis XVI pouvait trouver refuge dans l'est du pays ou de l'autre côté de la frontière, alors cela changeait tout : une vaste coalition pourrait se former — alliant entre autres l'Autriche, la Prusse, la Suède, l'Espagne et pourquoi pas l'Angleterre — qui mettrait la Révolution à genoux, prendrait appui sur la France profonde, renverserait le cours de l'histoire et rétablirait le roi Louis et le régime monarchique dans leurs droits immémoriaux.

Mirabeau, très écouté du roi, était lui partisan d'une perspective moins radicale, à savoir une simple retraite de la famille royale à Compiègne, mais il s'était éteint le 2 avril, à l'âge de quarante-deux ans, empoisonné ou plus vraisemblablement victime d'une péricardite ou d'une appendicite. Toujours est-il que l'option modérée avait perdu un ardent défenseur. Depuis plusieurs semaines, Fersen, tenant de l'autre option (et depuis peu agent de renseignement du roi de Suède Gustave III), avait d'ailleurs pris les devants, entretenant une correspondance nourrie avec les diverses capitales européennes et occupant de fait une place essentielle dans l'ensemble du dispositif.

Désormais tout ce qui concerne la fuite semble passer par lui. Il organise, planifie, prévoit les moindres détails :

C'est lui, écrit Évelyne Lever, qui, à Paris, se charge de faire faire des passeports, pour le roi, la reine, leurs enfants, Madame Élisabeth [la sœur du roi] et Mme de Tourzel [la gouvernante], qui voyageront ensemble ; c'est lui qui est chargé de trouver le moyen de sortir du palais si étroitement surveillé ; c'est lui qui prépare les voitures qui emmèneront la famille royale dans sa fuite éperdue ; c'est lui qui choisit ses gardes du corps ; c'est lui qui fixe l'itinéraire et c'est encore lui qui s'entend avec Bouillé pour que des troupes sûres escortent le convoi royal à partir d'un certain point[4].

Le 19 juin, Marie-Antoinette annonce à Mercy, l'inamovible ambassadeur d'Autriche, que la date du grand départ a été fixée : « Tout est décidé, nous partons lundi 20 [le lendemain donc] à minuit. Rien ne peut plus déranger ce plan[5]. » Elle se dit néanmoins chagrinée de n'avoir encore reçu aucune promesse d'assistance de son frère Léopold. Le plan annoncé à Mercy prévoit qu'on empruntera la route de Metz, tandis qu'au même moment quarante hussards envoyés par Bouillé viendront se poster à Pont-de-Sommevesle (commandés par le colonel de Choiseul, neveu de l'ancien ministre), autant à Sainte-Menehould, sans compter cent dragons à Clermont-en-Argonne et soixante autres à Varennes : leur rôle sera de protéger la berline royale jusqu'à Montmédy, où Bouillé lui-même accueillera le souverain au milieu de ses troupes, en attendant que celui-ci franchisse la frontière et rejoigne la Belgique, redevenue depuis peu territoire autrichien.

Le 20 juin donc, vers vingt et une heures, Fersen

fait venir à la porte Saint-Martin la berline qu'il a fait construire tout spécialement. Mais le faux coucher du roi a été retardé par la présence interminable de Lafayette venu longuement faire sa cour. À minuit et demi, la reine, Madame Élisabeth et le roi, déguisé en valet de chambre, montent dans une voiture de louage et rejoignent non sans difficulté, et de nouveau avec retard, la berline où Fersen a déjà installé le dauphin, sa sœur et Mme de Tourzel.

C'est alors le départ, avec un premier arrêt à Bondy, où Fersen, qui a accompagné les fugitifs, prend congé d'eux avant d'emprunter la route de Bruxelles — ce que le comte de Provence et son épouse ont déjà fait depuis plusieurs heures. Fersen ne sait pas qu'il ne reverra jamais le roi et celle pour qui il nourrit, plus ou moins en secret, de tendres sentiments. (En fait, il les reverra aux Tuileries en février 1792, lors d'un bref séjour clandestin durant lequel il essaiera en vain de convaincre le monarque de la nécessité d'une nouvelle fuite et d'un recours aux « secours étrangers[6] ».)

On connaît la suite, même si les témoignages dont on dispose sont parfois discordants. Le 21 juin, à sept heures du matin, le valet de chambre du roi s'aperçoit que son maître a disparu. Prévenu, Lafayette fait irruption chez son ami Thomas Paine et s'écrie : « Les oiseaux se sont envolés. — Fort bien, réplique Paine, j'espère qu'on n'essaiera pas de les rattraper[7]. » L'Assemblée, elle aussi, apprend la nouvelle et celle-ci se répand dans Paris qui s'enfièvre. On se demande s'il s'agit d'un enlèvement ou d'une évasion. Lafayette, pour sa part, n'a pas de doute là-dessus. Il sait les reproches de complicité, de négligence ou de lenteur qu'on va lui assener, lui qu'on appelle « Monsieur Morphée » depuis la marche des femmes sur Versailles, et il entend déjà la voix de Marat réclamant sa tête. Aussi prend-il les devants en lançant ses officiers à la poursuite des fugitifs.

Dans le cœur des Français, c'est d'abord la stupeur, ensuite l'indignation et la colère. Puis, comme l'a bien montré Alphonse Aulard, la peur finit par l'emporter et c'est elle qui explique le relativement bon accueil que dans un premier temps le peuple fera au roi lors de son retour : « La nation se sentit abandonnée, orpheline. Il lui parut que le roi avait emporté avec lui un talisman préservateur. De terribles dangers furent aperçus : la France se vit envahie et, sans chef, perdue. [Tout cela] montre combien la France était encore royaliste[8]. »

Pendant ce temps, l'escapade se poursuit. La berline, rejointe au milieu de la nuit par un cabriolet où ont pris place deux femmes de chambre de la famille royale, traverse Châlons-sur-Marne avec quatre heures de retard sur l'horaire prévu. À trois lieues de là, à Pont-de-Sommevesle, doivent normalement se trouver les quarante hussards de Choiseul. Celui-ci ne s'explique pas le retard du roi et se dit que ce dernier a dû changer d'avis ou que le plan a avorté. Ses cavaliers sont, eux, las d'attendre le « trésor » dont il leur a parlé (officiellement un convoi d'argent pour l'armée). Tous plient alors bagage, sans doute pour rejoindre Bouillé ;

mais, s'égarant dans la nuit noire et la forêt du Clermontois, ils seront victimes de chutes et autres menus incidents — Choiseul parlera du « hasard uni à la fatalité[9] ».

À huit heures du soir, les deux voitures s'arrêtent devant le relais de Sainte-Menehould. Le maître de poste, Jean-Baptiste Drouet, ne se doute encore de rien. La population, elle, que plusieurs mouvements de troupes ont alertée, s'interroge sur la livrée jaune des conducteurs de la berline — livrée aux couleurs du prince de Condé. On pense à l'évasion de riches émigrés. Le convoi reprend la route, mais à peine est-il parti que la rumeur se répand : les fugitifs ne sont autres que le roi et sa famille. Ce sont les postillons successifs qui ont fait courir le bruit. Drouet, qui pour l'heure n'a reconnu personne, est convoqué à l'hôtel de ville, on lui montre un assignat où figure l'effigie de Louis XVI : pas de doute, c'est bien le roi.

Soucieux de se faire pardonner son manque de flair, il se lance, en compagnie d'un dragon nommé Guillaume, à la poursuite des voitures royales et emprunte des raccourcis, ce qui lui permet d'atteindre Varennes-en-Argonne avant l'arrivée du convoi et de prévenir les autorités : à quelques minutes près, ils ont réussi, et ces quelques minutes vont tout changer, et le sort du roi et sans doute l'avenir du pays. Lorsque, vers dix heures du soir, la famille royale parvient à l'entrée de la bourgade, le pont est barré. Appelé sur les lieux, le procureur-syndic de Varennes, Jean-Baptiste Sauce, demande alors à examiner les passeports et notamment celui du voyageur principal.

Tout paraissant à peu près régulier, on s'apprêtait, après une courte nuit, à laisser repartir les voyageurs quand un habitant de la ville, le juge Jacques Destez, qui avait séjourné à Versailles et avait déjà croisé Louis XVI, le reconnut formellement : « "Ah, Sire, lança-t-il tout en fléchissant le genou. — Eh bien, oui ! Je suis le roi, voilà la reine et la famille royale"[10]. » Le souverain eut beau expliquer à son auditoire qu'il venait vivre « parmi eux » et n'avait pour dessein que de gagner Montmédy afin d'y installer sa famille, personne ne le crut, d'autant que sur ces entrefaites venait d'arriver le maître de poste de Châlons, porteur d'un décret de l'Assemblée qui enjoignait aux autorités d'arrêter les fuyards. Le colonel de Choiseul, qui avait retrouvé son chemin, était là, lui aussi ; il proposa au roi de faire dégager la ville par la force. Celui-ci dit qu'il préférait attendre l'arrivée de Bouillé et de ses huit cents cavaliers dont le camp avait été établi non loin de là, à Stenay. Mais Bouillé ne vint pas ! Les hussards, mis en place à Varennes le matin même vers dix heures, eurent donc quartier libre et s'empressèrent de pactiser avec la population. Le lieutenant Bouillé, fils du général, était pourtant l'un de leurs officiers.

Louis XVI avait joué et perdu. « Il n'y a plus de roi en France[11] », lâcha-t-il, lucide, à la reine. Politiquement, le voyage vers Montmédy, entaché de zones d'ombre et de cafouillages multiples, était un fiasco et l'arrestation à Varennes peut à juste titre être regardée comme l'un des grands tournants de la Révolution. Sans cette tentative, qui sait si n'aurait pu s'établir en France une forme équilibrée de monarchie constitutionnelle, disons à l'anglaise, où chacune des parties prenantes aurait finalement, et de manière pacifique, trouvé son compte ? Et si au contraire la tentative avait réussi, tous les Bourbons de France trouvant refuge à l'étranger, peut-être aurait-on permis à la république de s'établir dans une plus grande sérénité et peut-être aurait-on aussi évité tous les déchirements qui allaient bientôt survenir — la chute du trône, les « massacres de Septembre », le procès et la mort du roi, la Terreur. Mais la cavale avait eu lieu et elle avait échoué : désormais plus rien ne serait comme avant. Un ressort profond était cassé, celui de l'*indivisibilité* du roi et de la France. C'est cette union intime que Varennes « assassine », pour reprendre l'expression si juste de Mona Ozouf. Car, explique-t-elle, cette journée capitale

> présente aux yeux de tous la séparation du roi et de la nation : le premier, tel un vulgaire émigré, a couru clandestinement à la frontière ; la seconde rejette désormais comme dérisoire son identification au corps du roi, qu'aucune restauration ne parviendra plus à faire revivre ; par où, bien avant la mise à mort du roi, elle accomplit la mort de la royauté[12].

Informée le 22 juin au soir des événements de Varennes, l'Assemblée envoie aussitôt trois émissaires, Barnave, Pétion et Latour-Maubourg, à la rencontre de la famille royale. La jonction s'opère au soir du 23 à Dormans, à l'ouest d'Épernay. Après une nuit passée à Meaux, et tandis que l'Assemblée décrète la suspension du roi, le cortège reprend la route de Paris où une foule immense et nerveuse s'est massée le long des boulevards. La berline du roi traverse la ville, encadrée par une haie de la Garde nationale, mais les crosses sont en l'air, comme en signe de deuil. Côté ordre public, les autorités ont pris par voie d'affiche des dispositions à la fois sévères et qui en disent long sur l'état d'esprit des Français en cet instant crucial : « Quiconque applaudira le roi sera bastonné, quiconque l'insultera sera pendu[13]. » Bastonné dans un cas, pendu dans l'autre, la balance n'était pas égale : à l'évidence, malgré la désertion du prince, l'heure n'était pas encore à l'enterrement de la monarchie et, en dépit des injures diverses qui nonobstant l'interdiction fusaient de la foule (surtout à l'adresse de Marie-Antoinette, « la bougresse, « la garce[14] »), cela dut rassurer quelque peu le roi sur le sort qui l'attendait, lui et les siens, une fois de retour aux Tuileries.

Les témoins de ce retour au bercail furent étonnés de la placidité de Louis XVI : « Il semblait, nota Pétion, que le roi revenait d'une partie de chasse [...] il était tout aussi flegme, tout aussi tranquille que si rien n'était arrivé [...] j'étais confondu de ce que je voyais[15]. » Du côté de la reine, il en alla tout autrement ; elle découvrit en se mirant dans une glace que ses cheveux avaient blanchi.

Le peu brillant général Bouillé avait, lui, gagné

le Luxembourg, et c'est de là que le 26 juin, compensant par la force des mots la faiblesse de son action, il envoya une lettre incendiaire à l'Assemblée, se désignant — sans doute pour couvrir le monarque — comme le seul maître d'œuvre de l'escapade ratée du roi et prévenant que, si l'on portait atteinte à la famille royale, « avant peu il ne resterait pas pierre sur pierre à Paris[16] » !

Ce message n'eut pas pour effet de calmer les esprits. Certains voulurent mettre le roi et la reine en accusation, mais l'Assemblée, craignant les retombées d'une pareille inculpation, décida de les faire simplement « entendre » par une commission et de leur permettre ainsi de s'expliquer sur ce que les uns appelaient leur « enlèvement » et les autres leur « départ forcé ». Louis XVI se contenta de dire aux commissaires qu'il n'avait jamais projeté de quitter le territoire national, ajoutant pour prouver sa bonne foi : « Si j'avais eu l'intention de sortir du royaume, je n'aurais pas publié mon mémoire le jour même de mon départ, mais j'aurais attendu d'être en dehors des frontières[17]. » Et on le crut ou on fit mine de le croire. Quinze jours plus tard, le 16 juillet, on lui fit savoir qu'il était innocenté, que seuls les comparses seraient poursuivis et qu'il serait rétabli dans ses fonctions dès lors qu'il aurait approuvé la nouvelle constitution à laquelle l'Assemblée était en train de mettre la dernière main.

*

Lentement mais sûrement, et même s'il y a loin du rêve à sa mise en œuvre, l'idée républicaine commence alors, malgré l'indulgent sursis accordé à Louis XVI, à faire son chemin. Le 24 juin, pendant le retour piteux du roi, une pétition réclamant l'instauration de la république a réuni à Paris trente mille signatures. Trois jours plus tard, les Jacobins de Montpellier réclament, à leur tour, la création d'une république. Mais ces aspirations ne sont pour l'heure que celles d'une petite minorité. La masse des Français se sent plutôt rassérénée de voir le monarque revenu vers son peuple et vers son trône. Thomas Paine et ses amis — Condorcet, Duchâtelet, Brissot, directeur du *Patriote français*, et Nicolas de Bonneville, cofondateur du Cercle social — comprennent mal la logique d'une nation et surtout d'une classe dirigeante qui continuent de faire risette à un roi félon qui les a si opportunément soulagés de sa présence. Dans les derniers jours de juin, ils décident de passer à l'acte et fondent, première manifestation concrète de l'esprit républicain, un nouveau club aux idées plus avancées encore que celui des Jacobins : la *Société républicaine.* Ce club ne comptera jamais plus de cinq membres et n'aura qu'une existence éphémère, mais, grâce à la plume acérée du pamphlétaire Thomas Paine, voilà qu'il élabore un manifeste républicain et appelle les Français, dans l'esprit de la Déclaration américaine d'indépendance, à en finir avec une monarchie qui ne leur a valu qu'une « longue suite de malheurs publics ». Le reste de la proclamation est de la même eau :

> La nation ne peut jamais rendre sa confiance à un homme qui, infidèle à ses fonctions, parjure à ses serments, ourdit une fuite clandestine, obtient frauduleusement un passeport, cache un roi de France sous le déguisement d'un domestique, dirige sa course vers une frontière plus que suspecte, couverte de transfuges, et médite évidemment de ne rentrer dans nos états qu'avec une force capable de nous dicter sa loi [...]. La grandeur de la nation ne consiste pas, comme le disent les rois, dans la splendeur du trône, mais dans un sentiment énergique de sa dignité, et dans le mépris de ces folies royales qui, jusqu'à présent, ont ravagé l'Europe[18].

Cet appel, qui propose pour finir une proclamation immédiate de la république et une déposition non violente de « Louis Capet », fut aussitôt placardé sur les murs de la capitale et, dans la matinée du 1er juillet 1791, cloué sur le portail même de l'Assemblée nationale. L'initiative suscita un vif émoi parmi les députés, car, explique le publiciste Étienne Dumont, « l'idée d'une république ne s'était offerte directement à personne et ce premier signal jeta l'effroi dans le côté droit et parmi les modérés du côté gauche[19] ». Malouet, député de Riom, parla d'un « violent outrage » à la Constitution et à l'ordre public ; Martineau, élu de Paris, exigea l'arrestation immédiate des auteurs de l'affiche ; quant à Robespierre, il s'écriera quelques jours plus tard devant le club des Jacobins : « On m'a accusé au sein de l'Assemblée d'être républicain. On m'a fait trop d'honneur, je ne le suis pas[20] » !

Apparemment, il reste alors bien du chemin à parcourir pour tourner le dos à la monarchie, mais les choses vont aller plus vite que ce qu'on pouvait prévoir, car dans ses profondeurs l'opinion bouge, les clubs s'en font l'écho, les intellectuels et les responsables politiques s'interrogent. Condorcet pressent qu'il ne faut pas tarder et le fait savoir dès le 9 juillet devant le Cercle social : « Si l'on fait une république à présent, pendant que l'Assemblée jouit de la toute-puissance, le passage ne sera point difficile ; et il vaut mieux qu'elle se fasse en ce moment où le roi, par sa situation, ne tient plus à rien, que lorsqu'on lui aura rendu assez de puissance pour que sa chute soit un effort[21]. »

Mais la transition va être moins paisible que ne l'imagine Condorcet. À Paris, la deuxième fête de la Fédération se déroule sans accroc. Mais, le surlendemain 16 juillet, les Jacobins se divisent sur la question de la république et l'aile majoritaire, hostile à un changement de régime et rassemblée autour de Lafayette, s'en va et crée le club des Feuillants. Le 17, le club des Cordeliers, que dirigent Danton, Marat et Camille Desmoulins, et qui a lancé une pétition en faveur de la république, porte son texte et les six mille signatures recueillies sur l'autel de la Patrie qu'on a érigé au Champ-de-Mars pour le 14 juillet : la pétition demande que le sort du roi soit confié à la *vox populi*. Une foule imposante et agressive est là. L'Assemblée, qui craint des débordements, ordonne la dispersion immédiate. Bailly, le maire, proclame la loi martiale et Lafayette fait donner la Garde nationale. La troupe, sur qui s'abat une pluie de projectiles, tire sans sommation malgré les ordres reçus et fait plus de cinquante morts parmi les manifestants. Le « massacre du Champ-de-Mars », comme on va appeler ce sanglant épisode, aggrave aussitôt la cassure entre révolutionnaires modérés et partisans d'un changement plus radical. Les Cordeliers sont fermés, Marat se terre, Danton se réfugie outre-Manche. Quant à Lafayette et Bailly, qui ont trempé leurs mains dans le sang du peuple, leur nom figurera bientôt, figure déjà, sur la liste noire des adversaires de la Révolution. L'automne venu, Bailly démissionnera de ses fonctions de maire et Lafayette, candidat à sa succession, sera battu au profit d'un révolutionnaire bon teint et nettement plus à gauche, Jérôme Pétion.

Le 8 août, la Constituante, prenant en compte le fameux manifeste royal où Louis XVI a consigné sa pensée politique, se remet au travail et s'efforce d'élaborer un texte de compromis, acceptable par le roi et qui donc permette la cohabitation de certaines aspirations nouvelles avec le maintien du régime monarchique existant. Précédée de la Déclaration des droits de l'homme et du citoyen de 1789, la mouture finale de ce qu'on appelle depuis lors la « Constitution de 1791 » reconnaissait l'« inviolabilité » du roi, représentant héréditaire de la Nation, et sa prééminence à la tête de l'administration et des armées comme dans la nomination des diplomates et de certains généraux. La Constitution civile du clergé était écartée du texte constitutionnel et ramenée au statut de loi ordinaire, le système électoral défini comme censitaire et les ministres choisis par le roi hors de l'Assemblée. Les pouvoirs étaient séparés de façon étanche, l'essentiel de l'autorité revenant à l'Assemblée, élue pour deux ans et indissoluble ; mais rien n'était prévu en cas de désaccord entre l'exécutif et le législatif. Le roi ne pouvait dissoudre l'Assemblée et celle-ci n'avait, sauf à les traduire devant la Haute Cour, aucun moyen de censurer les ministres — et, derrière eux, l'action du roi. C'est ce texte plutôt conservateur et mal ficelé qui, au grand mécontentement de la gauche, de l'extrême gauche et des quelques monarchistes qui n'avaient pas encore fui le pays, fut adopté par l'Assemblée le 3 septembre et aussitôt porté en grande pompe aux Tuileries.

Louis XVI, qui eût souhaité un texte encore plus à sa convenance, se hâta lentement, tergiversa, souleva diverses objections, notamment au sujet de l'excessive division des pouvoirs ; mais, n'ayant guère le choix, il prêta serment le 14, espérant que des améliorations pourraient être apportées par la suite à ce document que Marie-Antoinette, plus que réticente, qualifiait, pour sa part, de « tissu d'insolences et d'absurdités impraticables[22] ». Au moment de jurer, le sang du roi se glaça, car les députés, contrairement à toute la tradition protocolaire, y compris celle des états généraux, venaient de s'asseoir et étaient restés couverts ! Outré, il s'assit à son tour, et vécut comme une maigre consolation à cette révolution d'étiquette et à cet affront public sans précédent le vote par l'Assemblée d'un décret d'amnistie concernant les inculpés de Varennes et les pétitionnaires du Champ-de-Mars. « Tout est perdu[23] ! » confia-t-il à Marie-Antoinette une fois revenu aux Tuileries.

C'est dans cette atmosphère ambiguë — et qui derrière les apparences sentait la fin de règne — que le 30 septembre 1791 l'Assemblée constituante tint son ultime séance. Dès le lendemain, 1er octobre, allait commencer l'ère décisive de la Législative.

Mais la France n'était pas seule et l'Europe la regardait, tandis que les émigrés, de plus en plus nombreux, rêvaient de revanche. Le 27 août, sous la pression et en présence du comte d'Artois, et à la grande mais muette satisfaction de Marie-Antoinette qui ne rêvait que d'une intervention armée des puissances étrangères, l'empereur Léopold II et le roi de Prusse Frédéric-Guillaume s'étaient rencontrés en Saxe, à Pillnitz. Dans une déclaration commune, ils avaient invité tous les souverains européens à « agir d'urgence au cas où ils seraient prêts », afin d'organiser des représailles si l'Assemblée n'adoptait pas une constitution conforme « aux droits des souverains et au bien-être de la nation française[24] ». En attendant, concluaient-ils, ils ne manqueraient pas de donner « à leurs troupes les ordres convenables pour qu'ils soient à portée de se mettre en activité[25] ». Il ne s'agissait là que d'un avertissement, mais Provence et Artois commirent l'imprudence d'envoyer le texte de la déclaration de Pillnitz à leur frère tout en faisant diffuser une lettre ouverte dans laquelle ils incitaient le roi à rejeter le projet de constitution et laissaient entendre qu'ils n'obéiraient plus à un souverain forcé de prêter serment et privé de sa pleine souveraineté.

Louis XVI fut d'autant plus affligé et exaspéré par cette démarche qu'il venait d'adresser à ses frères une missive secrète dans laquelle il leur expliquait qu'il préférait jouer la carte difficile, aléatoire, mais pacifique de la *réunion* des Français plutôt que celle, aux conséquences incalculables, du recours à la *force* — et donc à l'aide extérieure. Il leur fit aussitôt savoir à quel point il blâmait leur attitude : « Ainsi vous allez me montrer à la Nation acceptant d'une main et sollicitant les puissances étrangères de l'autre. Quel homme vertueux peut estimer une pareille conduite[26] ? »

La vertu, toujours elle, contre la violence et la politique du pire ; le risque non sanglant de l'échec plutôt que celui du déshonneur et du sang versé : tel fut, au double nom du calcul politique et des valeurs morales qui étaient les siennes, le choix, naïf ou noble, de Louis XVI — un choix que, dans la période cruciale qui s'ouvrait, il aurait beaucoup de mal à maintenir et que le destin s'apprêtait à ne pas ratifier. Le sang, celui de ses sujets et bientôt le sien, allait cimenter la république.

Fin de partie

« Vous êtes sur terre, c'est sans remède[1]. » Ainsi parlait Samuel Beckett. Et c'est sans doute ce sentiment cruel qui habita le cœur de Louis XVI durant les derniers mois de son règne — un Louis XVI toujours roi de France ou des Français, mais roi constitutionnel, roi affaibli, roi toléré, roi embastillé dans son palais, de plus en plus abandonné par son peuple et surtout par ce à quoi il croyait le plus : la Providence.

La nouvelle Assemblée, qui — idée proposée par Robespierre — ne comporte aucun des membres ayant siégé à la Constituante, est donc, pour son malheur sans doute, composée de novices en politique. Les nouveaux députés ont été élus par quelque quatre millions d'« électeurs actifs », c'est-à-dire payant en impôts directs l'équivalent de dix journées de travail, eux-mêmes ayant été désignés par des collèges de « citoyens actifs », c'est-à-dire âgés d'au moins vingt-cinq ans et versant en impôts l'équivalent d'au moins trois journées de travail. Fruit de ce système censitaire à deux degrés (vivement critiqué à gauche), l'Assemblée législative a entamé sa carrière dès le 1er octobre et a solennellement ouvert ses travaux le 7 en présence du roi, les députés restant cette fois debout et découverts ! Sa configuration est inédite : 264 élus se sont inscrits au groupe des Feuillants, 136 à celui des Jacobins et il y a 345 non inscrits, qui le plus souvent se rangeront du côté des Jacobins.

Ni le roi ni les nouveaux députés ne se doutent des épreuves qui attendent le pays et qui vont se traduire, sans que personne puisse enrayer le mouvement, par une extraordinaire fuite en avant de la Révolution.

Fin 1791, tout se radicalise, les divisions s'accroissent au sein de l'opinion, des troubles éclatent en divers lieux, dont Avignon, et l'agitation va même d'ici peu gagner les Antilles, réduisant les arrivages de sucre et de café. Les prix de ces denrées s'envolent et des émeutes se produisent à Paris. La valeur des assignats continue de se dégrader. L'argent rentre mal dans les caisses de l'État. Le prix du blé augmente. Des crises d'approvisionnement affectent plusieurs régions et créent de vives tensions. L'augmentation du nombre des émigrés désorganise divers secteurs de la vie économique, et tandis que la classe politique chante les vertus du libéralisme, le peuple a faim et demande une régulation des prix, mais nul ou presque ne l'écoute.

Aux difficultés économiques et sociales vinrent s'ajouter les discordes politiques et les menaces de guerre. Le 30 octobre et le 9 novembre, l'Assemblée adopta deux décrets sur l'émigration qui allaient dans le même sens : le premier exigeait du comte de Provence qu'il regagne la France dans les deux mois, sous peine de perdre ses droits à la régence. Certains auraient voulu aller plus loin et rêvaient, pour sauver la monarchie, d'en finir avec cette lignée et d'offrir le trône à la maison d'Orléans, mais les esprits n'étaient pas mûrs pour une pareille révolution de palais. Le second décret demandait à l'ensemble des émigrés de rentrer au pays, faute de quoi ils tomberaient sous l'accusation de « conjuration contre la France[2] » et seraient passibles de la peine de mort. Le 11 novembre, le roi ratifia le premier décret, sachant fort bien que son frère ne s'y plierait pas, mais opposa son veto au second, mettant ainsi à mal le fragile équilibre constitutionnel entre les deux pouvoirs. Il brandira à nouveau son droit de veto le 19 décembre, annonçant qu'il dirait non à un autre arrêté visant cette fois à rendre obligatoire le serment civique pour les prêtres réfractaires. L'Assemblée se vengera trois semaines plus tard en décidant la confiscation des biens des émigrés au profit de la Nation. La guerre des nerfs n'en était qu'à ses débuts.

Mais une autre menace de guerre occupait tous les esprits, celle que laissait planer l'attitude des puissances étrangères, aiguillonnées en leur sein par la masse turbulente des émigrés — avec, au cœur du débat, la question de savoir qui, de la France ou des autres, devait dégainer en premier. Ni Louis XVI ni Robespierre, l'étoile montante de l'Assemblée, ne souhaitaient le déclenchement d'un conflit. Le premier ne croyait pas aux vertus de la violence internationale, le second redoutait qu'une défaite éventuelle de la France n'enterre tous les acquis de la Révolution et, intuition prophétique, ne débouche à terme sur une dictature militaire ! D'autres, comme Brissot, soucieux de ranimer la flamme patriotique et de faire oublier la crise économique et sociale, demandaient que la France déclare sans tarder la guerre à l'Autriche afin de tuer dans l'œuf toutes les velléités agressives de l'empereur et de ses alliés.

Le 21 janvier 1792, l'Assemblée demande au roi, qui s'exécute, d'adresser à Léopold II un avertissement solennel, le sommant de dénoncer la déclaration de Pillnitz et de manifester à l'égard de la France une attitude plus pacifique. Un délai d'un mois et demi lui est accordé, au-delà duquel son silence sera considéré comme une déclaration de guerre. Quelques semaines plus tôt, le 14 décembre, Louis XVI avait également envoyé un ultimatum à l'archevêque électeur de Trèves, lui donnant un mois pour disperser les rassemblements d'émigrés sur son territoire. Léopold ne répondra pas à la sommation du 21 janvier, car il tombe malade et meurt subitement le 1er mars, deux semaines toutefois après avoir signé avec la Prusse un traité d'alliance inédit et important qui ne manqua pas d'inquiéter les révolutionnaires français. Il est aussitôt remplacé par son fils aîné qui prend le nom de François II. L'homme, neveu de Marie-Antoinette, a vingt-quatre ans, passe pour un prince brutal et « militaire dans l'âme » qui entend faire plier la Révolution française : « Il est temps, dit-il, de mettre la France ou dans la nécessité de s'exécuter, ou de nous faire la guerre, ou de nous mettre en droit de la lui faire[3]. » Une autre disparition vient montrer à quel point l'Europe est en fièvre : l'assassinat, le 16 mars, en plein bal masqué, du roi de Suède Gustave III.

À Paris, on soupçonne la reine et ses correspondances secrètes d'être pour quelque chose dans le raidissement de l'Autriche à l'égard de la France, et certains Girondins*, dont Condorcet, Pétion, Lafayette, Sieyès, menacent de la traîner devant la Haute Cour, car, contrairement à son mari, elle ne jouit pas, elle, de l'inviolabilité. Le couple royal prend peur et, une fois de plus (mais pouvait-il faire autrement ?), le roi cède, renvoie ses ministres modérés, à l'exception du colonel de Grave maintenu à la Guerre, et nomme une nouvelle équipe principalement composée de Girondins : Roland de La Platière (époux de la célèbre Mme Roland) à l'Intérieur, Clavière — banquier suisse comme Necker ! — aux Finances, et surtout le lieutenant général Dumouriez aux Affaires étrangères.

Le 25 mars, un ultimatum est envoyé à François II, le sommant de chasser les émigrants français de son pays. Aucune réponse. Le 20 avril, le roi, qui seul possède ce droit, accepte, à la demande quasi unanime de l'Assemblée et parce que ce recours à la violence armée n'est pas de son fait, de déclarer la guerre, non à l'Autriche car François II

* À l'Assemblée, on appelait « Girondins » le groupe, alors majoritaire, opposé aux Jacobins, car plusieurs de ses membres — Vergniaud, Guadet, Gensonné — étaient des députés de ce département.

n'a pas encore été officiellement couronné empereur, mais « au roi de Bohême et de Hongrie ». Louis XVI sait que l'armée française n'est plus ce qu'elle était : elle dispose certes de cent soixante mille hommes, mais est minée par l'indiscipline et l'anarchie et, en raison de l'émigration, a perdu près des deux tiers de ses officiers. Dans cette affaire qui le désespère, il joue (contre son gré) à la fois gagnant et perdant. Si la France l'emporte, il sortira renforcé de l'épreuve ; si elle perd (et c'est l'espoir de Marie-Antoinette), il sera libéré et pourra retrouver, grâce à l'appui des vainqueurs, l'ensemble de ses pouvoirs monarchiques traditionnels : beaucoup lui reprocheront ce « double jeu ». L'Assemblée pense, elle, que la France écrasera sans grande difficulté la « mousqueterie » ennemie et Dumouriez, lui aussi convaincu de l'impéritie des troupes autrichiennes, partage le même sentiment — sans compter qu'il se verrait bien, en tant que sauveur de la monarchie constitutionnelle, occuper une place de choix dans la future vie politique du pays. Ce que personne ne sait, c'est que ce conflit va se poursuivre, avec quelques brèves accalmies, pendant vingt-trois ans, jusqu'à la chute finale de Napoléon en juin 1815 !

Sur le plan militaire, les choses vont plutôt mal commencer et chacun se demande si les premiers revers subis par l'armée sont dus à l'impréparation des troupes françaises ou à la supériorité technique des Austro-Prussiens. Toujours est-il, explique Jean-Christian Petitfils, « que les troupes de Théobald de Dillon, par peur d'entrer en contact avec l'ennemi, se débandèrent piteusement près de Tournai et lynchèrent leur général, que Biron fut battu devant Valenciennes, que La Fayette recula devant les uhlans, que Rochambeau, le héros de Yorktown, chef de l'armée du Nord, démissionna et que trois régiments, dont le Royal-Allemand, passèrent à l'ennemi[4] ».

Ces nouvelles désastreuses jetèrent le désarroi dans l'Assemblée et dans l'opinion, exacerbant les luttes de clans et ouvrant une ère nouvelle, une ère terrible : celle du *soupçon.* On se mit à montrer du doigt le prétendu « comité autrichien » qui, dans les salons feutrés des Tuileries, travaillait secrètement à la défaite de la France. Le 29 mai, l'Assemblée décida de renvoyer les six mille hommes de la garde du roi, jugés peu sûrs et prêts à comploter contre la Révolution. Deux jours plus tôt, les députés, s'en prenant à un autre bouc émissaire, avaient décrété que tout prêtre réfractaire pourrait être déporté dès lors que la demande émanerait de vingt citoyens actifs du canton concerné.

L'Assemblée se méfiait aussi de la rue, de plus en plus nerveuse et de plus en plus manipulée par les « sans-culottes », ces révolutionnaires radicaux qui, pour se démarquer des « bourgeois » de la Législative, avaient remplacé la culotte aristocratique par le pantalon et la veste courte (ou « carmagnole ») des gens du peuple. Il fut donc décidé que vingt mille « fédérés » seraient recrutés et stationnés à proximité de Paris, au motif officiel que cela permettrait d'envoyer au front les quelques troupes restées en garnison dans la capitale. Mais cette mesure ne trompa personne : les Parisiens y virent une marque de défiance et Dumouriez, non consulté, était furieux. Le roi, lui, avait moins le souci de protéger les députés ou même les Tuileries contre les violences de la rue que de renforcer la protection de nos frontières. Le 11 juin, il opposa son veto à la création du camp des fédérés et, faisant d'une pierre deux coups, rejeta le décret du 27 mai sur la déportation des prêtres non jureurs.

Le 10 juin, Roland, pourtant son propre ministre, lui avait adressé une lettre étonnamment irrespectueuse, et même lourde de menaces, dans laquelle il le conjurait de renoncer à son double veto : « Encore quelque délai, écrivait-il, et le peuple contristé croira apercevoir dans son roi l'ami et le complice des conspirateurs[5]. » On croit rêver ! Dès le lendemain, Louis XVI, pour une fois hors de lui, renvoie plusieurs membres du gouvernement, dont Roland et Clavière, et fait de Dumouriez son nouveau ministre de la Guerre. Celui-ci, bientôt conspué par une Assemblée qui s'empresse d'assurer les ministres congédiés de « la confiance de la Nation[6] », supplie le roi de revenir sur son veto afin de calmer la représentation nationale. Refus du monarque. Dumouriez propose alors sa démission. À la surprise de l'intéressé, le roi l'accepte, prie le général de prendre un commandement dans l'armée du Nord et lui demande de rejoindre le front. Il nomme alors un nouveau ministère composé d'illustres inconnus du parti feuillant, lesquels un mois plus tard devront à leur tour céder leur place à une nouvelle équipe tout aussi inconsistante : aucun grand nom ne veut plus participer à un pouvoir qui, hormis l'entêtement royal, semble avoir perdu toute réalité.

Les Jacobins, comme les Girondins, étaient ulcérés, mais eux rêvaient de faire intervenir la rue, puisque plus personne n'avait l'oreille du roi — ni ses ministres, ni les représentants du peuple. Ils choisirent le 20 juin, troisième anniversaire du serment du Jeu de paume, pour ameuter une foule de plusieurs milliers de manifestants venus des faubourgs Saint-Antoine, Saint-Marceau, des quartiers de Montreuil et de l'Observatoire, et pour la faire confluer d'abord vers l'Assemblée, où ils protestent contre la mauvaise gestion de la guerre, puis vers le palais des Tuileries, où, conduits par le brasseur Antoine Santerre, ils pénètrent en masse, sans rencontrer de véritable résistance.

Après avoir fait mettre sa femme et ses enfants en lieu sûr, Louis XVI, imperturbable, vient à ses risques et périls, et au milieu d'un immense tohubohu insurrectionnel, se mêler aux protestataires qu'il reçoit dans l'Œil-de-Bœuf, antichambre de la grande salle de parade. Ceux-ci se disent porteurs d'une pétition et exigent du souverain qu'il lève son veto et rappelle les ministres congédiés. En attendant — et l'occupation des lieux dura de deux heures de l'après-midi à dix heures du soir —, ils le contraignent à porter le bonnet phrygien, à s'orner du ruban tricolore et à boire (de l'eau ou du vin ? on ne sait) à la santé du peuple. Le roi, juché sur une banquette pour mieux voir et mieux respirer, se prête d'assez bonne grâce à ce jeu de rôle, mais, sur le fond des choses, il tient bon et ne cède sur rien. Son calme est impressionnant : « La force ne fera rien sur moi, dit-il, je suis au-dessus de la terreur[7]. » Et pendant tout ce temps, les dignitaires de l'Assemblée, comme ceux de l'Hôtel de Ville, pétrifiés (ou, pour certains, réjouis), gardent le silence, et c'est seulement au bout de trois heures de siège que le maire, Pétion, vient tout penaud aux nouvelles : « Le peuple, dit-il, s'est présenté avec dignité ; le peuple sortira de même ; que votre Majesté soit tranquille[8]. »

L'Assemblée sortit plutôt discréditée de l'épreuve et l'extraordinaire sang-froid du souverain ainsi que son cran et sa détermination renforcèrent pour quelque temps encore son image aux yeux de l'opinion. Mais désormais, ne tablant plus guère sur ses ministres et ne comptant plus guère sur la représentation nationale, il était seul, non pas face au vaste peuple qu'il aimait, mais face à la rue. « Je m'attends à la mort », reconnut-il alors, persuadé que son petit regain de popularité n'aurait pas de suite. Quelques jours plus tôt, il avait confié à un prêtre : « Tout est fini pour moi parmi les hommes ; c'est vers le Ciel que se tournent mes regards[9]. »

Toujours en décalage avec l'événement, Lafayette, qui commandait l'armée du Centre (de la Moselle aux Vosges) et qui le 16 juin avait adressé à l'Assemblée une lettre très virulente où il s'en prenait, entre autres choses, aux menées jacobines, apprend ce qui s'est passé aux Tuileries et décide de voler au secours d'un roi qui, nous l'avons vu, s'est fort bien tiré d'affaire tout seul. Son idée, qu'il expose au souverain, est de tenter avec les gardes nationaux un coup d'État contre les Jacobins. Louis XVI le décourage aussitôt et lui représente l'inutilité et les dangers d'une semblable entreprise. « M. de La Fayette veut nous sauver, lance Marie-Antoinette (qui ne le porte pas dans son cœur), mais qui nous sauvera de M. de La Fayette[10] ? » Le marquis tint malgré tout, le lendemain, à réunir ses amis de la Garde nationale aux Champs-Élysées : seule une poignée d'entre eux se présenta. Cet homme qui avait tant compté n'existait plus. Il regagna, bredouille et dépité, son quartier général.

Soucieuse de réparer sa coupable inaction du 20 juin, l'Assemblée entame, le 6 juillet, des poursuites contre les auteurs de la manifestation — qui ne donneront rien — et suspend le maire — qu'elle rétablira dans ses fonctions une semaine plus tard. Cette valse-hésitation sent le double jeu et montre bien qu'à ce stade l'Assemblée ne sait plus où donner de la tête. Elle montre surtout que le véritable pouvoir est désormais ailleurs, ni en son sein ni dans la personne du roi. La preuve de cette situation nouvelle est apportée dès le 14 juillet, lors de la troisième commémoration, au Champ-de-Mars, de la prise de la Bastille. Les fédérés sont venus en nombre de toute la France et la presse estimera à quelque cinquante mille personnes la foule de ces provinciaux et des sans-culottes venus grossir leurs rangs. Pétion est acclamé ; le roi, qui cette fois passe pour ainsi dire inaperçu, renouvelle rituellement son serment à la constitution et rentre aux Tuileries. Il ne sait pas (ou peut-être le sait-il) que, misant sur la présence de cette multitude hostile, les Jacobins s'apprêtent à donner le coup de grâce à une monarchie qui, chacun le pressent, ne tient plus qu'à un fil. Les fédérés et leurs alliés parisiens ne perdent pas de temps : le 17 juillet, ils remettent à l'Assemblée une pétition réclamant la suspension pure et simple du roi.

En cet instant critique de la Révolution, seule une victoire des puissances étrangères paraît capable d'assurer le salut du régime, et c'est cette question qui va désormais être au cœur du débat et de l'action politiques. Dès le 11 juillet, apprenant la percée des forces autrichiennes et prussiennes dans le Nord (où Orchies et Bavay sont en passe de tomber), l'Assemblée a proclamé « la Patrie en danger ». Le 25 juillet, le duc de Brunswick, qui commande une armée de soixante-quinze mille hommes et a concentré ses forces en Rhénanie, signe à Coblence un manifeste resté fameux et qui va mettre le feu aux poudres. Si le moindre mal est fait à la famille royale, avertit le généralissime, et si les Parisiens ne se soumettent pas « immédiatement et sans condition à leur roi », Paris sera promis « à une exécution militaire et à une subversion totale, et les révoltés [...] aux supplices qu'ils méritent[11] ».

La diffusion du texte déchaîne la colère des Parisiens et provoque chez eux une double psychose : celle de la peur et celle de la vengeance, qui vont se nourrir mutuellement. D'aucuns s'avisent alors que Marie-Antoinette ne serait peut-être pas étrangère à l'idée du manifeste de Brunswick : n'a-t-elle pas récemment écrit à Mercy que, divers révolutionnaires ayant formulé le projet d'assassiner le roi, « il serait nécessaire qu'un manifeste rendît l'Assemblée nationale et Paris responsables de ses jours et de ceux de sa famille[12] » ? Et Louis XVI n'a-t-il pas, lui aussi, voici quelques mois, demandé au journaliste genevois Mallet du Pan, puis au marquis de Limon, de rédiger un texte allant dans le même sens ? La thèse du « comité autrichien » peut à nouveau être brandie, et elle l'est.

Paris est en ébullition. Le 29 juillet, Robespierre, devant les Jacobins, a réclamé à son tour la déchéance du roi, imité le 3 août par Pétion au nom des quarante-sept « sections » (c'est-à-dire quartiers) de Paris. Les régiments suisses casernés à Courbevoie et à Rueil viennent en renfort assurer la protection des Tuileries. Le 9 août, l'Assemblée, qui la veille a rejeté un décret d'accusation contre Lafayette proposé par Brissot, se sépare sans s'être prononcée sur la pétition des sections parisiennes.

À minuit, le tocsin sonne et ouvre sur une note lugubre la journée décisive du 10 août. Vers cinq heures du matin, les sections des faubourgs ainsi que les fédérés marseillais et bretons se mettent en branle, se rejoignent sur le Pont-Neuf et envahissent la place du Carrousel. La défense du palais des Tuileries est désorganisée car son commandant, le marquis de Mandat, convoqué à l'Hôtel de Ville où vient de se former une « Commune insurrectionnelle », y est décrété d'arrestation et aussitôt assassiné d'un coup de feu. On le remplace par Santerre, l'un des meneurs du 20 juin.

À dix heures, le roi descend dans la cour et passe en revue les gardes nationaux. Au lieu de crier « Vive le roi ! », la majorité d'entre eux crient « Vive la Nation ! ». Louis XVI se rend compte aussitôt que le palais n'est plus protégé. Malgré les fortes réticences de Marie-Antoinette, il décide d'aller, avec sa famille, trouver refuge auprès de l'Assemblée, non sans avoir donné ordre aux suisses de ne pas faire usage de leurs armes, persuadé qu'il est que son départ va calmer les émeutiers. Mais à peine est-il parti que la foule des insurgés s'engouffre dans le château, massacre tout ce qu'elle rencontre, à commencer par les Suisses, sans oublier les domestiques, les cuisiniers, les femmes de chambre, jetant les uns par les fenêtres, embrochant les autres avec des piques. On mutile ou on émascule les morts : « J'ai vu, dira Napoléon, des femmes bien mises se porter aux dernières indécences sur les cadavres des Suisses[13]. » Le sol et la plupart des murs dégoulinent de sang. À cette effroyable folie meurtrière s'ajoute le pillage systématique : les meubles sont fracturés, les bijoux et objets précieux se volatilisent, la garde-robe, l'argenterie, les livres, les vins, tout disparaît. L'assaut aura fait plus d'un millier de morts, dont six cents Suisses sur neuf cents : les survivants seront traduits en cour martiale et presque tous exécutés. La rue a triomphé dans le sang de la monarchie constitutionnelle et écrit la première page d'une seconde phase de la Révolution, phase tumultueuse et frénétique qui aura pour seul mot d'ordre : faire du passé table rase.

La monarchie est morte, vive la République ! Mais encore faut-il qu'elle ait des institutions qui lui soient propres et qui rompent avec celles du régime défunt. Tandis que le chaos règne au palais des Tuileries, la Commune insurrectionnelle vient imposer ses vues à l'Assemblée, réduite à une centaine de députés. Celle-ci décrète sur-le-champ la suspension du roi ainsi que son internement — la suspension et non la déchéance, ce qui pour l'heure évite de poser la question d'une éventuelle régence. Elle décide en outre de convoquer le corps électoral afin d'élire, le cens étant aboli, une « Convention » représentative, inspirée de la convention américaine de Philadelphie, et dont la mission sera d'élaborer une constitution conforme à « la souveraineté du peuple[14] » et à la situation nouvelle de la France.

Pendant que les députés délibèrent, le roi et les siens attendent dans une petite loge attenante généralement réservée aux secrétaires. En pénétrant dans le Manège avec sa famille éplorée, Louis XVI s'était contenté de dire : « Je pense que je ne saurais être plus en sûreté qu'au milieu de vous, Messieurs[15]. » Le roi ne pouvant légalement assister aux débats, on s'était dit que la petite loge ferait l'affaire. Vers dix heures du soir — on est toujours le 10 août — la famille royale est finalement transportée au couvent des Feuillants. Elle va rester là trois jours dans le plus grand dénuement.

Le 11, l'Assemblée élit un Conseil exécutif de

six ministres : Danton est à la Justice, Roland à l'Intérieur. Elle fixe au début septembre l'élection de la Convention, rétablit la censure (pour les publications royalistes), demande aux citoyens de dénoncer les suspects et décrète que la famille royale sera installée au palais du Luxembourg, ancienne résidence du comte de Provence, aujourd'hui émigré. Mais la Commune de Paris ne l'entend pas de cette oreille et exige que le roi et sa famille soient incarcérés, sous sa propre garde, à la Tour du Temple. L'Assemblée, qui ne maîtrise plus rien, cède. Le transfert a lieu le 13 août. Escortée par plusieurs milliers d'hommes en armes, la famille royale est conduite par Pétion jusqu'à la vieille tour, ancienne propriété du comte d'Artois.

En attendant que la grande tour soit aménagée, on installa le monarque et les siens dans le logement de l'archiviste, logement modeste mais réparti sur trois étages. Le roi et son valet de chambre, Chamilly (bientôt dénoncé, incarcéré et remplacé par Jean-Baptiste Cléry), occupèrent la partie supérieure, la reine et les deux enfants se partageant le premier niveau. Madame Élisabeth et Mme de Tourzel durent se contenter de la cuisine située au rez-de-chaussée.

*

Le lendemain, 13 août, à Sedan, Lafayette tente de lancer ses troupes contre Paris pour sauver le roi et la monarchie constitutionnelle, mais il n'est pas suivi et, désespérant de tout, passe à l'ennemi avec vingt-deux de ses officiers. Il est aussitôt remplacé par Dumouriez.

Au Temple, la vie des prisonniers s'organise, sous la surveillance de plus en plus étroite et vétilleuse des gardiens. Louis XVI s'occupe de l'éducation du dauphin et lui inculque les grands classiques — César et ses *Commentaires*, Corneille, Racine. Il lit beaucoup lui-même, car il y a sur place une bibliothèque de mille cinq cents volumes. Il consacre aussi de plus en plus de temps à la prière, car il sent bien que ses jours sont comptés : pour l'homme de foi qu'il est, la première urgence est désormais celle de son salut éternel. Parfois, il se distrait aussi en jouant au ballon avec son fils ou en faisant une partie de trictrac avec les dames, lesquelles tuent le temps en s'adonnant aux travaux d'aiguille. La reine s'occupe par ailleurs de ses enfants, enseignant l'histoire au dauphin, alors âgé de sept ans, et faisant faire des dictées ou des exercices musicaux à sa fille, Madame Royale, qui, elle, en a quatorze.

Dehors, en ville, une sorte de frénésie semble s'être emparée du peuple et d'une partie grandissante de la classe politique, frénésie alimentée jour après jour par les rumeurs, les fausses nouvelles, une campagne de presse (notamment les articles de Marat dans *L'Ami du peuple*) qui nourrit et amplifie l'ère du soupçon. Le gouvernement laisse faire et même encourage cette dérive. Les ennemis de la Révolution sont traqués sans relâche. Les prisons de la capitale regorgent de prêtres non jureurs, d'agitateurs royalistes et de suspects de toutes sortes, trois mille en tout — peut-être dix ! —, qui, dit-on, ne rêvent que de s'évader et de voler au secours du roi. Sur le « complot des prisons », savamment gonflé et orchestré par les chefs de file de la Commune, viennent alors se greffer d'inquiétantes nouvelles où les esprits les plus échauffés voient la confirmation d'une conjuration générale : les Prussiens ont franchi la frontière, ils se sont emparés de Longwy et Verdun est assiégé ; dans le même temps, des soulèvements hostiles au nouveau pouvoir viennent de se produire dans trois provinces — la Bretagne, la Vendée, le Dauphiné.

La Révolution est aux abois et l'agitation de certains Parisiens — non de tous, loin de là — à son comble. Il faut, expliquent les enragés de la Commune, en finir avec les traîtres avant qu'il ne soit trop tard. Un officier municipal informe le roi que « le peuple est en fureur et veut se venger[16] ». Le 2 septembre, des bandes armées et ivres de sang envahissent les prisons de Paris — l'Abbaye, le couvent des Carmes récemment transformé en lieu de détention, le Châtelet, la Force, la Salpêtrière, Bicêtre — et elles rejouent, en pire peut-être, le terrible scénario du 10 août. Les « massacres de Septembre » vont durer presque une semaine. À l'Abbaye, vingt-trois prêtres réfractaires sont égorgés ; aux Carmes, cent quinze autres prêtres sont sauvagement passés par les armes. Partout on tue à tour de bras et sans faire le détail : à la Salpêtrière, on égorge les fous et les prostituées ; à la Conciergerie, on torture à mort une bouquetière ; à l'Abbaye, on arrache le cœur d'un officier ; à la

Force, on décapite la princesse de Lamballe, une proche de Marie-Antoinette, avant de porter sa tête à la Tour du Temple, un moment assiégée : la reine s'évanouit. En tout, quelque mille trois cents personnes perdront la vie dans ce carnage, c'est-à-dire à peu près la moitié de l'ensemble des détenus. Désignés comme redoutables, les prisonniers en question n'étaient souvent que de pauvres diables, des vagabonds, des escrocs sans envergure, des droits communs, et ceux qui présentaient un profil de conspirateur n'étaient à l'évidence qu'une minorité.

À défaut d'apaiser tous les esprits, trois événements vont alors calmer le jeu : la victoire de Valmy, l'élection des Conventionnels et le procès du roi.

Le 14 septembre, les troupes prussiennes franchissent l'Argonne, mais cinq jours plus tard l'armée de Kellermann venue de Metz et celle de Dumouriez venue de Sedan opèrent leur jonction. Les forces françaises se retrouvent du coup en supériorité numérique, et la nouvelle artillerie dont elles disposent grâce au général-ingénieur Gribeauval (et à Louis XVI qui en a eu l'idée) va leur donner un avantage décisif. La bataille s'engage à Valmy, non loin de Sainte-Menehould, le 20 septembre ; elle est brève mais d'une rare violence : vingt mille coups de canon sont tirés côté français. Les Prussiens, dont l'invincibilité est légendaire, sont mis en déroute. Dans leur reflux, ils abandonnent Longwy, bientôt imités par les Autrichiens qui plient bagage et se réfugient derrière leurs frontières. Un formidable coup d'arrêt vient d'être infligé à l'invasion étrangère, et les Français peuvent reprendre souffle. Goethe, qui accompagne l'armée prussienne, écrira ce soir-là : « D'ici et de ce jour commence une ère nouvelle dans l'histoire du monde[17]. »

La France est non seulement rassurée, mais galvanisée par ce succès inattendu, et l'Assemblée, qui vit ses dernières séances avant de céder la place à la Convention, accueille la nouvelle avec enthousiasme — et soulagement. Accourus de toute la France, les Conventionnels se réunissent pour la première fois le 21 septembre : sur 749 élus, seuls 371 sont présents. Paris a voté Jacobin, la province a majoritairement opté pour la Gironde. Tous les grands noms qui vont faire l'histoire sont là : Danton, Robespierre, Marat, Saint-Just, Barère, l'abbé Grégoire, Camille Desmoulins, le duc d'Orléans rebaptisé Philippe Égalité, Condorcet, Pétion, Fabre d'Églantine, le peintre David. Poursuivi en Angleterre pour avoir écrit *les Droits de l'homme*, Thomas Paine, à qui l'Assemblée a donné la nationalité française le 26 août, est en train de traverser la Manche : élu (sans avoir été candidat !) dans quatre départements, il ne prendra son siège à la Convention que le 22 septembre. En attendant, et dès leur première séance, les Conventionnels décrètent à l'unanimité et dans l'allégresse que « la royauté est abolie en France ». Le lendemain, 22 septembre, sur proposition de Billaud-Varenne, il est décidé qu'à compter de ce jour « tous les actes publics porte[ront] la date de l'an premier de la République[18] ». Le 1er octobre est mise en place une commission chargée, notamment sur la base des documents saisis aux Tuileries, d'instruire un éventuel procès du roi.

Louis XVI apprend ces nouvelles, qui ne le surprennent pas, mais qui le confirment dans l'idée que, la page de la monarchie étant cette fois officiellement tournée, il n'est plus, en tant que roi déchu, qu'un vestige et un symbole dérangeant dont beaucoup, sinon tous, vont vouloir se débarrasser. Reste à savoir comment.

En attendant, le régime auquel est soumise la famille royale se durcit : les fouilles et autres petites humiliations quotidiennes se multiplient. Et, le 29 septembre, on annonce au roi qu'il va être transféré, avec son fils et Cléry, au deuxième étage de la grande et sinistre tour. Le logement du troisième étage n'étant pas encore prêt, le reste de la famille royale restera là où elle est. Ce n'est qu'un mois plus tard, le 26 octobre, que la reine, Madame Élisabeth, Madame Royale et leurs deux serviteurs purent s'installer au-dessus des pièces où logeait le roi. Un vestibule, deux chambres à coucher, une salle à manger : les deux appartements avaient à peu de chose près la même surface et la même configuration.

Le 6 novembre, la commission désignée le 1er octobre remet un rapport préliminaire qui conclut que « Louis Capet », coupable de double jeu et de toutes sortes de manigances, peut et doit être jugé par la Convention « pour les crimes qu'il a commis sur le trône[19] ». Le lendemain, la Convention aborde les aspects juridiques du procès, si procès il doit y avoir, et décide que sous une République la notion de l'« inviolabilité » du monarque ne se pose plus puisque par définition il n'existe plus de monarque. Rien ne s'oppose en droit à ce que le roi soit jugé. Mais par qui ?

Le 13 novembre, un débat capital s'engage sur ce point. Un avocat de Vendée, Morisson, soutenu par plusieurs députés, fait valoir que la condamnation du roi — la déchéance — a déjà été prononcée et qu'il est inutile d'aller plus loin. Mais ce n'est pas, à l'évidence, le sentiment dominant et Saint-Just se déchaîne. Dans un discours très acéré et percutant qui va aussitôt le rendre célèbre, il explique qu'« on ne peut régner innocemment », que le roi est l'« ennemi » naturel du peuple, et que ce hors-la-loi déchu n'a pas même à être jugé : une exécution sommaire suffira.

Mais tous ne veulent pas aller aussi vite en besogne, d'autant que le dossier d'accusation n'est pas très épais. Beaucoup, dans l'Assemblée, penchent encore pour une certaine clémence, tout simplement parce qu'ils ont peur de l'inconnu et qu'à la perspective du vide ils préféreraient le maintien d'un monarque, fût-il fantoche et tenu à distance. Mais soudain, le 20 novembre, le dossier va s'épaissir d'un seul coup avec la découverte, aux Tuileries, d'une « armoire de fer » dissimulée dans une cache secrète et qui contient, dit-on, des documents fort compromettants. Ces documents, affirme Roland, ministre de l'Intérieur, qui les a parcourus, démontrent avec éclat la collusion du roi et de la reine tant avec les émigrés qu'avec les chefs de la coalition étrangère. C'est le serrurier François Gamain et l'architecte Heurtier, à qui celui-ci a confié son secret, qui ont informé le ministre de l'existence de cette cache : « J'ai fait ouvrir ce matin cette armoire, poursuit Roland, et j'ai parcouru rapidement ces papiers. Je crois qu'il est important que l'Assemblée nomme une commission expresse pour en prendre connaissance. » Tollé sur les bancs de la Convention qui s'indigne que le ministre ait ouvert les documents avant d'en saisir l'Assemblée. Tollé à nouveau quand il ajoute que « plusieurs membres de l'Assemblée constituante et de l'Assemblée législative paraissent y être compromis ». « Lesquels ? » hurle-t-on sur tous les bancs.

L'affaire est d'autant plus sombre et mystérieuse qu'en réalité Roland n'a pas eu le temps matériel de lire les documents accusateurs : « J'atteste, dira Heurtier à ce sujet, que je n'ai pas perdu les papiers de vue depuis le moment où ils ont été découverts, jusqu'à celui où le ministre, que j'ai toujours accompagné, est entré à la Convention pour les y déposer, et que l'ordre dans lequel les papiers ont été trouvés n'a pas même été dérangé[20]. » À quoi s'ajoute le fait que la serrure de la fameuse armoire était parfaitement banale. L'instruction établira qu'elle s'ouvrait à l'aide d'une sorte de passe-partout dont le roi, expert pourtant en serrurerie, se servait tous les jours pour accéder à divers cabinets. L'hypothèse la plus crédible, et beaucoup ont été échafaudées, est que Roland avait inspecté la cache *avant* la date du 20 novembre et y avait sans doute opéré un certain tri (pour protéger des amis ?), à moins qu'il n'y ait placé d'autres documents trouvés ailleurs dans le palais... On peut aussi penser qu'avant de quitter précipitamment les Tuileries, Louis XVI avait veillé à n'abandonner dans l'armoire en question que des papiers sans grande importance. Ce que Mme Campan confirme dans ses *Mémoires* : « La reine l'invita en ma présence à ne rien laisser dans l'armoire, et le roi, pour la tranquilliser, lui dit qu'il n'y avait rien laissé », c'est-à-dire rien qui pût être utilisé contre lui[21]. L'étude des documents incriminés se révéla du reste assez décevante, même si elle confirmait les réticences du roi à signer certains textes, son attachement aux privilèges de l'Église, son double jeu avec Mirabeau. Mais rien qui attestât clairement une quelconque traîtrise envers le pays. Ces pièces, soulignait Albert Soboul, « n'apportent pas la preuve formelle de la collusion du roi avec les puissances ennemies[22] ».

Alors pourquoi cette sombre machination, pourquoi cette histoire abracadabrante, où les obscurités le disputent aux contradictions et où la vérité semble échapper aux plus fines analyses ? La réponse est sans doute à rechercher dans la psychologie de l'époque, dans cette peur maladive du secret, dans cette psychose du complot et de la trahison où le symbolique a infiniment plus de poids que la réalité et la matérialité des preuves. Rien ne pouvait, mieux que cette sensationnelle révélation, nuire à la cause du roi et sceller son destin. Rien, écrit Éric Le Nabour, ne pouvait alors mieux répondre que l'« armoire de fer » aux exigences de ce qu'il appelle l'« imaginaire de la Révolution[23] ». Et cela, Roland l'avait, semble-t-il, parfaitement compris.

Robespierre va s'engouffrer dans la brèche ainsi ouverte. Le 3 décembre, reprenant la thèse de Saint-Just, il prononce un discours resté dans les mémoires dans lequel il écarte l'idée d'un long procès. Le roi, martèle-t-il, n'a pas à être jugé — le peuple l'a déjà fait — mais à être châtié, et le plus tôt sera le mieux :

> Les peuples [...] ne rendent point de sentences, ils lancent la foudre ; ils ne condamnent point les rois, ils les replongent dans le néant [...]. Je conclus que la Convention nationale doit déclarer Louis traître à la patrie, criminel envers l'humanité, et le faire punir comme tel [...]. Louis doit mourir parce qu'il faut que la patrie vive[24].

Il redisait ainsi ce qu'il avait écrit à ses commettants quelques jours plus tôt au sujet du roi, à savoir qu'il « fallait cimenter la révolution par sa mort[25] ». Mais Robespierre n'avait pas encore suffisamment d'ascendant sur l'Assemblée pour l'entraîner dans le sens d'une justice aussi expéditive. Pétion s'opposa à ses propositions. Au terme d'un débat houleux, la Convention décida que Louis XVI serait bel et bien jugé, et que le tribunal serait la Convention elle-même. Le 6 décembre, elle confirma que « Louis Capet » — et non Louis XVI — serait en effet « traduit à la barre pour y subir son interrogatoire[26] ». Revenant à la charge, Saint-Just précisa l'objet réel du procès : « Ce n'est pas seulement [un monarque] que nous allons juger ; c'est la monarchie [et la] conspiration générale des rois contre les peuples[27]. »

Le lendemain, craignant que le roi ne décide de mettre fin à ses jours, on lui confisque tous les objets tranchants dont il se sert : rasoirs, ciseaux, couteaux, canifs. La même règle est appliquée à la reine.

La journée du 11 fut pour le monarque plus pénible encore, car c'était celle de sa première comparution devant ses juges de la Convention et ce fut aussi le jour choisi par la Commune pour séparer la famille à l'intérieur de la tour. Le dauphin dut rejoindre sa mère, sa sœur et sa tante à l'étage supérieur. Dorénavant toute rencontre et toute communication seraient interdites entre Louis XVI et les siens (de fait, ils ne se reverront plus qu'une fois, pour de brèves effusions, à la veille de l'exécution du roi). La mesure s'appliquait également à Cléry, réduit à ne servir que le souverain, à son étage. Mis ainsi au secret avec son valet pour unique compagnon, le ci-devant roi de France se retrouva donc seul dans un logement désormais désert et sinistre qui ne pouvait lui apparaître, en ce jour sombre, que comme l'antichambre de la mort.

Vers treize heures, Pierre Chaumette, procureur de la Commune, et Santerre, récemment promu commandant de la Garde nationale, vinrent chercher « Louis Capet » pour le conduire à la Convention en vue du premier interrogatoire. « Capet n'est pas mon nom, c'est le nom d'un de mes ancêtres », dit le souverain, songeant au roi Hugues, fondateur de la dynastie. Et d'ajouter : « Je vais vous suivre, non pour obéir à la Convention, mais parce que mes ennemis ont la force en main[28]. »

C'est un Louis XVI vieilli, aux traits tirés et qu'une barbe de trois jours rend plus pitoyable encore qui pénètre dans la salle du Manège. Le président de la Convention, Barère, qui quelques instants plus tôt lançait : « Il faut que le silence des tombeaux effraie le coupable[29] ! », le prie courtoisement de s'asseoir et s'adresse aussitôt à lui : « Louis, on va vous lire l'acte énonciatif des délits qui vous sont imputés. » Un appariteur donne alors lecture de l'acte, mais Barère reprend chaque article et prie le roi de répondre à ses questions. « Louis, le peuple français vous accuse d'avoir commis une multitude de crimes pour établir votre tyrannie en détruisant sa liberté[30]. » Et d'énumérer toute une suite de reproches, entre autres choses, d'avoir fait marcher une armée contre les citoyens de Paris et d'avoir sur la conscience les massacres des Tuileries comme ceux du Champ-de-Mars, de n'avoir pas tenu le serment prêté à la Fédération, d'avoir laissé fouler la cocarde nationale lors d'une orgie versaillaise, d'avoir soutenu les prêtres réfractaires et encouragé l'émigration, d'avoir fui ses fonctions en prenant la route de Varennes, de s'être tu sur la déclaration de Pillnitz, d'avoir secrètement comploté avec ses deux frères contre la Révolution, d'avoir engagé des tractations déloyales et antipatriotiques avec les cours étrangères, d'avoir saboté la défense nationale et détruit la marine en facilitant, voire en organisant, la fuite des officiers.

À tout cela Louis XVI répond avec calme et brièveté, sachant que chacune de ses paroles risque d'être retournée contre lui. Il explique qu'il n'a jamais agi dans l'irrespect des lois existantes, qu'il s'est toujours opposé à l'usage de la violence publique, y compris le 10 août, qu'il n'a jamais sollicité l'intervention de forces étrangères et a « désavoué toutes les démarches de [ses] frères[31] ». Il affirme ne reconnaître ni son écriture ni sa signature sur la plupart des documents qu'on lui présente. Puis il demande copie des chefs d'accusation qu'on vient d'énumérer, ainsi que des pièces qui y sont jointes, et sollicite l'octroi d'un ou plusieurs conseils pour assurer sa défense, ce qui lui est accordé à la quasi-unanimité.

L'interrogatoire avait duré quatre heures. Digne mais mal à l'aise, le roi avait parlé le moins possible, laissant aux accusateurs le soin de prouver leurs charges, de se répéter, éventuellement de se contredire, et évitant lui-même de s'embrouiller dans ses réponses. Il rentra fourbu à la Tour du Temple vers six heures et demie du soir. Cléry était le seul à qui il pût alors se confier : « J'étais bien éloigné de penser à toutes les questions qui m'ont été faites. » Et le valet de chambre note dans son carnet cette chose étonnante : « Il se coucha avec beaucoup de tranquillité[32]. »

Le lendemain, trois conseils proposèrent leur concours, que Louis XVI s'empressa d'accepter :

François Tronchet, ancien bâtonnier et encore récemment membre de la Constituante, Marc-Antoine de Sèze, avocat parisien, et surtout Lamoignon de Malesherbes, son ancien secrétaire à la Maison du roi. Il n'est pas indifférent de noter qu'Olympe de Gouges, mère du féminisme moderne et révolutionnaire de la première heure, s'était, elle aussi, portée candidate à la défense du roi : « Je m'offre, après le courageux Malesherbes, pour être défenseur de Louis. Laissons à part mon sexe, l'héroïsme et la générosité sont aussi le partage des femmes, et la révolution en offre plus d'un exemple [...]. Je crois Louis fautif comme roi ; mais, dépouillé de ce titre de proscrit, il cesse d'être coupable aux yeux de la République[33]. » Mal lui en prit, car, désormais rangée dans le camp des traîtres à la Nation, elle fut, l'année suivante, guillotinée, non sans avoir proposé à Robespierre de se jeter à l'eau en sa compagnie !

La Convention n'avait pas reçu mandat de s'ériger en tribunal et le roi ne la reconnaissait pas, dans cette fonction, comme légitime. Persuadé qu'il continuait de jouir d'une sorte d'aura venue du fond des âges, il songea donc à adopter une stratégie consistant à adresser sa défense, non pas à ces juges-députés manifestement voués à sa perte, « mais, explique-t-il, à la France entière, qui jugerait mes juges et me rendrait dans le cœur de mon peuple une place que je n'ai jamais mérité de perdre[34] ». L'option était habile, mais il y renonça, car, si elle pouvait servir sa cause et lui éviter le pire, elle risquait fort de se retourner contre la reine, dont l'impopularité était alors vertigineuse.

Le procès du roi était suivi de près et avec passion par l'opinion et par la presse, mais les cours étrangères n'étaient pas moins attentives à ce qui se passait à Paris : à Londres, où le tribunal du Banc du Roi venait de « proscrire à vie » Thomas Paine pour ses écrits séditieux, la Chambre des communes, par la voix de plusieurs députés whigs (curieusement encouragés par Danton), demanda au Premier ministre d'intervenir en faveur de Louis XVI. Trop heureux de voir son ennemie héréditaire en difficulté et se disant qu'il serait plus facile de dresser l'Europe contre la France une fois que celle-ci serait effectivement devenue régicide, William Pitt refusa de s'engager dans une telle démarche. Le 28 décembre, l'Espagne fit en revanche savoir à la Convention qu'une condamnation à mort de Louis XVI pourrait remettre en question la neutralité observée jusque-là par Madrid.

Le procès n'avait que trop duré ; les interrogatoires se succédaient jour après jour sans qu'on avance d'un pouce dans la recherche d'une vérité introuvable que chacun s'efforçait de nier ou de travestir. Et le 26 décembre les plaidoiries de la défense n'avaient pas changé la donne : « Je cherche parmi vous des juges, avait clamé de Sèze, et je ne vois que des accusateurs[35]. » Mais cela n'avait impressionné personne. L'heure était venue, si l'on peut dire, de trancher. Les partisans de la clémence imaginèrent, comme l'avait fait Louis XVI lui-même, que le mieux serait peut-être d'en appeler à l'ensemble des citoyens par le biais d'assemblées primaires et de remettre le sort du roi déchu dans les mains du peuple souverain. Une proposition en ce sens est faite le 27 décembre par le député Salle, élu de la Meurthe, et provoque un vif débat où Saint-Just se met à nouveau en valeur, arguant que l'affaire n'est pas seulement française : « Nous jugeons les rois à la face de l'univers[36]. »

Le lendemain, poursuite du débat sur la question de savoir à qui incombe la décision ultime. Neuf jours plus tôt, Thomas Paine avait non sans malice rappelé à Robespierre l'excellent discours que celui-ci avait prononcé le 30 mai à la tribune de l'Assemblée nationale : « La peine capitale, avait expliqué ce dernier, n'est qu'un ignoble assassinat ! punissant un crime par un autre crime, le meurtre par le meurtre. Puisque les juges ne sont pas infaillibles, ils n'ont pas le droit de prononcer d'irréparables sentences[37] » ! Mais le rappel de cette sublime envolée éthique n'empêche point l'Incorruptible de demander la tête du roi et d'exiger que la Convention prenne ses responsabilités, au lieu d'en appeler à des réunions publiques où le vrai peuple viendra peu et où les beaux parleurs de l'aristocratie s'emploieront à retourner l'assistance : « Qui est plus disert, plus adroit, plus fécond en ressources, que les intrigants [...], c'est-à-dire que les fripons de l'ancien et même du nouveau régime[38] ? »

Dans ce débat capital on vit s'opposer des Jacobins minoritaires mais unis sur le fond des choses (« La minorité, lance alors Robespierre, a partout un droit éternel [...] celui de faire entendre la voix de la vérité ») à des Girondins encore majoritaires mais divisés dans leurs analyses et sur les formes à donner à un éventuel appel au peuple. Concluant le débat, Barère s'attacha, le 4 janvier 1793, à mettre en lumière l'unité de la conspiration, les divisions de la Gironde et l'absurdité d'un appel au peuple :

Argument n° 1 : « Tous les faits de conspiration se tiennent par des liens étroits ; c'est le même système qui a produit l'armée du 14 juillet 1789 ; le projet de fuite à Metz le 5 octobre de la même année ; la fuite à Varennes, la journée du 20 juin et celle du 10 août [...]. Je ne vois plus qu'une suite horrible de conspirations étendant ses voiles funèbres sur la liberté française. »

Argument n° 2, sur les divisions des Girondins : « Salle renvoie à la nation pour appliquer la peine ; Buzot demande la ratification du jugement par le peuple [...] ; Vergniaud exige qu'on consulte la nation, comme un de nos devoirs ; Brissot déclare que ce n'est là qu'un hommage à la souveraineté [...] ; Gensonné invoque la censure du peuple sur tous les actes des représentants. »

Argument final : « Les variations dans les orateurs du même système [les Girondins] prouvent évidemment que le recours à la nation n'est pas basé sur des droits rigoureux et sur des principes incontestables [...]. Renvoyer au peuple le jugement d'une affaire particulière, c'est détruire la nature du corps constituant ; c'est altérer les principes du gouvernement représentatif ; c'est reporter au souverain ce que le souverain vous a chargé de faire[39]. »

Tous les arguments essentiels ayant été échangés, le débat fut unanimement déclaré clos. Il était prévu que les délibérations reprendraient le 15 janvier et porteraient sur trois questions distinctes mais décisives : la culpabilité du roi, l'appel au peuple, la peine à infliger.

Louis XVI profita de cette parenthèse pour se préparer à un verdict dont l'approche laissait peu de place à l'optimisme. Du fait, pensa-t-il, que l'instruction du procès était achevée, peut-être serait-il autorisé à revoir les siens ou à communiquer avec eux, lui qui le 19 décembre n'avait pu fêter l'anniversaire de sa fille ? Il n'en fut rien et la stricte vigilance des factionnaires demeura inchangée. Les seules visites que le roi pouvait recevoir étaient celles de ses avocats.

Le reste du temps était consacré à la prière, à la lecture — mais aussi à l'écriture. Le souverain avait, deux semaines plus tôt, choisi le jour de Noël pour rédiger son testament qu'il remit aussitôt à Malesherbes. Il s'agit d'un texte à la fois pathétique et majestueux, qui résume l'ensemble indémêlable de la grandeur et des insuffisances qui étaient les siennes, d'un texte qui montre également à quel point le destin s'était fourvoyé en faisant roi, à l'ère cruelle des révolutions, un homme conçu pour le bonheur et les plaisirs simples, l'amour des siens et de ses sujets, la passion des sciences et des techniques, le souci de répandre le bien, la haine du sang versé — un homme mal fait, quels que fussent son courage, son sens du devoir et sa dignité, pour affronter les violences inexorables de l'histoire. Mais, dans les mêmes conditions, qui, hormis peut-être Néron et Caligula, eût fait mieux que lui ?

Au nom de la très sainte Trinité, du Père et du Fils, et du Saint-Esprit. Aujourd'hui vingt-cinquième jour de décembre mil sept cent quatre-vingt-douze, moi Louis XVI du nom, roi de France, étant depuis quatre mois renfermé avec ma famille dans la tour du Temple à Paris par ceux qui étaient mes sujets, et privé de toute communication quelconque, même depuis le onze du courant avec ma famille ; de plus impliqué dans un procès dont il est impossible de prévoir l'issue à cause des passions des hommes, et dont on ne trouve aucun prétexte ni moyens dans aucune loi existante ; n'ayant que Dieu pour témoin de mes pensées et auquel je puisse m'adresser, je déclare ici, en sa présence, mes dernières volontés et mes sentiments.

Même si dans ce beau prologue le roi laisse planer le doute sur l'« issue » du procès, il sait ce qui l'attend et ne tarde pas à le reconnaître : « Je *meurs* dans l'union de notre sainte mère l'Église, catholique, apostolique et romaine... » N'ayant pu se confesser depuis le 10 août, il demande alors au Très-Haut le pardon de ses fautes, s'excuse auprès de l'Église d'avoir, sous la contrainte, signé des textes contraires à ses intérêts, déclare pardonner « de tout [son] cœur à ceux qui se sont faits [ses] ennemis » et ajoute ces paroles de contrition qui ne manquent pas d'élégance et sont bien à l'image du personnage : « Je prie tous ceux que je pourrais avoir offensés par inadvertance (car je ne me rappelle pas d'avoir fait sciemment offense à personne) [...] de me pardonner le mal qu'ils croient que je peux leur avoir fait. »

Il recommande ensuite « [ses] enfants à [sa] femme », avant d'ajouter, au sujet de Marie-Antoinette, cette phrase tout à la fois délicate et sibylline, où quelques ombres semblent planer : « Je prie ma femme de me pardonner tous les maux qu'elle souffre pour moi, et les chagrins que je pourrais lui avoir donnés dans le cours de notre union ; comme elle peut être sûre que je ne garde rien contre elle, si elle croyait avoir quelque chose à se reprocher. » Mais le passage le plus troublant, et en même temps le plus terrible, est celui qui concerne son fils, le futur (et hypothétique) Louis XVII : « Je recommande à mon fils, s'il avait le malheur de devenir roi, de songer qu'il se doit tout entier au bonheur de ses concitoyens[40]. » *Le malheur de devenir roi*... : toute la tragédie de Louis XVI est ramassée dans ces quelques mots.

Le 15 janvier, la Convention se prononça sur les deux premières questions prévues à l'ordre du jour, chaque député votant individuellement à la tribune à l'appel de son nom. À l'unanimité des 691 présents, Louis Capet fut déclaré « coupable de conspiration contre la liberté publique et contre la sûreté générale de l'État ». Puis, par 424 voix contre 287 et 12 abstentions, l'Assemblée décréta que le jugement ne serait pas soumis à la ratification populaire : une défaite cinglante pour les Girondins, et, dans leurs rangs, une première débandade qui en annonçait d'autres.

Restait à choisir la sentence. Chaque député pouvant expliquer son vote, la séance, entamée le 16 janvier peu après dix heures du matin, ne s'acheva que le lendemain à huit heures du soir. Plusieurs options se présentaient : la mort immédiate, la mort avec sursis (afin de ne pas trop indisposer les puissances étrangères), la détention jusqu'à la fin de la guerre suivie du bannissement (solution proposée par Thomas Paine le 7 janvier), les travaux forcés. Les Jacobins firent bloc, rejoints en cours de vote par une partie des Girondins (dont Vergniaud) soucieuse d'aller dans le sens du vent — et par le propre cousin du roi, Philippe Égalité ! Résultat du scrutin : 366 voix (soit 6 voix de majorité) pour la mort immédiate ; 34 voix pour la mort avec sursis ; 319 voix pour la détention et le bannissement ; 2 voix pour les travaux forcés.

À peine prononcée par le président, la sentence fut aussitôt contestée par la droite de l'Assemblée, laquelle arguait que certains députés étaient en désaccord avec la catégorie dans laquelle on avait classé leur vote. Elle exigea et obtint un scrutin rectificatif, lequel eut lieu le lendemain, 18 janvier. Cette fois, le vote fut sans appel, mais la « mort immédiate » n'obtint que 361 voix contre 360 : à une voix près, le sort du roi, comme celui du pays, aurait pu basculer.

Un ultime tour de vote eut lieu le 19 sur une question qui avait été dissociée du scrutin précédent : celle du sursis. Le résultat ne fut proclamé que le 20, à deux heures du matin : le sursis était rejeté par 380 voix contre 310. Cette fois, la messe était dite.

*

Nous avons déjà raconté la suite — la résignation sereine du roi, son désir affiché de rejoindre l'autre monde, la dernière soirée passée avec les siens, le transfert jusqu'à la guillotine, l'ultime message aux Français, la décapitation.

En coupant la tête du supplicié, le bourreau, qui ne mesurait peut-être pas toute la portée historique de son geste, n'avait pas seulement guillotiné Louis XVI ou la monarchie ; il avait aussi, d'une certaine manière, guillotiné l'histoire de la France. Car il paraît légitime de penser qu'il y eut, à compter de ce jour-là, un *avant* et un *après* et que c'est en ce 21 janvier 1793 que débuta, cette fois sans retour possible, l'An I de la France moderne.

Le paradoxe tragique — et girardien[41] — de l'histoire que nous venons de conter est qu'à l'instar des sociétés les plus archaïques, cette République moderne, à laquelle tous les Français d'aujourd'hui sont sincèrement et légitimement attachés, avait besoin pour naître (ou, comme eût dit Robespierre, pour « se cimenter » et pour que « la patrie vive ») d'un sacrifice fondateur, d'une immolation qui lui serve de sacre : c'est pour cela qu'elle fit mourir le plus humain et le moins immoral de ses rois — et s'acharna ensuite sur sa femme et son fils, en leur faisant expier avec une cruauté d'un autre âge tous les crimes, réels ou supposés, « de sa race[42] ».

ANNEXES

REPÈRES CHRONOLOGIQUES

1750. *26 août*, naissance de Marie-Zéphirine, sœur aînée du futur Louis XVI, fille du dauphin Louis-Ferdinand et de Marie-Josèphe de Saxe.

1751. *13 septembre*, naissance du duc de Bourgogne, frère aîné de Louis XVI. Bourgogne promis à être dauphin.

1753. *8 septembre*, naissance du duc d'Aquitaine, second frère aîné de Louis XVI.

1754. *23 août*, naissance de Louis-Auguste, duc de Berry, futur Louis XVI.
21 décembre, mort du duc d'Aquitaine.

1755. *2 novembre*, naissance à Vienne de Marie-Antoinette.
17 novembre, naissance du comte de Provence, futur Louis XVIII.
Décembre, mort de Marie-Zéphirine.

1757. *9 octobre*, naissance du comte d'Artois, futur Charles X.

1761. *21 mars*, mort du duc de Bourgogne. Berry devient dauphin potentiel.

1763. *10 février*, traité de Paris, consacrant la victoire de l'Angleterre sur la France dans la guerre de Sept ans.

1764. *14 avril*, mort de Mme Pompadour.

1765. *20 décembre*, mort de Louis-Ferdinand, dauphin, fils de Louis XV et père de Louis-Auguste, duc de Berry, lequel devient dauphin.

1767. Mort de Marie-Josèphe de Saxe, mère de Louis XVI.

1770. *16 mai*, mariage du duc de Berry et de Marie-Antoinette, archiduchesse d'Autriche, de qui naîtront Marie-Thérèse dite Madame Royale (1778), Louis-Joseph de France (1781),

Louis-Charles, futur Louis XVII (1785), Sophie-Hélène (1786).

24 décembre, disgrâce de Choiseul.

1771. *Janvier*, exil du parlement de Paris.

Février, mise en place du « parlement Maupeou » (réforme de la justice, abolition de la vénalité des charges, création de nouveaux parlements).

14 mai, mariage du comte de Provence avec Marie-Joséphine de Savoie.

1772. *25 juillet*, traité de partage de la Pologne entre la Russie et la Prusse.

1773. *16 novembre*, mariage du comte d'Artois avec Marie-Thérèse de Savoie.

1774. *10 janvier*, Fersen présenté à Marie-Antoinette.

10 mai, mort de Louis XV ; Berry lui succède sous le nom de Louis XVI ; le *13*, Maurepas appelé à ses côtés comme ministre d'État.

24 août, disgrâce des ministres de Louis XV. Turgot nommé aux Finances, Sartine à la Marine, Vergennes aux Affaires étrangères.

Octobre-novembre, rétablissement des anciens parlements.

1775. *19 avril*, début de la guerre américaine d'Indépendance à Lexington.

Printemps, « guerre des farines » (la famine menace, les boulangeries sont pillées).

11 juin, sacre de Louis XVI à Reims.

1776. *12 mai*, disgrâce de Turgot.

4 juillet, Philadelphie, Déclaration d'indépendance des États-Unis d'Amérique ; Louis XVI, par l'intermédiaire de Beaumarchais, aide financièrement les insurgés américains.

Novembre, visite de Franklin à Paris.

1777. *18 avril*, visite de Joseph II à Versailles.

26 avril, Lafayette s'embarque pour l'Amérique du Nord, avec l'assentiment tacite de Louis XVI.

29 juin, Necker nommé directeur général des Finances.

17 octobre, victoire américaine à Saratoga.

1778. *6 février*, Louis XVI signe un traité d'alliance avec les États-Unis.

13 avril, l'amiral d'Estaing quitte Toulon pour l'Amérique ; *en août*, il échoue devant Sandy Hook.

Fondation du Mont-de-Piété.

Mort de Jean-Jacques Rousseau.
20 décembre, naissance de Madame Royale.

1779. *12 avril*, traité franco-espagnol d'Aranjuez.
Juin-juillet, échec de l'escadre franco-espagnole dans la Manche.
D'Estaing échoue devant Savannah ; Lafayette obtient l'envoi d'un corps expéditionnaire français en Amérique.
Abolition du servage sur les terres du roi ; abolition de la torture sur les prisonniers.

1780. Rochambeau nommé à la tête du corps expéditionnaire envoyé en Amérique.
29 novembre, mort de l'impératrice Marie-Thérèse.

1781. *19 mai*, disgrâce de Necker.
Louis XVI interdit tout avancement aux officiers ne pouvant prouver quatre quartiers de noblesse ; augmentation des impôts.
Été, visite de Joseph II à Versailles.
5 septembre, de Grasse empêche la flotte anglaise d'entrer dans la baie de Chesapeake.
19 octobre, capitulation de Cornwallis à Yorktown.
22 octobre, naissance de Louis-Joseph de France.
21 novembre, mort de Maurepas.

1782. *12 avril*, de Grasse battu aux Saintes.
Nouvelle menace de famine, le prix du pain augmente, des révoltes éclatent.
Louis XVI reçoit Paul Ier, tsar de Russie.

1783. *3 septembre*, signature de la Paix de Paris qui reconnaît l'indépendance des États-Unis ; la France n'y gagne à peu près rien, et ses caisses sont vides.
10 novembre, Calonne nommé contrôleur général des Finances.

1784. *27 avril*, première du *Mariage de Figaro* de Beaumarchais.
Début de l'affaire du Collier.
Nouveaux emprunts pour éviter la banqueroute.
Affaire des bouches de l'Escaut.

1785. *27 mars*, naissance de Louis-Charles, duc de Normandie, futur Louis XVII.
1er août, La Pérouse quitte Brest pour un voyage autour du monde.
15 août, arrestation du cardinal de Rohan dans l'affaire du Collier.

1786. *31 mai*, Rohan innocenté.
Fin juin, voyage du roi à Cherbourg.
9 juillet, naissance de Sophie-Hélène.
29 décembre, Louis XVI convoque une Assemblée des notables, à qui Calonne doit proposer un plan de réformes.

1787. *13 février*, mort de Vergennes, remplacé par Montmorin.
22 février, début de l'Assemblée des notables.
8 avril, disgrâce de Calonne.
Fin avril, Brienne nommé principal ministre.
25 mai, renvoi de l'Assemblée des notables.
18 juin, mort de Sophie-Hélène, âgée de onze mois.
Juin-août, Louis XVI réunit le parlement à Versailles pour lever de nouveaux impôts ; refus du parlement, qui demande la convocation des états généraux ; Louis XVI passe outre et fait enregistrer les impôts par un lit de justice, le parlement déclare cet enregistrement illégal.
15 août, Louis XVI fait exiler les parlementaires à Troyes. Émeutes à Paris.
19 septembre, retour du parlement à Paris.

1788. *29 janvier*, édit accordant l'état civil aux protestants.
7 juin, « journée des Tuiles » à Grenoble.
8 août, annonce de la convocation des états généraux pour le 1er mai 1789.
25 août, démission de Brienne et rappel de Necker.
23 septembre, Louis XVI rétablit le parlement de Paris, qui demande l'égalité de tous devant l'impôt.
Novembre, seconde Assemblée des notables.
27 décembre, Louis XVI accepte de doubler le nombre des députés du tiers état et lance l'idée des cahiers de doléances.

1789. *5 mai*, ouverture à Versailles des états généraux, réunissant les trois ordres, la noblesse, le clergé et le tiers état.
4 juin, mort du dauphin Louis-Joseph de France.
Le tiers état refuse le vote par ordre ; le tiers état et une partie des députés de la noblesse et du clergé se constituent en Assemblée nationale.
20 juin, serment du Jeu de paume.
Louis XVI ordonne aux députés de la noblesse et du clergé de se réunir au tiers état, avalisant ainsi la formation de l'Assemblée nationale ; il fait masser des troupes autour

de Paris ; l'Assemblée lui demande de les retirer ; l'Assemblée nationale devient Assemblée constituante.

14 juillet 1789, prise de la Bastille ; Lafayette est nommé commandant général des Gardes nationales ; Paris élit son premier maire, Jean-Sylvain Bailly ; Louis XVI est reçu à l'Hôtel de Ville ; élection des membres de la Commune de Paris.

4 août, abolition des « privilèges » par l'Assemblée nationale ; puis abolition du régime féodal.

26 août, adoption de la Déclaration des droits de l'homme et du citoyen.

Louis XVI refuse de promulguer les décisions du 4 août.

5 octobre, les Parisiennes en colère marchent sur Versailles et obligent Louis XVI et sa famille à s'installer à Paris (*le 6*) ; de nombreux nobles décident d'émigrer.

2 novembre, les biens du clergé sont confisqués.

22 décembre, l'Assemblée découpe la France en 83 départements.

1790. *13 février*, l'Assemblée supprime les ordres religieux et définit par décret les pouvoirs du roi ; puis elle abolit les titres de noblesse. L'émigration s'accélère.

12 juillet, vote de la Constitution civile du clergé.

14 juillet, fête de la Fédération au Champ-de-Mars.

4 septembre, démission de Necker.

26 décembre, Louis XVI, très réticent, entérine la Constitution civile du clergé.

1791. *10 mars*, le pape Pie VI condamne la Constitution civile du clergé.

2 avril, mort de Mirabeau.

20 juin, Louis XVI et sa famille s'enfuient, ils sont reconnus et arrêtés à Varennes.

25 juin, le roi est suspendu de ses fonctions et ramené à Paris.

17 juillet, fusillade du Champ-de-Mars.

La nouvelle constitution est achevée ; le roi est rétabli dans ses fonctions et prête serment *le 14 septembre*.

30 septembre, l'Assemblée constituante se sépare ; début de l'Assemblée législative.

31 octobre, Provence sommé de revenir en France sous peine de perdre la régence.

9 novembre, les émigrés sont sommés de rentrer au plus vite, sauf à voir leurs biens confisqués.
Louis XVI oppose son veto à ces deux décisions.

1792. *27 mai*, Louis XVI oppose son veto à la déportation des prêtres réfractaires.
15 mars, Dumouriez aux Affaires étrangères.
25 mars, ultimatum à l'Autriche.
20 avril, déclaration de guerre au roi de Bohême et de Hongrie.
27 mai, décret sur la déportation des prêtres réfractaires.
8 juin, décret sur la formation d'un camp de fédérés à Paris.
11 juin, veto du roi contre ces deux décrets.
20 juin, la foule envahit le palais des Tuileries, mais Louis XVI ne cède pas.
11 juillet, l'Assemblée proclame « la Patrie en danger ».
19 juillet, couronnement de l'empereur François II.
25 juillet, le général-duc de Brunswick, chef des armées coalisées de Prusse et d'Autriche, fait paraître un manifeste dans lequel il menace Paris et la France d'une répression sanglante s'il est fait le moindre mal à la famille royale.
10 août, la foule envahit les Tuileries, la famille royale se réfugie à l'Assemblée, les députés votent la « suspension » du roi.
13 août, Louis XVI et sa famille sont conduits à la prison du Temple.
23 août, capitulation de Longwy.
20 septembre, victoire de Valmy. Début de retraite des Austro-Prussiens.
21 septembre, la Convention, qui remplace la Législative, décrète l'abolition de la royauté.
22 septembre, proclamation de l'An I de la République.
20 novembre, découverte aux Tuileries d'une « armoire de fer » qui contiendrait des documents compromettants ; ouverture du procès de Louis XVI ; il est jugé par la Convention.

1793. *20 janvier*, Louis XVI reconnu coupable et condamné à mort.
21 janvier, Louis XVI est guillotiné place de la Révolution.
24 juin, à Vérone, le comte de Provence reconnaît Louis XVII roi de France et se proclame régent.

2 août, Marie-Antoinette est transférée à la Conciergerie.
14-16 octobre, procès de Marie-Antoinette.
16 octobre, Marie-Antoinette est guillotinée.
Louis XVII, âgé de huit ans, reste seul, enfermé dans la prison du Temple. Il y meurt *le 8 juin 1795*.

RÉFÉRENCES BIBLIOGRAPHIQUES

ALSOP, Susan Mary, *Les Américains à la cour de Louis XVI*, Lattès, Paris, 1983.

AMIABLE, Louis, *Une loge maçonnique d'avant 1789 : la loge des Neuf Sœurs*, éd. Charles Porset, Edimaf, Paris, 1989.

BERTIÈRE, Simone, *Marie-Antoinette l'insoumise*, Éditions de Fallois, Paris, 2002.

BOUILLÉ, comte A. de, *Varennes et la dernière chance de Louis XVI*, Audin, Lyon, 1969.

BRUNEL, Y., *La mère de Louis XVI, Marie-Josèphe de Saxe, dauphine de France*, Beauchesne, Paris, 1960.

CHAUSSINAND-NOGARET, *Louis XVI : le règne interrompu*, Taillandier, Paris, 2002.

CHIAPPE, Jean-François, *Louis XVI*, I. *Le Prince*, II. *Le Roi*, III. *L'Otage*, Perrin, Paris, 1987-1989.

CLÉRY, Jean-Baptiste Hanet dit, *Journal de ce qui s'est passé à la Tour du temple*, Mercure de France, Paris, 1968.

EBELING, J.-B. (éd.), *Louis XVI. Extraits des Mémoires du temps*, Plon, Paris, 1939.

FAURE, Edgar, *La disgrâce de Turgot*, Gallimard, Paris, 1961.

FAŸ, Bernard, *Louis XVI ou la fin d'un monde*, La Table Ronde, Paris, 1981 [1966].

FURET, François, *Penser la Révolution française*, Gallimard, Paris, 1983 [1978].

— *La Révolution en débat*, Gallimard, Paris, 1999.

GIRAULT DE COURSAC, Paul et Pierrette, *Enquête sur le procès du roi Louis XVI*, F. X. de Guibert, Paris, 1982.

— *Entretiens sur Louis XVI. Deux ou trois choses que vous devriez savoir et qu'on n'a jamais osé vous dire*, OEIL, Paris, 1990.
— *Le voyage de Louis XVI autour du monde. L'expédition La Pérouse*, La Table Ronde, Paris, 1985.
— *Louis XVI, roi martyr ?*, Téqui, Paris, 1982.
— *Sur la route de Varennes*, La Table Ronde, Paris, 1984.
— *Un visage retrouvé. Portrait physique et moral du dernier Roi Très-Chrétien*, OEIL, Paris, 1990.
— *Louis XVI a la parole*, ŒIL, Paris, 1989.
GIRAULT DE COURSAC, Pierrette, *L'éducation d'un roi : Louis XVI*, Gallimard, Paris, 1972.
— (éd.), *Derniers messages de Louis XVI aux Français*, OEIL, Paris, 1991.
HALÉVI, Ran, *Les loges maçonniques dans la France d'Ancien Régime : aux origines de la sociabilité démocratique*, Armand Colin, Paris, 1984.
HARDMAN, John, *Louis XVI : The Silent King*, Arnold, Londres, 2000.
JULLIAN, Marcel, *Louis et Maximilien : deux visages de la France*, Perrin, Paris, 1998.
LAFUE, Pierre, *Louis XVI, l'échec de la révolution royale*, Hachette, Paris, 1942.
La Tour du Temple. Les derniers jours de Louis XVI et Marie-Antoinette par Cléry, son valet de chambre, l'abbé Edgeworth de Firmont, son confesseur, Marie-Thérèse de France, sa fille, Horizons de France, Paris, 1942.
LE NABOUR, Éric, *Louis XVI : le pouvoir et la fatalité*, Jean-Claude Lattès, Paris, 1988.
LENOTRE, G. *Le roi Louis XVII et l'énigme du Temple*, Perrin, Paris, 1950.
LEVER, Évelyne, *Louis XVI*, Fayard, Paris, 1985.
— *Marie-Antoinette*, Fayard, Paris, 1991.
— *L'affaire du Collier*, Fayard, Paris, 2004.
OZOUF, Mona, *L'homme régénéré. Essai sur la Révolution française*, Gallimard, Paris, 1989.
— *Varennes, la mort de la royauté, 21 juin 1791*, Gallimard, Paris, 2005.
PETITFILS, Jean-Christian, *Louis XVI*, Perrin, Paris, 2005.
PHILONENKO, Alexis, *La mort de Louis XVI*, Bartillat, Paris, 2000.
SAGNAC, Philippe, *La fin de l'Ancien Régime et la Révolution américaine (1763-1789)*, PUF, Paris, 1947.

Soboul, Albert, *Le procès de Louis XVI*, Gallimard/Julliard, Paris, 1973 [1966].
— *La Révolution française*, Gallimard, Paris, 1984.
Tackett, Timothy, *Le roi s'enfuit. Varennes et l'origine de la Terreur*, La Découverte, Paris, 2004 [*When the King Took Flight*, Harvard University Press, Cambridge et Londres, 2003].
Taillemite, Étienne, *Louis XVI ou le navigateur immobile*, Payot, Paris, 2002.
Véry, Joseph-Alphonse de (abbé), éd. Jehan de Witte, *Journal* [1774-1780], Paris, 1928-1930, 2 vol.
Viguerie, Jean de, *Louis XVI, le roi bienfaisant*, Éditions du Rocher, Paris, 2003.
Vincent, Bernard, *Thomas Paine ou la religion de la liberté*, Aubier, Paris, 1987.
Vovelle, Michel, *La chute de la monarchie, 1787-1792*, Le Seuil, Paris, 1999 [1972].
Woodgate, M. V., *Le dernier confident de Louis XVI, l'abbé Edgeworth de Firmont*, Téqui, Paris, 1992.
Zweig, Stefan, *Marie-Antoinette*, Grasset, Paris, 1933.

UNE FIN RÉUSSIE

1. Pierre Lafue, *Louis XVI, l'échec de la révolution royale*, Hachette, Paris, 1942.

2. *Ibid.*

3. Bernard Faÿ, *Louis XVI ou la fin d'un monde*, La Table Ronde, Paris, 1981 [1966].

4. Jean de Viguerie, *Louis XVI, le roi bienfaisant*, Éditions du Rocher, Paris, 2003.

5. G. Lenotre, *Le roi Louis XVII et l'énigme du Temple*, Perrin, Paris, 1950, p. 72 ; Hébert, *Le Père Duchesne*, n° 173, automne 1792 ; Éric Le Nabour, *Louis XVI : le pouvoir et la fatalité*, Jean-Claude Lattès, Paris, 1988.

6. Lafue, *op. cit.*, p. 276-277 ; J.-F. André, *Examen impartial de la vie publique et privée de Louis XVI*, Hambourg et Paris, 1797.

7. M. V. Woodgate, *Le dernier confident de Louis XVI, l'abbé Edgeworth de Firmont*, Téqui, Paris, 1992.

8. Lafue, *op. cit.*

9. Le Nabour, *op. cit.*

10. Lafue, *op. cit.*

11. Simone Bertière, *Marie-Antoinette l'insoumise*, Éditions de Fallois, Paris, 2002.

12. *Ibid.*

13. *Ibid.*

14. Le Nabour, *op. cit.*

15. Lafue, *op. cit.*

16. *Ibid.*, *op. cit.*

17. Faÿ, *op. cit.*
18. Jean-Christian Petitfils, *Louis XVI*, Perrin, Paris, 2005.
19. Théodore de Lameth, *Mémoires*, Paris, 1913.
20. Le Nabour, *op. cit.*

DES DÉBUTS DIFFICILES

1. Jean-François Chiappe, *Louis XVI*, I. *Le Prince*, II. *Le Roi*, III. *L'Otage*, Perrin, Paris, 1987-1989.
2. Pierrette Girault de Coursac, *L'éducation d'un roi : Louis XVI*, Gallimard, Paris, 1972.
3. *Le Mercure de France*, octobre 1754.
4. Abbé Proyart, *Louis XVI et ses vertus aux prises avec la perversité de son siècle*, Paris, 1808, livre I, tome I.
5. Lafue, *op. cit.*
6. *Ibid.*
7. *Ibid.*
8. *Ibid.*
9. Faÿ, *op. cit.*
10. *Ibid.*
11. Lafue, *op. cit.*
12. Fénelon, *Télémaque*, Flammarion, Paris, 1999 [1699], 18e livre.
13. Lafue, *op. cit.*
14. Le Nabour, *op. cit.*
15. Coursac, *op. cit.*
16. Archives départementales de l'Aube, E ❖ 1583.
17. *Le Mercure de France*, janvier 1761, tome I.
18. Coursac, *op. cit.*

UN NOUVEAU DESTIN

1. Coursac, *op. cit.*
2. *Ibid.*
3. Duc de Croÿ, *Journal inédit, 1718-1784*, Flammarion, Paris, 1906, t. II.

4. Du Puget de Saint-Pierre, *Histoire de Charles de Sainte-Maure, marquis de Salles, duc de Montausier*, Paris, 1784.

5. John Hill Burton, *Life and Correspondence of David Hume*, Édimbourg, 1846, tome II.

6. Prince de Montbarey, *Mémoires autographes*, Paris, 1826-1827, tome II.

7. Louis Petit de Bachaumont, *Mémoires secrets pour servir à l'Histoire de la République des Lettres en France,* Londres, 1784, tome I.

8. Abbé Proyart, *Louis XVI et ses vertus aux prises avec la perversité de son siècle, op. cit.*, faisant suite à *Louis XVI détrôné avant d'être roi*, Paris, 1817.

9. Archives nationales, K 144, n° 13, 13.

10. Duc de La Vauguyon, *Première conversation de M. de La Vauguyon avec le duc de Berry le 1er avril 1763*, BNF, F. f. sup. n° 4428, ffos 1-2.

11. Abbé Proyart, *Vie du dauphin père de Louis XVI*, Lyon, 1788 [1781].

12. Lafue, *op. cit.*

13. Abbé Proyart, *Vie du dauphin, op. cit.*

14. Coursac, *op. cit.*

15. Lafue, *op. cit.*, p. 27 ; Petitfils, *op. cit.*

UN MARIAGE DIPLOMATIQUE

1. Bertière, *Marie-Antoinette, op. cit.*, p. 118 ; Coursac, *op. cit.*

2. Coursac, *op. cit.*, p. 89-92 ; Lafue, *op. cit.*

3. Duc de La Vauguyon, *Seconde conversation de M. de La Vauguyon avec Monseigneur le duc de Berry*, BNF, F. f. sup. n° 4428, p. 16. Le texte fera l'objet d'une édition publique à Paris en 1814.

4. *Ibid.* (édition de 1814).

5. Abbé Sicard, *Vie de Madame la dauphine*, Paris, 1817.

6. *Ibid.*

7. Archives départementales de l'Aube, E ❖1512.

8. Bertière, *op. cit.*

9. Faÿ, *op. cit.*

10. Stefan Zweig, *Marie-Antoinette*, Grasset, Paris, 1933.

11. Faÿ, *op. cit.*

12. *Ibid.*

13. *Ibid.*

14. Casimir Stryienski, *La mère des trois derniers Bourbons, Marie-Josèphe de Saxe, et la cour de Louis XV*, Paris, 1902.

15. Coursac, *op. cit.*

16. Le Nabour, *op. cit.*

17. *Réflexions sur mes Entretiens avec M. le duc de La Vauguyon*, publiées, avec une introduction de M. de Falloux, à Paris en 1851, *passim*.

18. Bertière, *op. cit.*

19. Zweig, *op. cit.*

20. Gilles Cantagrel, *Les plus beaux manuscrits de Mozart*, La Martinière, Paris, 2005, p. 22.

21. Le Nabour, *op. cit.*

22. *Ibid.*

23. *Ibid.*

24. Zweig, *op. cit.*

25. *Ibid.*

26. Bertière, *op. cit.*

27. *Ibid.*

28. *Ibid.*

29. <http://leroietmoi.free.fr/presentation.htm> (texte en anglais sur le site). Aussi dans Le Nabour, *op. cit.*

30. Le Nabour, *ibid.*

31. Zweig, *op. cit.*

32. Le Nabour, *op. cit.*

33. Faÿ, *op. cit.*

34. Jean de Viguerie, *op. cit.*

ROI À VINGT ANS

1. Coursac, *op. cit.*

2. Zweig, *op. cit.*

3. *Ibid.*

4. Bertière, *op. cit.*

5. Lafue, *op. cit.*

6. Zweig, *op. cit.*

7. *Ibid.*

8. Bertière, *op. cit.*

9. *Ibid.*

10. *Ibid.*

11. Faÿ, *op. cit.*

12. Bertière, *op. cit.*

13. Zweig, *op. cit.*

14. Bertière, *op. cit.*

15. Faÿ, *op. cit.*

16. Bertière, *op. cit.*

17. *Ibid.*

18. *Ibid.*

19. Zweig, *op. cit.*

20. Bertière, *op. cit.*

21. Faÿ, *op. cit.*

22. Lafue, *op. cit.*

23. Faÿ, *op. cit.*

24. *Ibid.*

25. Bertière, *op. cit.*

26. Chiappe, I, *op. cit.*

27. Bertière, *op. cit.*

28. Faÿ, *op. cit.*

29. Bertière, *op. cit.*

30. Le Nabour, *op. cit.*

31. Lafue, *op. cit.*

32. Bertière, *op. cit.*

33. Chiappe, I, *op. cit.*

34. <http://www.medarus.org/Medecins/MedecinsTextes/jenner.html>.

35. Le Nabour, *op. cit.*

36. Lafue, *op. cit.*

37. *Ibid.*

38. *Ibid.*

39. Faÿ, *op. cit.*

40. Zweig, *op. cit.*

41. Le Nabour, *op. cit.*

42. Marie-Antoinette, *Correspondance secrète entre Marie-Thérèse et le cte de Mercy-Argenteau*, éd. Alfred d'Arneth et M.A Geffroy, 3 vol., Firmin-Didot, Paris, 1874, tome II.

43. Le Nabour, *op. cit.*

44. *Ibid.*

45. <http://butte.cailles.free.fr/page_5_2.htm>.
46. Le Nabour, *op. cit.*
47. <http://www.1789-1815.com/vergennes.htm>.
48. Le Nabour, *op. cit.*
49. Faÿ, *op. cit.*
50. Le Nabour, *op. cit.*
51. *Ibid.*
52. *Ibid.*
53. Évelyne Lever, *Louis XVI*, Fayard, Paris, 1985.
54. Le Nabour, *op. cit.*
55. *Ibid.*
56. Lafue, *op. cit.*
57. *Ibid.*
58. Faÿ, *op. cit.*
59. Le Nabour, *op. cit.*
60. Lafue, *op. cit.*
61. *Ibid.*
62. Le Nabour, *op. cit.*
63. *Ibid.*, p. 132 ; et <http://fr.wikipedia.org/wiki/Sacre_(France)>.
64. Lever, *Louis XVI*, *op. cit.*
65. *Ibid.*
66. Le Nabour, *op. cit.*
67. Lafue, *op. cit.*
68. *Correspondance secrète entre Marie-Thérèse et le cte de Mercy-Argenteau*, *op. cit.*

LA RÉFORME INTROUVABLE

1. Bertière, *op. cit.*
2. <http://www.cosmovisions.com/Malesherbes.htm>.
3. Lafue, *op. cit.*
4. *Ibid.*
5. *Ibid.*
6. *Ibid.*
7. Abbé de Véri, *Journal*, 1928, 2 vol., Tallandier, Paris, 1928-1930.
8. Faÿ, *op. cit.*
9. Le Nabour, *op. cit.*
10. Bertière, *op. cit.*

11. Le Nabour, *op. cit.*

12. John Hardman, *Louis XVI : The Silent King*, Arnold, Londres, 2000.

13. Lafue, *op. cit.*

14. *Ibid.*

15. *Ibid.*

16. Cité par Hardman, *Louis XVI, op. cit.*

17. Lafue, *op. cit.*

18. *Ibid.*

19. *Ibid.*

20. Jean-Louis Soulavie, *Mémoires historiques et politiques du règne de Louis XVI*, Paris, 1801, cité par Hardman, *op. cit.*

21. Lafue, *op. cit.*

22. Faÿ, *op. cit.*

LE MIRAGE AMÉRICAIN

1. Lafue, *op. cit.*

2. Petitfils, *op. cit.*

3. Louis Amiable, *Une loge maçonnique d'avant 1789. La loge des Neuf Sœurs*, Paris, 1897 [réédition critique par Charles Porset, Edimaf, Paris, 1989].

4. Charles Porset, *Hiram Sans-Culotte ? Franc-maçonnerie, Lumières et Révolution. Trente ans d'études et de recherches*, Honoré Champion, Paris, 1998.

5. Albert Mathiez, « La Révolution française », *Annales historiques de la Révolution française*, X, 1933.

6. Jean-André Faucher, *Les francs-maçons et le pouvoir de la Révolution à nos jours*, Perrin, Paris, 1986.

7. François Furet, *Penser la Révolution française*, Gallimard, Paris, 1978.

8. Cité par Bernard Cottret, *La Révolution américaine*, Perrin, Paris, 2003.

9. Philippe Erlanger, « Louis XVI, fondateur des États-Unis », *Histoire Magazine*, n° 43, septembre 1983.

10. Petitfils, *op. cit.*

11. Étienne Taillemite, *Louis XVI ou le navigateur immobile*, Payot, Paris, 2002.

12. *Ibid.*

13. Petitfils, *op. cit.*

14. Taillemite, *op. cit.*

15. La Fayette, *Mémoires, correspondances et manuscrits*, Paris, 1837, tome I.

16. Mark M. Boatner, *Encyclopedia of the American Revolution*, McKay, New York, 1976.

17. Michel Vovelle, « La fondation de la République », *Hommes et libertés*, n° 68, août 1992.

18. Alphonse Aulard, *Histoire politique de la Révolution française*, Paris, 1901.

19. Carl Van Doren, *Benjamin Franklin*, Viking Press, New York, 1964.

20. « Lettre [...] à M. le Docteur Price », dans Mirabeau, *Considérations sur l'Ordre de Cincinnatus*, Londres, 1784.

EN ATTENDANT LA RÉVOLUTION

1. Cité par Jean d'Ormesson dans « Chateaubriand », *Le Figaro littéraire*, 19 octobre 1995.

2. John Hardman, *op. cit.*

3. Chiappe, II, *op. cit.*

4. Jacques Godechot, *La Révolution française. Chronologie commentée, 1787-1799*, Perrin, Paris, 1988.

5. Taillemite, *op. cit.*

6. *Ibid.*

7. *Ibid.*

8. *Ibid.*

9. *Ibid.*

10. *Ibid.*

11. *Ibid.*

12. Petitfils, *op. cit.*

13. Le Nabour, *op. cit.*

14. *Ibid.*

15. Petitfils, *op. cit.*

16. Lafue, *op. cit.*

17. *Ibid.*

18. Le Nabour, *op. cit.*

19. Lafue, *op. cit.*

20. Le Nabour, *op. cit.*
21. *Ibid.*
22. Petitfils, *op. cit.*
23. Chiappe, II, *op. cit.*
24. *Ibid.*
25. Viguerie, *op. cit.*
26. Petitfils, *op. cit.*
27. Le Nabour, *op. cit.*
28. Petitfils, *op. cit.*
29. Le Nabour, *op. cit.*
30. Petitfils, *op. cit.*
31. Viguerie, *op. cit.*

LE DÉBUT DE LA FIN

1. Godechot, *op. cit.*
2. Le Nabour, *op. cit.*
3. *Ibid.*
4. *Ibid.*
5. Godechot, *op. cit.*
6. Le Nabour, *op. cit.*
7. Petitfils, *op. cit.*
8. *Ibid.*
9. *Ibid.*
10. Godechot, *op. cit.*
11. Le Nabour, *op. cit.*
12. Godechot, *op. cit.*
13. Le Nabour, *op. cit.*
14. Godechot, *op. cit.*
15. Petitfils, *op. cit.*
16. *Ibid.*
17. *Ibid.*

COMME UN TORRENT

1. Le Nabour, *op. cit.*
2. Zweig, *op. cit.*
3. Petitfils, *op. cit.*

4. *Ibid.*
5. <http://arsmagnalucis.free.fr/bourbons.htm>.
6. Petitfils, *op. cit.*
7. Chiappe, II, *op. cit.*
8. Le Nabour, *op. cit.*
9. *Le Moniteur*, réimp., XVI.
10. Chiappe, II, *op. cit.*
11. Petitfils, *op. cit.*
12. Chiappe, II, *op. cit.*
13. Lever, *op. cit.*
14. Petitfils, *op. cit.*
15. *Ibid.*, p. 669-670 ; Le Nabour, *op. cit.*
16. Le Nabour, *ibid.*, et Chiappe, II, *op. cit.*
17. Petitfils, *op. cit.*
18. Le Nabour, *op. cit.*
19. Godechot, *op. cit.*
20. Le Nabour, *op. cit.*
21. Faÿ, *op. cit.*
22. Godechot, *op. cit.*
23. Le Nabour, *op. cit.*
24. Petitfils, *op. cit.*
25. Lever, *op. cit.*
26. Chiappe II, *op. cit.*
27. Petitfils, *op. cit.*
28. *Ibid.*
29. Chiappe, II, *op. cit.*
30. Petitfils, *op. cit.*
31. Chiappe II, *op. cit.*
32. Petitfils, *op. cit.*

LA RÉVOLUTION EN MARCHE

1. Lafue, *op. cit.*
2. Le Nabour, *op. cit.*
3. *Ibid.*
4. *Ibid.*
5. Petitfils, *op. cit.*
6. Godechot, *op. cit.*

Remerciements

Je tiens à remercier tout particulièrement NICOLE VINCENT, la toute première lectrice du manuscrit, et SIMONE BERTIÈRE, dont personne n'a oublié le *Marie-Antoinette* et qui, elle aussi, s'est plongée dans ces pages. Toutes deux ont bien voulu me faire bénéficier de leur vigilance et de leurs suggestions.

Ma reconnaissance va également à MONA OZOUF et à JEAN-CHRISTIAN PETITFILS, qui, en 2005, tandis que je rédigeais mon propre ouvrage, ont eu l'heureuse idée de faire paraître deux livres remarquables (*Varennes* pour la première, *Louis XVI* pour le second) dont la science et la rigueur m'ont été d'un grand secours.

B. V.

16. Lever, *op. cit.*
17. Godechot, *op. cit.*
18. *Ibid.* ; Petitfils, *op. cit.*
19. Lever, *op. cit.*
20. Le Nabour, *op. cit.*
21. Petitfils, *op. cit.*
22. Le Nabour, *op. cit.*
23. *Ibid.*
24. Vincent, *op. cit.* ; Albert Soboul, *Le procès de Louis XVI*, Gallimard/Julliard, Paris, 1973 ; Godechot, *op. cit.*
25. Soboul, *op. cit.*
26. Godechot, *op. cit.*
27. Vincent, *op. cit.*
28. *La Tour du Temple. Les derniers jours de Louis XVI et Marie-Antoinette par Cléry, son valet de chambre, l'abbé Edgeworth de Firmont, son confesseur, Marie-Thérèse de France, sa fille*, Horizons de France, Paris, 1942.
29. Lever, *op. cit.*
30. Soboul, *op. cit.*
31. *Ibid.*
32. *La Tour du Temple, op. cit.*
33. Soboul, *op. cit.*
34. Petitfils, *op. cit.*
35. Lever, *op. cit.*
36. Godechot, *op. cit.*
37. *Archives parlementaires*, Paris, 1867-1913, 82 vol., tome LVII.
38. Soboul, *op. cit.*
39. *Ibid.*
40. *La Tour du Temple, op. cit.*
41. Voir notamment : René Girard, *La violence et le sacré*, Grasset, Paris, 1972 ; ou plus récemment : *Les origines de la culture*, Desclée de Brouwer, Paris, 2004.
42. Petitfils, *op. cit.*

9. Mona Ozouf, *Varennes, la mort de la royauté, 21 juin 1791*, Gallimard, Paris, 2005.

10. Petitfils, *op. cit.*

11. Mona Ozouf, *Varennes, op. cit.*

12. *Ibid.*

13. *Les collections de l'Histoire*, octobre-décembre 2004.

14. Petitfils, *op. cit.*

15. *Ibid.*

16. Godechot, *op. cit.*

17. Petitfils, *op. cit.*

18. Vincent, *op. cit.*

19. *Ibid.*

20. *Ibid.*

21. *Ibid.*

22. Le Nabour, *op. cit.*

23. Lever, *op. cit.*

24. Godechot, *op. cit.* ; Petitfils, *op. cit.*

25. Le Nabour, *op. cit.*

26. Petitfils, *op. cit.*

FIN DE PARTIE

1. Samuel Beckett, *Théâtre 1, Fin de partie*, Éditions de Minuit, Paris, 1971(réplique de Hamm).

2. Godechot, *op. cit.*

3. Lever, *op. cit.*

4. Petitfils, *op. cit.*

5. *Ibid.*

6. Godechot, *op. cit.*

7. Le Nabour, *op. cit.*

8. Petitfils, *op. cit.*

9. *Ibid.*

10. *Ibid.*

11. Godechot, *op. cit.* ; Petitfils, *op. cit.*

12. Le Nabour, *op. cit.*

13. *Ibid.*

14. Petitfils, *op. cit.*

15. *Ibid.*

7. Lever, *op. cit.*
8. Le Nabour, *op. cit.*
9. Petitfils, *op. cit.*
10. *Ibid.*
11. *Ibid.*
12. Le Nabour, *op. cit.*
13. Lever, *op. cit.*
14. Petitfils, *op. cit.*
15. *Ibid.*
16. *Ibid.*
17. Godechot, *op. cit.*
18. *Ibid.*
19. François Furet et Denis Richet, *La Révolution française*, Marabout, Paris, 1979.
20. Petitfils, *op. cit.*
21. Godechot, *op. cit.*
22. Lever, *op. cit.*
23. <http://tecfa.unige.ch/~grob/1798/fete696.html>.
24. Petitfils, *op. cit.*
25. Lafue, *op. cit.*
26. Lever, *op. cit.*
27. Lafue, *op. cit.*
28. Lever, *op. cit.*
29. *Ibid.*

LE FIASCO DE VARENNES

1. Lever, *op. cit.*
2. Petitfils, *op. cit.*
3. *Ibid.* ; Viguerie, *op. cit.*
4. Lever, *op. cit.*
5. *Ibid.*
6. Petitfils, *op. cit.*
7. Bernard Vincent, *Thomas Paine ou la religion de la liberté*, Aubier, Paris, 1987.
8. Alphonse Aulard, *Histoire politique de la Révolution française*, Paris, 1901.

ANNEXES

Ibsen, par JACQUES DE DECKER

Jésus, par CHRISTIANE RANCÉ

Janis Joplin, par JEAN-YVES REUZEAU

Kafka, par GÉRARD-GEORGES LEMAIRE

Kerouac, par YVES BUIN

Louis XIV, par ÉRIC DESCHODT

Louis XVI, par BERNARD VINCENT

Michel-Ange, par NADINE SAUTEL

Modigliani, par CHRISTIAN PARISOT

Molière, par CHRISTOPHE MORY

Marilyn Monroe, par ANNE PLANTAGENET

Moïse, par CHARLES SZLAKMANN

Mozart, par JEAN BLOT

Pasolini, par RENÉ DE CECCATTY

Pasteur, par JANINE TROTEREAU

Picasso, par GILLES PLAZY

Louis Renault, par JEAN-NOËL MOURET

Shakespeare, par CLAUDE MOURTHÉ

Stendhal, par SANDRINE FILLIPETTI

Jacques Tati, par JEAN-PHILIPPE GUÉRAND

Tchekhov, par VIRGIL TANASE

Toussaint Louverture, par ALAIN FOIX

Van Gogh, par DAVID HAZIOT. Prix d'Académie 2008 décerné par l'Académie française (fondation Le Métais-Larivière)

Verlaine, par JEAN-BAPTISTE BARONIAN

Boris Vian, par CLAIRE JULLIARD

Léonard de Vinci, par SOPHIE CHAUVEAU

Oscar Wilde, par DANIEL SALVATORE SCHIFFER

Virginia Woolf, par ALEXANDRA LEMASSON

Stefan Zweig, par CATHERINE SAUVAT

COLLECTION FOLIO

Dernières parutions

4665.	Cicéron	*« Le bonheur dépend de l'âme seule ».* Tusculanes, *livre V.*
4666.	Collectif	*Le pavillon des Parfums-Réunis* et autres nouvelles chinoises des Ming.
4667.	Thomas Day	*L'automate de Nuremberg.*
4668.	Lafcadio Hearn	*Ma première journée en Orient* suivi de *Kizuki le sanctuaire le plus ancien du Japon.*
4669.	Simone de Beauvoir	*La femme indépendante.*
4670.	Rudyard Kipling	*Une vie gaspillée* et autres nouvelles.
4671.	D. H. Lawrence	*L'épine dans la chair* et autres nouvelles.
4672.	Luigi Pirandello	*Eau amère* et autres nouvelles.
4673.	Jules Verne	*Les révoltés de la Bounty* suivi de *Maître Zacharius.*
4674.	Anne Wiazemsky	*L'île.*
4675.	Pierre Assouline	*Rosebud.*
4676.	François-Marie Banier	*Les femmes du métro Pompe.*
4677.	René Belletto	*Régis Mille l'éventreur.*
4678.	Louis de Bernières	*Des oiseaux sans ailes.*
4679.	Karen Blixen	*Le festin de Babette.*
4680.	Jean Clair	*Journal atrabilaire.*
4681.	Sous la direction d'Alain Finkielkraut	*Ce que peut la littérature.*
4682.	Franz-Olivier Giesbert	*La souille.*
4683.	Alain Jaubert	*Lumière de l'image.*
4684.	Camille Laurens	*Ni toi ni moi.*
4685.	Jonathan Littell	*Les Bienveillantes.*
4686.	François Weyergans	*La démence du boxeur.* (à paraître)
4687.	Frances Mayes	*Saveurs vagabondes.*

4688. Claude Arnaud	*Babel 1990.*
4689. Philippe Claudel	*Chronique monégasque* et autres textes.
4690. Alain Rey	*Les mots de saison.*
4691. Thierry Taittinger	*Un enfant du rock.*
4692. Anton Tchékhov	*Récit d'un inconnu* et autres nouvelles.
4693. Marc Dugain	*Une exécution ordinaire.*
4694. Antoine Audouard	*Un pont d'oiseaux.*
4695. Gérard de Cortanze	*Laura.*
4696. Philippe Delerm	*Dickens, barbe à papa.*
4697. Anonyme	*Le Coran.*
4698. Marguerite Duras	*Cahiers de la guerre* et autres textes.
4699. Nicole Krauss	*L'histoire de l'amour.*
4700. Richard Millet	*Dévorations.*
4701. Amos Oz	*Soudain dans la forêt profonde.*
4702. Boualem Sansal	*Poste restante : Alger.*
4703. Bernhard Schlink	*Le retour.*
4704. Christine Angot	*Rendez-vous.*
4705. Éric Faye	*Le syndicat des pauvres types.*
4706. Jérôme Garcin	*Les sœurs de Prague.*
4707. Denis Diderot	*Salons.*
4708. Isabelle de Charrière	*Sir Walter Finch et son fils William.*
4709. Madame d'Aulnoy	*La Princesse Belle Étoile et le prince Chéri.*
4710. Isabelle Eberhardt	*Amours nomades.*
4711. Flora Tristan	*Promenades dans Londres.*
4712. Mario Vargas Llosa	*Tours et détours de la vilaine fille.*
4713. Camille Laurens	*Philippe.*
4714. John Cheever	*The Wapshot.*
4715. Paule Constant	*La bête à chagrin.*
4716. Erri De Luca	*Pas ici, pas maintenant.*
4717. Éric Fottorino	*Nordeste.*
4718. Pierre Guyotat	*Ashby* suivi de *Sur un cheval.*
4719. Régis Jauffret	*Microfictions.*
4720. Javier Marías	*Un cœur si blanc.*
4721. Irène Némirovsky	*Chaleur du sang.*
4722. Anne Wiazemsky	*Jeune fille.*

4723. Julie Wolkenstein	*Happy End.*
4724. Lian Hearn	*Le vol du héron. Le Clan des Otori, IV.*
4725. Madame d'Aulnoy	*Contes de fées.*
4726. Collectif	*Mai 68, Le Débat.*
4727. Antoine Bello	*Les falsificateurs.*
4728. Jeanne Benameur	*Présent ?*
4729. Olivier Cadiot	*Retour définitif et durable de l'être aimé.*
4730. Arnaud Cathrine	*La disparition de Richard Taylor.*
4731. Maryse Condé	*Victoire, les saveurs et les mots.*
4732. Penelope Fitzgerald	*L'affaire Lolita.*
4733. Jean-Paul Kauffmann	*La maison du retour.*
4734. Dominique Mainard	*Le ciel des chevaux.*
4735. Marie Ndiaye	*Mon cœur à l'étroit.*
4736. Jean-Christophe Rufin	*Le parfum d'Adam.*
4737. Joseph Conrad	*Le retour.*
4738. Roald Dahl	*Le chien de Claude.*
4739. Fédor Dostoïevski	*La femme d'un autre et le mari sous le lit.*
4740. Ernest Hemingway	*La capitale du monde* suivi de *L'heure triomphale de François Macomber.*
4741. H.P. Lovecraft	*Celui qui chuchotait dans les ténèbres.*
4742. Gérard de Nerval	*Pandora* et autres nouvelles.
4743. Juan Carlos Onetti	*À une tombe anonyme.*
4744. R.L. Stevenson	*La Chaussée des Merry Men.*
4745. H.D. Thoreau	*« Je vivais seul, dans les bois ».*
4746. Michel Tournier	*L'aire du Muguet* précédé de *La jeune fille et la mort.*
4747. Léon Tolstoï	*La Tempête de neige* et autres récits.
4748. Tonino Benacquista	*Le serrurier volant.*
4749. Bernard du Boucheron	*Chien des os.*
4750. William S. Burroughs	*Junky.*
4751. Françoise Chandernagor	*La voyageuse de nuit.*
4752. Philippe Delerm	*La tranchée d'Arenberg et autres voluptés sportives.*
4753. Franz-Olivier Giesbert	*L'affreux.*
4754. Andrea Levy	*Hortense et Queenie.*

4755. Héléna Marienské	*Rhésus.*
4756. Per Petterson	*Pas facile de voler des chevaux.*
4757. Zeruya Shalev	*Thèra.*
4758. Philippe Djian	*Mise en bouche.*
4759. Diane de Margerie	*L'Étranglée.*
4760. Joseph Conrad	*Le Miroir de la mer.*
4761. Saint Augustin	*Confessions. Livre X.*
4762. René Belletto	*Ville de la peur.*
4763. Bernard Chapuis	*Vieux garçon.*
4764. Charles Julliet	*Au pays du long nuage blanc.*
4765. Patrick Lapeyre	*La lenteur de l'avenir.*
4766. Richard Millet	*Le chant des adolescentes.*
4767. Richard Millet	*Cœur blanc.*
4768. Martin Amis	*Chien Jaune.*
4769. Antoine Bello	*Éloge de la pièce manquante.*
4770. Emmanuel Carrère	*Bravoure.*
4771. Emmanuel Carrère	*Un roman russe.*
4772. Tracy Chevalier	*L'innocence.*
4773. Sous la direction d'Alain Finkielkraut	*Qu'est-ce que la France ?*
4774. Benoît Duteurtre	*Chemins de fer.*
4775. Philippe Forest	*Tous les enfants sauf un.*
4776. Valentine Goby	*L'échappée.*
4777. Régis Jauffret	*L'enfance est un rêve d'enfant.*
4778. David McNeil	*Angie ou les douze mesures d'un blues.*
4779. Grégoire Polet	*Excusez les fautes du copiste.*
4780. Zoé Valdés	*L'éternité de l'instant.*
4781. Collectif	*Sur le zinc. Au café avec les écrivains.*
4782. Francis Scott Fitzgerald	*L'étrange histoire de Benjamin Button* suivi de *La lie du bonheur.*
4783. Lao She	*Le nouvel inspecteur* suivi de *Le croissant de lune.*
4784. Guy de Maupassant	*Apparition et autres contes de l'étrange.*
4785. D. A. F. de Sade	*Eugénie de Franval.*
4786. Patrick Amine	*Petit éloge de la colère.*
4787. Élisabeth Barillé	*Petit éloge du sensible.*
4788. Didier Daeninckx	*Petit éloge des faits divers.*

4789. Nathalie Kuperman	*Petit éloge de la haine.*
4790. Marcel Proust	*La fin de la jalousie.*
4791. Friedrich Nietzsche	*Lettres choisies.*
4792. Alexandre Dumas	*La Dame de Monsoreau.*
4793. Julian Barnes	*Arthur & George.*
4794. François Bégaudeau	*Jouer juste.*
4795. Olivier Bleys	*Semper Augustus.*
4796. Éric Fottorino	*Baisers de cinéma.*
4797. Jens Christian Grøndahl	*Piazza Bucarest.*
4798. Orhan Pamuk	*Istanbul.*
4799. J.-B. Pontalis	*Elles.*
4800. Jean Rolin	*L'explosion de la durite.*
4801. Willy Ronis	*Ce jour-là.*
4802. Ludovic Roubaudi	*Les chiens écrasés.*
4803. Gilbert Sinoué	*Le colonel et l'enfant-roi.*
4804. Philippe Sollers	*L'évangile de Nietzsche.*
4805. François Sureau	*L'obéissance.*
4806. Montesquieu	*Considérations sur les causes de la grandeur des Romains et de leur décadence.*
4807. Collectif	*Des nouvelles de McSweeney's.*
4808. J. G. Ballard	*Que notre règne arrive.*
4809. Erri De Luca	*Sur la trace de Nives.*
4810. René Frégni	*Maudit le jour.*
4811. François Gantheret	*Les corps perdus.*
4812. Nikos Kavvadias	*Le quart.*
4813. Claudio Magris	*À l'aveugle.*
4814. Ludmila Oulitskaïa	*Mensonges de femmes.*
4815. Arto Paasilinna	*Le bestial serviteur du pasteur Huuskonen.*
4816. Alix de Saint-André	*Il n'y a pas de grandes personnes.*
4817. Dai Sijie	*Par une nuit où la lune ne s'est pas levée.*
4818. Antonio Tabucchi	*Piazza d'Italia.*
4819. Collectif	*Les guerres puniques.*
4820. Patrick Declerck	*Garanti sans moraline.*
4821. Isabelle Jarry	*Millefeuille de onze ans.*
4822. Joseph Kessel	*Ami, entends-tu...*
4823. Clara Sánchez	*Un million de lumières.*
4824. Denis Tillinac	*Je nous revois...*

4825. George Sand — *Elle et Lui.*
4826. Nina Bouraoui — *Avant les hommes.*
4827. John Cheever — *Les lumières de Bullet Park.*
4828. Didier Daeninckx — *La mort en dédicace.*
4829. Philippe Forest — *Le nouvel amour.*
4830. André Gorz — *Lettre à D.*
4831. Shirley Hazzard — *Le passage de Vénus.*
4832. Vénus Khoury-Ghata — *Sept pierres pour la femme adultère.*
4833. Danielle Mitterrand — *Le livre de ma mémoire.*
4834. Patrick Modiano — *Dans le café de la jeunesse perdue.*
4835. Marisha Pessl — *La physique des catastrophes.*
4837. Joy Sorman — *Du bruit.*
4838. Brina Svit — *Coco Dias ou La Porte Dorée.*
4839. Julian Barnes — *À jamais* et autres nouvelles.
4840. John Cheever — *Une Américaine instruite* suivi de *Adieu, mon frère.*
4841. Collectif — *«Que je vous aime, que je t'aime !»*
4842. André Gide — *Souvenirs de la cour d'assises.*
4843. Jean Giono — *Notes sur l'affaire Dominici.*
4844. Jean de La Fontaine — *Comment l'esprit vient aux filles.*
4845. Yukio Mishima — *Papillon* suivi de *La lionne.*
4846. John Steinbeck — *Le meurtre* et autres nouvelles.
4847. Anton Tchékhov — *Un royaume de femmes* suivi de *De l'amour.*
4848. Voltaire — *L'Affaire du chevalier de La Barre* précédé de *L'Affaire Lally.*
4849. Victor Hugo — *Notre-Dame de Paris.*
4850. Françoise Chandernagor — *La première épouse.*
4851. Collectif — *L'œil de La NRF.*
4852. Marie Darrieussecq — *Tom est mort.*
4853. Vincent Delecroix — *La chaussure sur le toit.*
4854. Ananda Devi — *Indian Tango.*
4855. Hans Fallada — *Quoi de neuf, petit homme ?*
4856. Éric Fottorino — *Un territoire fragile.*
4857. Yannick Haenel — *Cercle.*
4858. Pierre Péju — *Cœur de pierre.*
4859. Knud Romer — *Cochon d'Allemand.*

4860. Philip Roth	*Un homme.*
4861. François Taillandier	*Il n'y a personne dans les tombes.*
4862. Kazuo Ishiguro	*Un artiste du monde flottant.*
4863. Christian Bobin	*La dame blanche.*
4864. Sous la direction d'Alain Finkielkraut	*La querelle de l'école.*
4865. Chahdortt Djavann	*Autoportrait de l'autre.*
4866. Laura Esquivel	*Chocolat amer.*
4867. Gilles Leroy	*Alabama Song.*
4868. Gilles Leroy	*Les jardins publics.*
4869. Michèle Lesbre	*Le canapé rouge.*
4870. Carole Martinez	*Le cœur cousu.*
4871. Sergio Pitol	*La vie conjugale.*
4872. Juan Rulfo	*Pedro Páramo.*
4873. Zadie Smith	*De la beauté.*
4874. Philippe Sollers	*Un vrai roman. Mémoires.*
4875. Marie d'Agoult	*Premières années.*
4876. Madame de Lafayette	*Histoire de la princesse de Montpensier* et autres nouvelles.
4877. Madame Riccoboni	*Histoire de M. le marquis de Cressy.*
4878. Madame de Sévigné	*« Je vous écris tous les jours... »*
4879. Madame de Staël	*Trois nouvelles.*
4880. Sophie Chauveau	*L'obsession Vinci.*
4881. Harriet Scott Chessman	*Lydia Cassatt lisant le journal du matin.*
4882. Raphaël Confiant	*Case à Chine.*
4883. Benedetta Craveri	*Reines et favorites.*
4884. Erri De Luca	*Au nom de la mère.*
4885. Pierre Dubois	*Les contes de crimes.*
4886. Paula Fox	*Côte ouest.*
4887. Amir Gutfreund	*Les gens indispensables ne meurent jamais.*
4888. Pierre Guyotat	*Formation.*
4889. Marie-Dominique Lelièvre	*Sagan à toute allure.*
4890. Olivia Rosenthal	*On n'est pas là pour disparaître.*
4891. Laurence Schifano	*Visconti.*
4892. Daniel Pennac	*Chagrin d'école.*

Composition Nord Compo
Impression Maury-Imprimeur
45330 Malesherbes
le 15 juillet 2009.
Dépôt légal : juillet 2009.
1er dépôt légal dans la collection : février 2006.
Numéro d'imprimeur : 1448164.

ISBN 978-2-07-030749-4. / Imprimé en France.

171057